中国戦国時代図

（■は戦国の七雄）

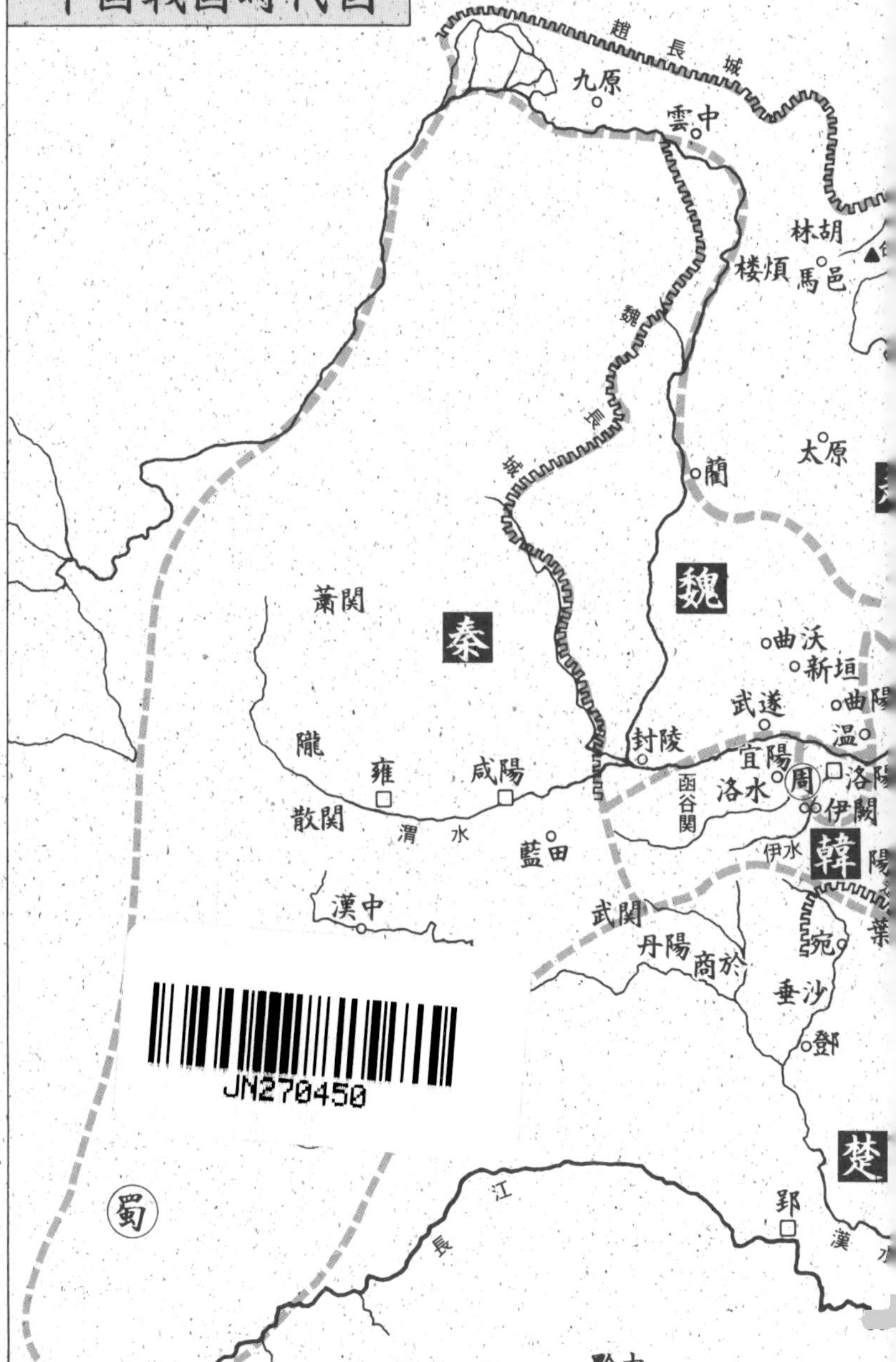

小説・郭隗伝

隗《かい》より始めよ

芝《しば》豪《ごう》

祥伝社

隗《かい》より始めよ　小説・郭《かく》隗《かい》伝◉もくじ

装　幀／西のぼる
編集協力／天野光平

隗《かい》より始めよ　小説・郭《かく》隗《かい》伝

易水《えき》のほとり

一

懐かしい燕《えん》の山河が目の前にある。

いま、夢にまで見た易水《えき》は、朝の光を四隣《あたり》に反《は》ね返しつつ、河《か》水（黄河）めざして趨《はし》っている。三年前と変わらぬ姿であった。

彼方には、祖国・燕が命運かけて築きあげた長城が曠野《こうや》に聳立《しょうりつ》している。天を衝《つ》くばかりの高さと大道の幅にも匹敵する壁厚。延々と連続する切り立つ障壁である。

郭隗《かくかい》は、易水のほとりに馬車を止めさせた。川面《かわも》に見入る。帰国を果たした喜びより、これからなさねばならぬことどもへ思いはゆれる。

傍らに、弟子の郭涯《かくがい》が大きな躰《からだ》を丸めて慎ましやかにひかえた。一族の遠縁にあたるこの巨漢は、押し掛けの弟子であった。

五、六年も前、官職にあった涯《がい》は友の不正を発見した。よくよく観《み》ると、不正は友のみならず、他の者にもあった。その非を公《おおやけ》にすれば、友の将来を断つことになる。抛《ほう》っておけば不正が蔓延《はびこ》る。

涯は、膂力《りょりょく》では他人《ひと》に劣ったことのない怪力の持ち主だが、信頼する友の不善の前には無力で、なすすべを知らない。思い悩んだ末、隗《かい》に苦衷を打ち明けた。

――不正を声高に匡《ただ》すことは、だれにでもできる。人として、友として、あたかも何事もなかったかのように匡すのが、そなたの道だ。涯よ、すぐさま職を辞せ。

隗の忠告に、涯は素直に従った。

のちに、涯の辞職の真の理由を知ることになって、不正をはたらいた友はみずからを恥じ、悪事から手を引いた。やがて、友は出世を遂げ、自身が不正を匡す役目を担った。結果として、涯は不正を断ち、友を救った。涯は、隗の慧眼《けいがん》に師と仰ぐようになり、みずから飛び込んで弟子となったのである。

水面《みなも》に目をやる隗の横顔は、いまだ若さを保っていた。三十路《みそじ》のやや手前。広い額と涼しげな目元は知の性を表わし、その黝《くろ》い双眸の少なからざる翳《かげ》りは思うことの多きを物語る。

「銀花《ぎんか》さまが待ち焦がれておられましょう」

涯が伏し目がちに言った。両人の齢の差はわずかだが、涯の謙抑ぶりは隗が窮屈に感じるほどである。

「うむ」

生返事で応える。三年見ぬ許嫁《いいなずけ》の成長を考えぬでもないが、如何《いかん》せん幼い。銀花がいま、隗の憂いをともにしうるとは思えない。

「三年は長いようで短うございました。銀花さまは、さぞかしお美しくなられたことでありましょう」

「さよう。三年は短かった。この大地は広すぎる。西の秦《しん》へ足を運べなかったことが、唯一の心残りだな」

隗は、あえて銀花には触れない。

「秦は豺狼《さいろう》の国です。学ぶことなぞ、ありますまい」

一途なこの弟子は、他国侵略を国是とする大国・秦の暴虐を嫌った。秦のことになると、向きになって嫌悪を露わにする。

「豺狼と蔑むだけでは、あの強さは解しえまい。なぜ秦がああまで強いのか。そこのところを瞭《あき》らかにせずして、わが燕《えん》の将来はない」

この年、周の慎靚《しんせい》王三年（前三一八）、韓《かん》、魏《ぎ》、趙《ちょう》、楚《そ》、燕の五国は合従《がっしょう》（縦に同盟して秦にあたる）して秦を攻めたが、勝てなかった。五国が真の意味で一体となれば、秦でも抗しえなかったであろうが、五国の足並みは揃わなかった。

それぞれにお家の事情がある。地形上、秦と国境を接する韓、魏、趙はつねに秦の脅威にさらされてきたのに反し、隗の祖国たる燕は北辺にある。余裕があった。秦との戦に気乗りしなかったのは当然であろう。

また、同じく秦と国境を接する楚は、東の強国・斉《せい》と結んだ方が有利との思惑がある。楚および燕の戦意が三晋《しん》（韓、魏、趙三国は旧晋国から分かれ出た）よりも劣ったのは、それなりの理由があったのである。各国とも、西の強国・秦、東の強国・斉を意識しつつも、隣国の蚕食《さんしょく》に怠りないのが現実の姿であった。

「民をやみくもに農と戦に駆り立てれば、強くもなりましょう」

涯は、吐き捨てるように答えた。

「はっはっは。そなたの気持ちはわかるが、秦の強さの秘密は民への強制ばかりではあるまい。人の心は、それほど単純ではない。そなたとて、強制されるばかりでは逃げたくもなろう」

「さようでしょうか」

涯は不満そうに呟くと、滔々《とうとう》たる流れに目を移した。易水とは三つの流れの総称である。眼前の奔流は南易水、つまりもっとも国境に近い川であった。


隗と涯のふたりは諸国遊学の旅を終え、故国の土を踏んだばかりである。

趙の邯鄲《かんたん》（河北省邯鄲市）を振り出しに、魏の大梁《たいりよう》（河南省開封市）、韓の新鄭《しんてい》（河南省新鄭県）、楚の郢《えい》（湖北省江陵県）、斉の臨淄《りんし》（山東省淄博《しはく》市東）といった各国の都をはじめ、さまざまな地を経巡《へめぐ》った。

最後の一年は斉の臨淄ですごした。そのころ、臨淄は天下一の都城を誇っていたが、その繁栄ぶりはなるほど燕の都・薊《けい》の遠く及ぶところではなかった。

臨淄は大小二つの城が隣接し、大城内では車が列をなして大路を埋め、道をあけろ、あけないで揉める光景がそこここにあった。臨淄入りしたはじめ、隗、涯の両人は目を丸くして立ち尽くしたものである。

城内には、おそらく五十万を超える人々がいたであろう。市場を中心とする歓楽街は闘鶏、博打、曲芸といった娯楽や演芸で溢れかえり、街路は人の波で覆われ、道行く人と人の肩が触れ合うほどであった。

斉の宣《せん》王の宮殿は、この大城の西南に隣接する小城内にあった。高台の上に築かれた王宮はひときわ豪壮で、屋根瓦が陽の光を浴びて赫《かがや》く光景には斉都の象徴にふさわしい華《はな》があった。

(何が斉の栄華を可能にするか)

斉に滞在中、隗はよく自問した。

隗は、斉とおのれの祖国をついつい較《くら》べてしまうのである。斉が東の果てなら、燕は北の果てにある。斉が周建国の功臣・太公望呂尚《たいこうぼうりょしょう》の封ぜられた国なら、燕は周公旦《たん》とともに周国の礎を固めた召公奭《せき》の封ぜられた国である。

海に臨んだ斉が魚と塩の交易で巨利を獲《え》たのなら、これも海に臨む燕は魚塩のほか、内陸部では棗《なつめ》、栗の富に恵まれた。斉が北戎《ほくじゅう》、北狄《ほくてき》に悩まされたのなら、燕は山戎《さんじゅう》に悩まされた。いずれも北方の戎《えびす》(異民族)である。

大小の国々が覇《は》を競った時代から、戦国七雄に収斂《しゅうれん》しつつある当世まで、斉、燕ともに生き残ったからには、大国に違いなかった。にもかかわらず、なぜ斉と燕では国力に格段の差があるのか。なぜ斉は東の強国であって、燕は北の弱国と誹《そし》られねばならないのか。

隗の斉滞在が長くなったのは、この問いに対する解を現実の斉の地から引き出そうとしたからであり、事実、収穫は少なくなかった。

臨淄では、先代の威《い》王、当代の宣王が天下の学者たちを招き、そのうち秀《すぐ》れた者を上大夫として待遇した。そのため、斉都には中原一帯から高名な学者、賢士、説客《ぜいかく》等々が綺羅星《きらぼし》のごとく集まった。これらの人々は、臨淄城の稷門《しょくもん》外に邸宅を与えられて住んだので、稷下《しょくか》の学士と呼ばれたが、隗はこの人々から多くを学んだ。

稷下の講堂は、北方風の言語やら南方風の言語やらの坩堝《るつぼ》となり、何より自分ほど豪《えら》い者はないとする自信家で溢れていた。それだけに日々、隗にとり新鮮な刺戟《しげき》があった。

（わが祖国・燕にいかに応用できるか）

このことを念頭に、無名の隗は稷下学士の高説に謙虚に耳を傾けた。

日ならずして、隗は老聃《ろうたん》（老子《ろうし》）の弟子であるという環淵《かんえん》に接し、墨翟《ぼくてき》（墨子《ぼくし》）の学を受け継ぐ宋銒《そうけん》に接し、勢位《せいい》の保持を説く慎到《しんとう》に接した。また、無および道を説く荘周《そうしゅう》（姓が荘、名が周。荘子《そうし》は荘先生の意）や奇妙な論理を展開するという公孫龍《こうそんりゅう》の名を知った。

環淵、宋銒および慎到の論はいずれも高邁《こうまい》で、隗は理解するのに苦労したが、理解したあとでは、

（わたしの求めるものとは異なる）

と、いくぶん不満が残った。

隗は、祖国が秦、あるいはその他の国に併呑されるかもしれないという懼《おそ》れを抱いている。その危惧《きぐ》を取り除くには、いずれの論も迂遠に感じられた。

たとえば、ある日、老聃の弟子たる環淵はこう弁じた。

――道は沖《ちゅう》なり、而《しこ》うして之《これ》を用いるに或《つね》に盈《み》たず。淵《えん》として万物の宗《そう》なるに似たり。

道は虚ろな器であり、いくら汲んでも尽きることのない測りしれないものだ。それは深奥そのもので、万物の大本《おおもと》のようなものだというのである。こうなると、聴衆は道について沈思せざるをえない。

隗もまた、

——道とは何ぞや。

と、真剣に考えた。やがて隗は、環淵の主張が、賢《さか》しらに行為することによって、かえって自縄自縛に陥る人間の営みをたしなめていることに気づいた。

——無為こそが最上ということのようです。先生、いかがとらえたものでしょう。

弟子の涯が訊《き》いた。

——ううむ。されど、何もせずして傍観していると、わが国は亡びる。

隗は、環淵を代表とする道家の考えに惹《ひ》かれはしたが、いまは採るべきではない、と結論づけた。なすべき仕事をなしたのち、無為に徹しても遅くはないと。

一方、宋銒は、墨家らしく兼愛と非攻を執拗に説いた。

——若《も》し天下をして兼《か》ねて相《あ》い愛し、人を愛すること其《そ》の身を愛するが若《ごと》くにして、猶《な》お不幸の者有らんや。

もし天下の人が広く愛し合い、他人を愛すること、わが身と同様であるなら、それでもなお不幸な者が存在しようかというのである。

——一人を殺せば、これを不義と謂《い》う。必ず一の死罪あり。若《も》し此《こ》の説を以《もっ》て往《ゆ》かば、十人殺せば不義を十重《ちょう》す。必ず十の死罪あり。百人殺せば不義を百重す。必ず百の死罪あり。此れに当たりて、天下の君子は皆知りてこれを非とし、これを不義と謂う。今、大いに不義を為して国を攻むるに至りては、則《すなわ》ち非とするを知らず。従いてこれを誉《ほ》め、これを義と謂う。

一人の人間を殺すと、不義と呼ばれ、かならず死罪となる。この理屈でいくと、十人殺すと、十倍の不義となって、十の死罪となる。百人殺すと、百倍の不義となって、百の死罪となる。天下の君子は皆が皆、殺人を知ると非難し、不義とみなす。ところが、いま、他国を攻めるという大きな不義となると、非難することを知らない。かえって追従して誉め称え、正義だなどと叫ぶ、と宋銒は、国が国を攻める不義を糾弾してやまない。

隗は、宋銒が代表する墨家の意見に心の洗われる思いがした。兼愛と非攻があれば、この世に争いがなくなるのは間違いない。

――国が国を攻めるときのみ、大いなる正義になるのはいかなるわけだ、と非難する墨家の言は至当とみるべきでしょうか。

涯が隗に訊く。

――うらむ。その信条たる禁攻寝兵《きんこうしんぺい》（侵略の禁止と軍備の撤廃を進めるべし）は尊いし、情《じょう》欲寡浅《よくかせん》（人の情欲は本来寡《すく》ないがゆえに他を貪《むさぼ》るな）や見侮不辱《けんぶふじょく》（他人に侮《あなど》られても、社会的な汚辱ではないゆえ、軽々しく闘うな）もわからぬではない。だが、無理にも攻めてくる他国の兵に、いくら禁攻寝兵を説いても無益であろう。

結局、隗は墨家の論を採らなかった。墨家に与《くみ》しない秦国が祖国・燕を攻めてきたなら、兼愛と非攻では防ぎようがない。しかしながら、隗は墨家の論からひたすら守りに徹する姿勢を学んだ。

その点、勢位《せいい》（民や吏がおのおの役割を果たして、君主の能力不足を補う自動的な統治の態勢）の保持を説く慎到の論はいま少し実利に傾いていた。

――飛龍《ひりょう》は雲に乗り、騰蛇《とうだ》は霧に遊ぶ。雲罷《や》み霧霽《は》れれば、龍蛇《りょうだ》は螾蟻《いんぎ》と同じ。則《すなわ》ち其《そ》の乗《じょう》ずる所を失うなり。故《ゆえ》に賢人にして不肖者《ふしょうしゃ》に詘《くつ》するは、則ち権軽く位卑《いや》しければなり。不肖にして能《よ》く賢者を服《ふく》するは、則ち権重く位尊《とうと》ければなり。

空を飛ぶ龍は雲に乗り、高く揚がる蛇は霧に遊ぶ。しかし、雲が失せて霧が晴れれば、龍や蛇も蚯蚓《みみず》や蟻《あり》と同じになる。というのも、その託するところを失うからであって、同様に賢人が愚者に屈服するのは権勢が軽く、地位が低いからである。愚者が賢人を服従せしめうるのは、権勢が重く、地位が高いからである、と慎到は言う。

慎到は、君主の才も智も信じない。そのかわり、勢位の保持をひたすら訴えた。これにより、国はかならず治まると。

——君主の権や位、法や制といった人為によってつくり出される態勢をきっちり保てば、君主がかりに凡愚独善であっても、国家は自然に治まるということのようです。先生、これは使えるのではありませぬか。

涯が、おのれの解釈を隗に伝えた。

——うむ。われらが求めるものの一端に触れたかもしれぬな。

隗は、はじめて微笑をもらした。

一論者の考えはある面では首肯できても、別の面では頷けない。隗は、みずからが経世済民に取り組むことによってしか、最善の策に迫りえないことを識《し》った。著名な荘子や公孫龍に会ったところで、目から鱗が落ちるようにあらゆる疑問が氷解するはずもないのである。

（稷下の学士は、高説をもてあそぶ。五穀の稔りをいかに増やすか、民の暮らしをいかに安んじるかという根本をむしろ蔑ろにする傾きがある）

隗が稷下学士たちに失望しかけたころ、話しかけてきた男がいる。すでに上大夫の扱いを受ける名のある男であった。痩身の隗よりもっと瘠《や》せ、大きな黒目が人を人とも思わぬ風情で光っている。顔は髯《ひげ》で埋もれていた。名を鄒衍《すうえん》といった。

——貴殿も、賢人どもの理《ことわり》にうんざりしているらしいな。

——そうでもありませぬが、わたしは理想を追いつつ、現実も追いたいのです。

——ふうむ。貴殿はたしか燕の人でしたな。

——さようです。あなたはこの斉の人とお聞きしています。

——ほほう。わしを知るか。

——はい。少なくとも、あなたの論はほかのだれにも似ていませぬゆえ……。

——はっはっは。

鄒衍は呵《わら》いとばした。

隗ははじめ、人がだれでもそう考えるように、鄒衍の論をはったりかと疑った。周りには、怜悧《れいり》やら才知やら独創やらをよそおいながら、考えることはよい仕官口ばかりという者たちが決して少なくなかった。

当初、隗が鄒衍を見抜けなかったのは、鄒衍の奇矯《ききょう》ぶりが板についていたからで、あとで隗は自分の皮相の見を羞《は》じねばならなかった。

隗は、この豪快な人物と親しくなった。とりわけ、鄒衍の説く陰陽二元の消長変化の説は現実に使えそうな気がした。そこには、鄒衍の外貌からは想像できない細緻な考えが内包されているように思えたのである。

されど、将来、鄒衍が隗と隗の祖国・燕に対して大きな役割を果たすことになるとは、そのとき考えもしなかった。

隗と涯が臨淄を去るとき、一人の学者が車を何十乗も連らね、従者を何百人も引き連れて来斉した。名を傍らの人に聞くと、孟軻《もうか》（姓が孟、名が軻。孟子《もうし》は孟先生の意）と答えた。孟軻は鄒《すう》の人で、それまで魏にいたという話であった。

――大学者らしいですね。従者の数が桁外れです。

弟子の涯は、唖然としている。

――うむ。孟子なら噂に聞いた。その説くところもな。だが、想像していたのとはだいぶ異なるようだ。見よ、何と派手なことか。一口に学者、賢人、説客といっても、世の中さまざまというほかはないな。

隗は孟子の一行を見送ったあと、無事に帰国を果たした。頭のなかには、さまざまな学説が収められていた。


ふたりは、なおしばらく易水のほとりにいた。その年の暮れがはや迫っている。

「ともあれ、無事に帰国を果たしました」

涯が感にたえないといった風情で、再び口を開いた。

「そうだな。われらの祖国に」

隗が答えた。

二

帰国早々、隗《かい》は銀花《ぎんか》にまつわる大事件を知った。

銀花の出迎えぬのを怪訝《けげん》に思い、問い質《ただ》して仰天した。隗は、みずからの考える経世済民策の実践どころか、最も卑近な出来事に翻弄されることになった。

「じつは、太子がのう……」

父はそう言ったきり、黙った。

燕王噲《かい》が易《えき》王の後を継いだのが、二年前のこと。燕王噲は太子のころから、とかくその凡庸《ぼんよう》の性を云々《うんぬん》された。嫡出の息《そく》が二人。兄が太子平《へい》、弟が公子職《しょく》という。

（あの太子が問題を起こしたというのなら、わからぬではない）

太子平はその性、驕悍《きょうかん》にして、言い出したらやまぬ癇癖《かんぺき》があった。その点、弟の公子職はずっと温柔といわれる。

隗は、黙り込む父の口を辛抱強くこじ開けた。

事件は、太子平が銀花を見初《みそ》めたことから始まった。太子平から銀花を所望され、困り果てた銀花の父は、たまたま韓へ遊学する公子職に託して、銀花を逃した。激怒した太子平が弟を追い、あわやのところで公子職は逃れたという。

（何とも理不尽な）

隗は、おのれの三年という長き不在が故郷に残された者に与えた痛苦をいまさらながら思い知らされた。

公子職に伴われた銀花のことがにわかに心配になった。公子職の人品は高潔と聞くが、傍らにつねに美貌の少女がいたらどうなるか。

(はて。世の中の瑣事《さじ》を忌むわたしが、その真っ直中におかれようとは……)

隗の父が官職を去って何年にもなる。郭家《かくけ》は、現在の燕王噲とは何らの関わりももたない。それだけに、どう結末をつけたものか思案に余った。

「相手がのう」

父親は諦め顔で言った。

(王侯の生も匹夫の生も、生きることにおいては同等)

隗の気骨が表に出る。

「父上、わたしはこれから韓の都・新鄭《しんてい》へ出向きます」

「何を言う。おまえは帰ったばかりではないか。わしは、おまえの帰りをどれほど待ちかねたことか。韓都はあまりに遠い……」

老いた父は、潤む眼で隗を視《み》た。諦めてくれと語っている。

「父上、銀花はわたしの妻です」

隗は静かに、しかし、父の反論をゆるさぬ強い口調で答えた。

年が明けてすぐ、周の愼靚《しんせい》王四年(前三一七)、隗はふたたび車上の人となった。傍らでは、忠実なる弟子・涯《がい》が淡々と馬を馭《ぎょ》している。

ふたりは、みたび易水のほとりに立った。溢れる感慨をもって水の流れを眺めたのは、ほんのしばらく前のことである。またもや易水を渡るとは、想像だにしなかった。

「行く川の流れは変わらぬのに、人の生は変転きわまりない。また漂泊の旅だな」

隗は、小さな吐息をもらした。

「銀花さまのためではございませぬか。わたしは先生が断念されるなら、ひとりで韓都へ発つつもりでありました」

「行って、どうするのだ」

「公子に、理不尽な振る舞いがあった場合は、責めを負っていただきます」

「責めを……。どのようにして」

隗は目を瞠《みは》った。

(温和《おとな》しい性ばかりではないと知ってはいたが……)

隗のただひとりの弟子は、想像以上に滾《たぎ》るものを持つ士《もののふ》のようである。

「手立てはいくらでもあります。公子にひとたび会えば、かならず仕留めます」

「しかし、そなたの生命《いのち》もないぞ」

「覚悟の上です」

涯は、顔色ひとつ変えなかった。

隗は、涯の異なる面を垣間見たような気がした。

もともと、隗は暴《ぼう》を好まない。游俠《ゆうきょう》を標榜する剣の達人でも、一人か二人を殺害するのがせいぜいで、何千、何万という民の生命に関わる世界とは無縁である。隗にとり、游俠の世界は虚しいものでしかない。

隗は、それとなく涯を観察した。涯の懐が心なしか膨らんでいる。

（わが弟子が、匕首《ひしゅ》を呑んでいる……。暴を以て暴に易《か》え、其《そ》の非を知らず〔一つの暴を除くのに他の暴を以てするならば、結局、暴を除くことにはならない〕というではないか）

隗は、公子職の義を信じたかった。

ふたりは易水を渡河し、祖国をあとにした。

河水（黄河）を溯るようにして、韓の都たる新鄭へ向かう。新鄭は、かつて鄭《てい》国の都であった。周王室の東遷時、大いに活躍した由緒ある国であったのが、五十余年前に韓によって滅ぼされた。

黙々として馬車を進めた。燕から韓まで長路の旅である。途中、馬陵《ばりょう》（山東省范《はん》県西南）の近辺を通った。この地は、斉と魏が国運かけて激突した戦場であった。二十年余前のことゆえ、当該激戦はなお人々の記憶に新しい。

先を急ぐ隗はその地に立ち寄らなかったものの、馬陵の戦いには関心をもっている。といって、隗は兵法に興味はない。隗の関心は、ただに秀れた将軍や軍師の果たす役割にあった。

（馬陵の戦いのころ、斉兵は、韓、魏、趙三晋の兵よりも弱兵といわれた。なにゆえ、その斉が最強の魏に勝てたか。馬陵の戦いは、斉と魏の力関係を逆転させるほどのものであった。斉がこの大決戦に捷《か》てたのは、そこに偉大な軍師がいたからだ）

隗は歴史をひもとくことによって、たったひとりの将軍、たったひとりの軍師が国運を左右した例をいくつか知る。馬陵の戦いでは、斉の軍師・孫臏《そんぴん》がこれにあたった。

その年（前三四二）、魏は趙と結んで韓を侵した。韓は斉に救援を求めた。

翌年、斉は孫臏の策にしたがい、田忌《でんき》を将軍、孫臏を軍師として韓救援の軍を進発させた。斉軍は韓都・新鄭へは向かわず、まっすぐ魏の都をめざした。孫臏は、魏軍が斉軍来襲の報に接して急遽、自国救援のために韓から退くであろうと読んだのである。

案の定、魏の将軍・龐涓《ほうけん》は慌てて帰国の途についた。

このとき、孫臏は将軍・田忌に、

——かの三晋（韓、魏、趙）の兵は元来、勇猛剽悍《ひょうかん》にして、わが斉を侮り、わが兵を怯懦《きょうだ》と嘲《あざけ》っています。こういう情勢を利して、有利な方向に導くのが戦上手というもの。兵法に、『利につられて百里の道を急ぐときは、上将を失い、利につられて五十里の道を急ぐときは、全軍の半数は到達しえず』といいます。わが斉軍が魏の領土に入りましたら、十万人分の竈《かまど》をつくらせ、翌日は五万人分、翌々日は三万人分の竈をつくらせるようにするとよいでしょう。

と、必勝の策を授けた。田忌は、孫臏の策に随《したが》った。

韓から撤退してきた魏将・龐涓は、斉軍のあとを追い、その兵糧を炊《た》く竈の数を知って、哂《わら》った。

——斉兵の臆病なることを知ってはいたが、やはりであった。見てみよ。われらが国土に入ってわずかに三日、敵士卒の過半は逃亡しておるわい。

龐涓は竈の数から、斉兵の半ば以上の逃亡を疑わなかった。さればと、主力の歩兵部隊を残し、軽装備の戦車部隊のみを帥《ひき》いて遮二無二、斉軍を急追した。この機に、一気に斉軍を殲滅《せんめつ》せんものと図ったのである。

一方、孫臏は、魏軍の動きを見抜いていた。

かつて、孫臏と龐涓は、ともに兵法を学んだ間柄であった。友であった龐涓が孫臏の怨敵《おんてき》に変じたのは、孫臏の才を妬《ねた》んだ龐涓が奸計により、孫臏を陥れたからである。両足切断と黥《いれずみ》の刑に処せられた孫臏はそれ以降、龐涓に対する復讐の念を忘れたことはない。孫臏の臏とは、臏刑《ひんけい》(あしきりの刑)を受けた者の意である。

さて、孫臏は、魏軍の戦車部隊の進む速さを冷静に計算した。

——やつは、黄昏時に馬陵を通過する。

馬陵は道が狭く深い谷となっていて、伏兵を置くに恰好の地であった。

不倶戴天《ふぐたいてん》の敵・龐涓の終焉《しゅうえん》の地を馬陵と定めた孫臏は手筈を整えたあと、道ばたの大樹の幹を削らせ、

——龐涓この木のもとで死せり。

と、みずから墨書すると、魏軍の到着を待った。

他方、魏軍は夕暮れ時、馬陵に到着した。龐涓は、何ら疑うことなくそのまま深い谷に進み入った。

と、傍らの大木に夜目にも白い部分がある。何やら書いてあった。

——何だ、あれは。火をともしてみよ。

龐涓は命じた。それが、みずからの死に直結するとは知る由もない。

すぐにも、火が点じられた。龐涓が近寄って読もうとした刹那、斉軍の万弩《ばんど》(一万の弩《いしゆみ》)がいっせいに矢を解き放った。

薄闇に加えて、弩による不意討ち。しかも、逃れがたい危地。魏軍は大混乱に陥り、やがて同

士討ちをはじめた。

龐涓は、おのれの敗北を即座に悟った。

——遂に竪子《じゅし》の名を成さしむるか（とうとうあの小倅《こせがれ》に名を成さしめたか）。

そう呟《つぶや》くと、おのれの頸《くび》を刎《は》ねた。斉軍は魏軍を粉砕した。

孫臏があらかじめ定めておいた一斉射撃の合図は、日が暮れてのちの灯火《あかり》であった。孫臏は冷酷無惨に復讐をとげ、斉と魏の立場を逆転させた。

隗は真底、孫臏のごとき軍師を懼《おそ》れる。あまりに凄まじすぎるのである。隗は、斉の都・臨淄《りんし》にいたころの墨家・宋鈃《そうけん》の論を思い出さないわけにはいかない。

——三里四方の城、七里四方の外郭を有する城を攻めるに、味方兵の戦死は多い場合で万を数え、少ない場合で千を数える。このことをよく考えよ。戦勝による利とそのための損失を比較考量すれば、その利の及ばぬことはだれにでもわかる道理だ。

宋鈃は小さな城ひとつ奪《と》るのですら、莫大な犠牲を払うものだ、と禁攻寝兵を熱心に主張した。隗は墨家の考えを尊いとする。そうあるべきだとも思う。

（されど、無慈悲に攻めてくる敵に、戦勝による利とそのための損失を説いても無意味だ。わが国においても、いずれ戦は避けられぬであろう。そうであるなら、わが国にも、名将、名軍師が要るであろうか。それとも、ひたすら負けない戦、ひたすら守る戦に向け、わが軍を鍛えるべきであろうか）

戦を好まぬゆえに、隗はいまだ結論を見出せないのである。

易水を渡って魏の地まで、隗は、いずこの地も荒廃していることに気づいた。

「三年前はこれほどであったろうか」

「いいえ。民は疲れ切っているようです」

涯が淡々と答えた。

このころ、戦はその規模を拡大していた。武器は鉄製となり、殺傷能力は格段に増した。兵は常時足りなかったから、諸侯は、おのが治める国の壮丁《そうてい》を無理矢理、徴兵した。働き手を奪われた国土は、荒れるに任せるしかなくなった。

事情は、祖国・燕においても同じことであり、地の利から、韓や魏ほど手酷く秦に攻められないだけのことであった。

ふたりは、魏の都・大梁に着いた。この地から韓の新鄭までは何ほどの距離もない。

斉の名軍師・孫臏にしてやられた魏は翌年、秦、趙、斉の聯《れん》軍の攻撃を受け、決定的な敗北を喫した。秦の脅威は格段に強まり、大梁の民は精気を失った。

大梁の街で、隗はまたもや戦の噂を耳にした。

昨年、函谷関《かんこくかん》（秦の四関所の一つ。河南省霊宝《れいほう》県北）の戦いにおいて、秦に敗れた五国（韓、魏、趙、楚、燕）がふたたび秦に戦いを挑もうというのである。前回は、韓、魏、趙三晋兵に比して、楚と燕両国兵の士気の乏しいことが敗戦につながった。

韓、魏、趙三国は、晋から分かれた国である。晋は、周の武《ぶ》王の子・叔虞《しゆくぐ》が唐（山西省太原《たいげん》市）に封ぜられて国をなし、のち南遷して晋と称した。文《ぶん》公のときに覇者《はしや》となったが、その後、有力な卿《けい》（大臣）であった韓、魏、趙三氏によっていまのように分割された。出自を晋としながらも、三国は相互に争い、土地を奪《と》ったり奪られたりして現在に至っている。
いま、三国は過去の行きがかりを棄て、秦の脅威の前に同盟して秦に抗するしかないところにまで追いつめられた。しかも、三国同盟でも秦には勝てない。楚と燕の兵力を必要とするのである。

昨年の函谷関の戦いで、動員された敵味方の軍勢は都合百万を超えた。いまや、戦は、国家のありとあらゆるものを動員する総力戦の様相を呈していた。

「また戦でありますか」

涯が、暗然とした口調で言った。

「そのようだ。秦は日増しに強くなる」

「何とかできませぬか」

「うむ。わたしは始終、それを考えているのだが」

考えるばかりで、上策はさっぱり出てこないのである。

「銀花さまのことが首尾よく片づきましたら、いっそ秦を巡遊なさってはいかがでしょう」

秦が嫌いだったはずの涯が、珍しいことを口にした。

「秦へか。しかし、銀花はどうなる」

「もちろん、銀花さまをどこぞ安全なところに匿《かくま》ってからの話です。あるいは、ご一緒ということも考えられましょう」

「はっは。銀花と一緒に秦へかね」

韓都が近づいてきた。

鄭を滅ぼしたころまでは、韓の勢いは盛んであったが、その後、魏に攻められ、秦に攻められ、ことごとく領土を削りとられた。それでも、二十年ほど前までは名宰相と謳《うた》われた申不害《しんふがい》が出て、諸国の侵攻を断念させること、十五年。よく国は治まったが、申不害が生を終えると、韓はふたたび振るわなくなった。

前に韓都に滞在した折り、隗は申不害の治績を研究した。そののち、斉の臨淄において慎到の勢位の保持を聞いたとき、両者は似ていると感じた。韓の申不害もまた、君主の叡智に頼る政《まつりごと》を排した。君主が英邁であれば何ら問題ないが、一国が危機に陥るのはたいがい凡庸愚昧の君主のときである。申不害は、君主の凡非凡という不安定な要素を排除し、いかなる君主のもとでも一定の統治がなされるすべを考え出した。

風が香りを運んでくる。

「この芳《かぐわ》しい匂いは何でしょう」

涯が周囲を見回しながら、大きく息を吸い込んだ。

「さて。杞《こぶやなぎ》か檀《まゆみ》か。よくわからぬが、芳香だな。幸先いいのかもしれぬ」

ついに、韓都・新鄭に達した。

昔、韓の都は陽翟《ようてき》（河南省禹県）にあった。鄭国併呑時に、新鄭に遷都したのである。新鄭城は東西二城に分かたれ、西城が内城、東城が外城となっていた。内城の中央部が王宮で、このとき韓は宣恵《せんけい》王の治下にあった。

韓の文化は周に似ている。それだけ正統に近いともいえるが、いまその正統も色褪《あ》せた。韓都の雑踏は、斉の臨淄を見慣れた目にはさほどにも感じられない。

公子職の仮寓《かぐう》は、東城の中央やや西、閑静な一郭にあった。高い塀が四周を取り囲み、外からその暮らしは窺い知れない。

門番に取り次ぎを頼むと、拍子抜けするほど簡単になかに通された。隗は、涯が二度、懐に手を伸ばすのを視《み》た。

三

公子職《しょく》は訝《いぶか》しげに隗《かい》のあいさつを受けたが、訪問の目的を聞くと、皓《しろ》い歯をみせた。痩せ細ったひ弱な若者であった。

「世の中には、運のいい人がいるものだな」

公子は、隗を凝視《みつ》めながら言った。

(何と寂しげな眼をした人か)

隗はその視線をうけとめつつ、胸が痛む。

燕《えん》国の公子でありながら、いまは逼塞《ひっそく》の身である。次子なるがゆえに疎《うと》まれる存在。陽のあたる場所に立つのは、兄の太子平に異変が生じたときしかない。しかも、兄に子ができたなら、その可能性は限りなく無に近づく。

「運のいいとは、わたしのことでしょうか」

「さよう。あれほどの美貌、この韓都にいたとしても、せいぜい一人か二人。貴殿を羨むのは、わたしばかりではなかろう」

公子職は目の前に銀花がいるごとく、うっとりした顔容《かお》つきになった。

（はて。ということは、銀花は無事ということになる。涯《がい》よ、そなたの匕首は要らぬぞ）

隗の内心の懼《おそ》れが掻き消えていった。公子は隗の応《いら》えを待たず、

「この国に、こんな歌がある」

と、続けた。隗はあとで寤《さと》ったが、無聊《ぶりょう》を余儀なくされた公子は、隗の訪れを単純に悦んでいたのである。

女《むすめ》有りて車を同《とも》にす
　顔《かんばせ》は舜華《しゅんか》の如し
将《は》た翺《こう》し将た翔《しょう》す
佩玉《はいぎょく》に瓊琚《けいきょ》
彼の美なる孟姜《もうきょう》
洵《まこと》に美にして且《か》つ都《しとや》かなり

〈美しい娘と車を走らせた。その顔はむくげの花のようである。あちこちあてどなく遊ぶと、腰につけた玉くさりの宝石が揺れて光った。綺麗な姜家の姉娘は、美と淑《しと》やかさをあわせもつ。〉

口ずさんだあと、公子は含羞《はにか》んだ。どこでそんな歌を仕入れたかと問われれば、赤面したに違いない。巷隠《こういん》ゆえに、市井の泣き笑いに触れえたのであろう。隗は、公子に親しみを覚えた。

「さて、何とお答えしたものか……」

「いや、こちらこそ喋りすぎた。あの逃避行は、いまでは楽しい思い出となっている」

公子は、焦点の定まらぬ視線を宙になげた。

そのとき、若い女が酒器を捧げて部屋に入ってきた。奥ゆかしい艶《あで》やかな姿は銀花なのであろう。さすがに、隗は胸の高鳴りを抑えかねた。

（しばらく見ぬうちに、ずいぶん大人びたものだ）

隗は女に目をやり、眩暈《めまい》を覚えた。都ふうに洗練された顔貌《かお》がこちらを向いて嫣然《えんぜん》としたが、銀花とは別人であった。

隗の心のうちを見やった公子職は、

「貴殿は、どうやら誤解されたようだ。わたしは若輩ではあるが、男女七歳にして席を同じうせずを知る者だ。なにゆえ、銀花を手元におけよう」

と、静かに語った。

「では、いずこに……」

「いささか遠いが、すこぶる安全なところだ」

公子は莞爾《かんじ》とした。

「と、おっしゃいますと……」

「うむ。兄に追われたわたしは、わざと斉、魯《ろ》を経て宋《そう》に出、魏を経て韓に入った。だれも、そんな回り道をとるとは考えぬからな」

「そんな迂路《うろ》を……」

「うむ。で、途中、会いたくなった男がいた。貴殿は、荘子《そうし》（荘周）の名を聞かれたことがおありか」

　そう問われて、隗は心中に、

（これは何かの縁《えにし》だ）

　と、叫んでいた。斉都・臨淄でさんざん聞かされ、いつかは会いたいと思っていた人物である。

「名は存じております」

「やはり……。貴殿は大変な学者と聞いている」

「わたしが。滅相もございませぬ」

「否。銀花はそう言っていた……。ともあれ、わたしは宋通過の際、何度となく荘子の名を耳にし、面白い男と思った」

「荘子は、蒙沢《もうたく》の漆 園《うるしばやし》の管理人であったのが、堅苦しい勤めを厭い、草鞋《わらじ》づくりを生計《たつき》とするようになった、と噂に聞いたことがあります」

　隗は、荘子の身の処し方に惹《ひ》かれる。だれもが一度や二度、隠逸に魅《ひ》かれるが、食わんがために、次にはおのれの理想の実現のために、あるいはおのれの栄耀栄華のために、結局は官職を手放せない。つまり、荘子の生き方を実行できる者は、荘子しかいないのである。

「さよう。ふと訪ねる気になり、実際にそうした。およそ信じられぬ貧窮の暮らしであった。しかし……」

「しかし」

　と、鸚鵡《おうむ》返しの隗。

「そこには、人を和ませる清澄な空気が漂っていた。たとえようもなく清々しい気であった」

「その名が海内に知れ渡っている所以《ゆえん》でありましょう」

「うむ。荘子自身もその妻も、何人かの弟子も、その顔貌《かお》の輝きがまことに凡俗を超えていた。常人にはない聖なるものというか。わたしは、うたれたのだ。ゆえに、荘子に銀花を託した」

いきなり、公子は結論を投げ出した。

「な、何ですと」

思わず、隗の声が大きくなる。

「それほど愕《おどろ》くにはあたるまい。人々は、荘子の貧しさしか知らぬ。しかし、あの男には他人《ひと》にはない何かがある。しかも、あの男は王族の血を引いているというではないか。銀花に危害の及ぶことは十中、十までない。わたしが請け合う。わたしは、最良の選択をなしたと思っている……」

公子はそこまで言うと、肩の荷を下ろしたか、やや姿勢を崩した。

(この若い人は銀花の魅力に殆《あや》うさを感じ、荘子に託したとみえる。清潔な人なのだ。それしても、大いなる因縁だ。荘子と関わりが生じようとは)

隗は、荘子をつねに意識してきた。斉の都・臨淄でその名を耳にしてから、無と道を説く隠遁者がはるか遠方から自分を招いているような気がした。道家たる環淵《かんえん》とはまた異なる荘子の論に触れてみたいとする気持ちは、その後も消えることはなかったのである。

酒が入って、両者の気分がほぐれた。公子は、涯が別室で待っていると知ると、涯をも招いた。

「燕国公子といっても、名ばかりにすぎぬ。一人いるよりも、二人。二人いるよりも三人の方が愉《たの》しいではないか」

公子は、気さくな人柄のようであった。涯は決闘に赴くような顔つきでやって来たが、隗から手短に事の真相を聞かされると、

「それはよろしゅうございました。銀花さまも、さぞかしお待ちかねのことでございましょう」

と、破顔一笑した。

それから三人の話が、祖国・燕の将来やら、西の強国・秦、東の強国・斉の話やらに発展したのは言うまでもない。

公子は、隗と涯が三年の光陰を遊学にあて、斉の臨淄で一年を過ごしたと知って、並々ならぬ関心を示した。

「稷下《しょくか》学士の大半は、法螺《ほら》吹きばかりだとの評がある。貴殿はそのあたりをどう考えるか。だれの説に利があるのか。儒家か道家か、はたまた墨家か法家か。貴殿の考える経世済民策とは、いかなるものか」

公子は、隗に矢継ぎ早に問うた。

「稷下学士が諸侯の関心を引くべく大言壮語するきらいがあるのは、おっしゃるとおりです。されど、得難い学者、賢士がいることは間違いありませぬ。わたしどもが臨淄を去るとき、たまたま孟子一行の斉入りを目撃しました。車が何十乗、従者が何百人とおそろしく豪奢なありさまでした。相当な人物なのでありましょう」

「孟子か。儒家にしてはずいぶん派手ではないか。憶えておこう」

「わたしは、道家の環淵および墨家の宋鈃の説には、惹《ひ》かれるものを感じましたが、いまは採りませぬ。法家の慎到の説は一部、使えるとみました。ほかに、陰陽五行を説く鄒衍《すうえん》、さらには兵家、説客と目白押しでありました。荘子や奇妙な論理を展開するという公孫龍《こうそんりよう》の名も何度も耳にしたのです」

「ううむ。それだけの面々が斉一国に集まっていること自体が怖いな。斉に、わが国を侵す意志はあるか」

「こちらに油断あれば、即座に衝《つ》いてまいりましょう」

「斉に滞在する儒家の孟子は、戦を嫌忌するのではないのか」

「かならずしも、そうではありませぬ。つまり、桀紂《けっちゅう》（夏《か》の桀王と殷《いん》の紂王。暴虐無道の君主の代表）のごとき君主であれば、湯武《とうぶ》（殷の湯王と周の武王。桀紂を討伐して、ともに革命によって王朝を創始）による戦のごときは天の命《めい》と……」

「ほほう。そんなものか。儒家といっても、千差万別らしいな」

「御意にございます」

「ふうむ。なるほど。翻って、このわたしは……」

　ずっと快活を持してきた公子が、ふいにまた哀しげな眼に戻った。

（みずからの頼りない身が思い出されたのであろうか）

　国家を論じ、経世済民の策を論じたとして、公子には何の実権もない。かえって、論じない方がよいのである。頭角をあらわせば、兄の平に警戒されて不測の事態を惹き起こさないともかぎらない。

公子は塞《ふさ》ぎこみ、寡黙となった。最前の美妓《びぎ》の懸命なもてなしで、沈み込んだ座は持ち直した。

「この国に、こんな歌がある」

公子は、また歌い出した。

揚《あが》れる水の
束《たば》ねし楚《しば》を流さず
終《すで》に兄弟鮮《すくな》く
維《こ》れ予《われ》と女《なんじ》のみ
人の言《げん》を信ずるなかれ
人は実に女を迂《たば》かる

〈岩奔る山川の瀬が、束ねたしばを堰《せ》きとめて流さない。いまや兄弟少なく、残っているのはわたしとあなたの二人のみ。他人《ひと》の無責任な言葉を信じぬように。他人はただあなたをあざむくだけだから。〉

この歌は銀花への想いというよりは、鬱屈を紛《まぎ》らすためのようであった。

暇を告げるべきときと察し、隗は公子を美妓にゆだねた。公子はしきりに隗を引きとめたが、隗は辞去した。公子職の悲哀にいたたまれなくなったのである。

外に出ると、朧月が天空にあった。

銀花の無事に安堵した隗の心は、新たな望みに迷った。まだ見ぬ最強の国・秦巡遊の件である。

「このまま、秦へ行こうと思う」

隗が持ちかけると、

「何をおっしゃいます。銀花さまのお気持ちをお汲みなされませ」

涯が血相変えて抗議した。

「されど、訪秦を勧めたのは、そなたではなかったか」

「さようです。しかしながら、あのときは、銀花さまをどこぞ安全なところに匿《かくま》ってからと申したはず……。あっ」

涯は口をつぐんだが、いささか遅すぎた。荘子という孤高の人物のもとにいるなら、銀花はきわめて安全である。隗に分《ぶ》があった。

「宋に行って、また戻るというのは下策。このまま秦をめざすべきであろう。銀花には、もう少し待ってもらおう。道家の論客となった銀花と議論するのも、また楽しからずやではないか」

隗は、とうとう押し切った。

ふたりは、東周の都・洛陽《らくよう》を経て函谷関への路を辿ることにした。そのころには、韓都・新鄭にも戦の気配は濃厚となっていた。

三者、仮寝の宿

一

斉《せい》の都・臨淄《りんし》城内の一郭、瀟洒《しょうしゃ》な屋敷の一室で、押し黙る男が二人。

細長の眼。そのうえに薄い眉が描かれ、背は低めで小太り。顔つきが似、背格好までそっくりである。人の思惑をてんから気にせぬ押しの強さで、これまでを生きてきた。両人のいささか異様な眼光に、それが如実に現われている。信義や忠信といったことの対極にある人たちであった。

名を蘇代《そだい》、蘇厲《それい》という。長兄の蘇秦《そしん》が死に、残った次弟と末弟が善後策を練っているさなかである。

その内容がいかにもこの兄弟らしく尋常ではない。口舌に憑《つ》かれた縦横家《しょうおうか》(遊説家)たる二人の胸のうちは、兄の死を悼むよりも、兄以上の成功をおさめたいとする野心で満たされている。裏を返せば、それだけ長兄・蘇秦の諸国を股にかけた八面六臂《はちめんろっぴ》の活躍は、大向こうをうならせたのである。

(才では兄に負けぬ。兄があれほど名をあげたのなら、われらとて……)

代《だい》と厲《れい》の兄弟は、長兄・蘇秦の残した負の財産をいかに始末し、いかに長兄を乗り越えて大いなる栄誉を得るか、最前から激論を闘わせていた。


蘇秦は、東周の洛陽の人。

若いころ、友の張儀《ちょうぎ》とともに鬼谷《きこく》先生に弟子入りし、学問をおさめた。その後、諸国をめぐって職を探したが、うまくいかず、そのうち有り金がつきて帰郷した。

——それみたことか。

兄弟はおろか、嫂《あによめ》、妹、妻、妾《しょう》にまで嘲笑され、蘇秦は恥じ入って部屋に閉じこもった。一歩も外へ出ず、一念発起して、『周書陰符《しゅうじょいんぷ》』（太公望呂尚の兵書）をひたすら読みふけった。眠気がさすと、おのれの股を錐《きり》で刺した。

夜を日に継いで研究を重ねているうち、ふと気がつくと、まるまる一年の歳月が流れていた。その間、蘇秦は同書を咀嚼《そしゃく》しつくしたばかりか、揣摩《しま》の術（相手の意を知り、これをたくみに言いくるめる術）を会得していた。

——この術を使って、ひとつ、諸国の君主や宰相を丸め込むとするか。

自国の周では、法螺《ほら》ばかり吹いているやつ、と信用がない。蘇秦は周を断念して、まず新興の秦へ行った。恵王《けいおう》に会うと、大いに秦の地の利を力説したあと、

——この国は、備わらざるもの何一つとしてない天然の宝庫であります。しかも士民の数は多く、兵法の調練も上々。天下を統一し、帝と称することも、それほど遠い先のことではございますまい。ついては、このわたしをお使いくだされば、時期を早めて進ぜましょう。

と、もちかけた。

ところが、恵王にあっさり拒絶された。たまたま秦は商鞅《しょうおう》を処刑したばかりで、他国者《よそもの》の縦横家に対する目がことのほか厳しかった。

商鞅は衛《えい》の妾腹の諸公子の一人で、おのれの信ずる法制を押し進め、秦の富国強兵に絶大なる貢献をなした。しかしながら、あまりに無慈悲にやりすぎて怨まれた。

秦は商鞅を打ち殺したあと、死骸を車裂《くるまざ》きにした。商鞅のもたらした莫大な果実を受け取り、商鞅自身を抹殺したのである。

蘇秦は秦を諦めた。

――秦め、わたしを用いなかったことを後悔するであろう。秦に期待できぬからには、諸侯に秦封じ込め策を説くとするか。

変わり身の迅《はや》さも、蘇秦の長所の一つである。蘇秦は秦をきっぱり断念するや、諸国が同盟して秦に対抗するの策、つまり合従《がっしょう》の策を説くことにして、趙を訪れた。

ところが、趙王は会ってもくれない。宰相に鼻であしらわれたが、そんなことでめげる男ではない。次に、北の燕《えん》を訪れた。燕では一年も待たされ、ようやく文公《ぶん》（燕王噲《かい》の祖父）への目通りがかなった。

堰き止められた奔《はや》き流れは、いずれ一気に流れ出す。蘇秦は最後の機会とばかり、

――燕の国は東に朝鮮、遼東《りょうとう》の地方、北に林胡《りんこ》、楼煩《ろうはん》（いずれも胡国）の二国があり、西には雲中《うんちゅう》、九原《きゅうげん》（いずれも郡名）、南には嘑沱《こだ》、易《えき》水の流れがあります。土地は方二千余里（一華里はおよそ四百米《メートル》）。帯甲《たいこう》（武装兵）数十万、戦車六百乗、軍馬六千匹、食糧はゆうに数年を

支えるに足ります。そのうえ、南の碣石《けっせき》、雁門《がんもん》から豊かな物資が入り、北は棗《なつめ》、栗に恵まれ、民は耕作せずして暮らしていける天賦の宝庫であります。

と、燕の地の利を熱く弁じたあと、

――されど、燕が外敵の侵略をうけず、戦禍をこうむらずに今日までこられたのは、趙あってのゆえですぞ。考えても御覧《ごろう》じろ。秦が燕を攻めようとすれば、その道のりは数千里。一方、趙が燕を攻めようとすれば、たかだか百里。されば、百里の敵を軽んじ、千里の敵に恐れおののくというのは、信じがたい間違いではございませぬか。それゆえ、大王におかれては、趙と従親《しょうしん》（合従《がっしょう》）なされ、天下の諸侯と一体（燕、韓、魏、趙、斉、楚六国による秦に対する縦の同盟）になられますように。さすれば、燕国に煩《わずら》いのなくなること、掌《たなごころ》を返すがごとくでございましょう。

と、捲し立てた。文公はあっさり諾した。

これが、蘇秦のつきのはじまりとなった。燕の文公から馬車と金帛《きんぱく》を与えられた蘇秦は趙を再訪し、つづいて韓、魏、斉および楚を次々に訪れ、持ち前の揣摩《しま》の術を駆使して、口八丁手八丁、諸侯をたくみに懐柔して、あれよあれよという間に六国の合従を成立させた。

蘇秦はこれら従約《しょうやく》の長となった。同時に、六国の宰相をも兼ねたから、その地位たるや、まるで王者である。北への帰還の途次、故国の洛陽を通ると、周の顕《けん》王は恐れ入って道を掃き清め、人をやって蘇秦を郊外にて出迎えさせた。

昔、蘇秦を嘲笑した兄弟や妻、嫂らは俯いて、蘇秦の顔を仰ぎ見ることもできなかった。このときが、まさに蘇秦の人生の華であった。

陽極まって陰生ずるのが世の倣《なら》い。容易《たやす》くまとまった合従の策は、破綻《はたん》するのも早かった。じつのところ、諸侯は、諸国とのおつきあいに参じたにすぎず、盟約で自国が守られるなどと本気で信じたのではない。

したがって、何かあれば、争いの起こる余地はこれまでどおり残されており、そこを秦に脅されたり、突かれたりしたら、同盟の瓦解することは目に見えていたのである。

周の顕王三十七年（前三三二）、斉と魏が連合して趙を伐《う》つ事態が生じた。同年、斉が燕を侵す事件も起きた。燕では文侯が薨《こう》じ、易《えき》王が即位したが、斉はその喪中につけこんで、燕の十城を掠《かす》めたのである。

蘇秦は趙王や燕王によって、

――燕、韓、魏、趙、斉、楚六国の秦に対する合従はいずこにありや。

と、従約に違背する行為を責められ、冷や汗をかいた。

このときは、斉へ出向いて揣摩の術を存分に使い、相手の意を知り、これをたくみに言いくるめて、燕への十城返還に成功したが、蘇秦の勢威の衰えは歴然としている。

やがて、蘇秦は売国奴だと讒言《ざんげん》する者が現われて、まことに具合が悪い。極めつけは、燕の文侯の夫人、つまり易王の母と密通したことで、蘇秦は自分で自分の頸《くび》を締める事態を招いた。

蘇秦はもっともらしい理由を持ち出して、燕王の諒解をとり、燕から斉へ逃げ出した。斉に対しては、燕で罪を得たゆえと称し、首尾よく客卿《かくけい》の地位を手に入れた。

蘇秦は斉でも口舌を大いに振るい、その活躍はめざましかった。斉王の寵を独り占めしたから、他の重臣の妬みを買った。

しばらくして、蘇秦を快く思わぬ大夫の一人が刺客を雇って、蘇秦を刺させるという事件が起きた。蘇秦は致命傷を負った。斉王は遁《に》げた刺客を捜させたが、見つからなかった。

おのれの助からぬことを寤《さと》った蘇秦は今際《いまわ》に、

——臣《わたくし》は、どうにも助かりませぬ。ついては臣の死後、臣の屍を車裂きにし、市場にさらして蘇秦は謀反《むほん》をたくらんだ不届き者である、と触れていただきたいのです。さすれば、臣を刺した賊はかならずや名乗り出てまいりましょう。

と、斉王に奇策を言い残し、息を引き取った。

斉王が蘇秦の謀《はかりごと》どおりに事を運ぶと、蘇秦を刺した男が自慢顔で名乗り出た。斉王は、この男を死刑に処した。蘇秦は死してのち、おのれの無念を霽《は》らしたのである。

燕人は、このことを聞いて、

——仇討ちには違いないが、何とも惨《むご》い仇討ちであることか。

と、噂しあった。

そののち、斉では、蘇秦の斉における真の役割、つまり斉国内において燕のために画策する行為をあげつらう者が多くなった。斉人は憤《おこ》って、燕に対する憎しみを強めた。燕は斉を恐れた。

蘇秦が死んだのは、周の愼靚《しんせい》王四年（前三一七）の春。ちょうど郭隗《かくかい》と郭涯《かくがい》が韓から秦への路《みち》を辿っているころであった。

微動だにしなかった男二人の塑像が、ようやく揺らいだ。長い沈黙であった。

「わしが燕、おまえが斉では、不足か」

押し殺した声で、蘇代《そだい》が弟に問いかけた。

「不足ではない。殆《あや》ういと言っているのだ。燕は亡くなった兄を怨んでいる。斉もまた然りだ。亡くなった兄の所業を赦してはおらぬのだ。われらが二国の君主の前に出ていけば、罵倒され、挙げ句に誅《ちゅう》されるは必定」

蘇厲《それい》は、苛立たしそうに答えた。年齢差は一つ。厲《れい》の言葉遣いに、兄をたてるふうはまるでない。

「その隘路《あいろ》を舌先三寸で打開するのが、われら縦横家というものだ。殆ういなぞと言うなら、説客をめざすな」

代《だい》は、いかにも不機嫌である。

「それを暴虎馮河《ぼうこひょうが》（虎に素手で向かい、黄河を徒歩で渉《わた》るような無謀）の勇という。匹夫の勇だ」

「ふむ。おまえには、もはや何も望まぬわい。いずれ、わしの名声を噂に聞くがよい」

代は、弟の厲を見限った。もっとも、代とても、素手で虎を打ち倒そうなどと考えていたのではない。じつは、代には自信があった。そのころ、燕王噲《かい》は賢者の真似を好むとの噂が広まっていた。

（燕王は、女や子どもの楽しむ遊びを忌む。音楽を聴いて楽しむでもなし、池や高殿をつくって楽しむでもなし、狩りをして楽しむでもない。自身で鍬《くわ》をとって田を耕す。すべては民の暮らしを愁《うれ》えてのことという。偽善とみなすべきではないが、正真正銘の聖人なら、揶揄《やゆ》を伴うわけがない）

代は、燕王噲を与《くみ》しやすい人物とみた。

「兄者、いい気になって出かけると、首を刎《は》ねられるぞ」

厲が代をとめる。天を仰ぎて唾《つばき》するようなものだ、とその表情《かお》が語っている。

「ゆえに、おまえには何も望まぬと言ったではないか。おまえの助けを必要とはせぬのだ。だが、かりに、わしが燕で突破口を開いたなら、わしと組むか」

「十中、十ない話だが、かりにそうなったら、手伝ってやるとも」

「よし、約束だぞ。わしが燕、おまえが斉だ。われら兄弟、二国で重きをなし、名をあげるのだ。宰相になって声誉を高めるもよし。名をあげられるなら、二国を潰してもかまわぬ」

長兄・蘇秦の盛名に隠れて数年。表舞台に立つのは初めてであった。

その日、風は烈《はげ》しく大地を薙《な》ぎ、黄砂を巻き上げた。

「いかにも、わしの門出にふさわしい荒れようじゃ。燕へ行く前に、まずは斉王を陥《おと》さねばな」

蘇代は、蘇厲に頷いてみせた。

二

蒙沢《もうたく》は、宋都・睢陽《すいよう》（河南省商丘市《しょうきゅう》）の郊外にある。

巨大な沼沢が地を覆い、雑木やら雑草やらが繁茂する一大湿地をなしている。それだけに、獣、鳥、虫、魚の多くの種がさまざまに棲息して、南方を思わせる景観を醸《かも》し出していた。

燕の公子職《しょく》が銀花《ぎんか》を託した荘周《そうしゅう》（荘子）の屋敷は、蒙沢のはずれの小高い丘にある。湿地帯だけに、草鞋《わらじ》の材料は尽きることがない。

荘家は、荘周をはじめだれもが草鞋を編み、田を耕し、野菜をつくる。自給自足の暮らしは楽ではないが、そのかわり王侯貴族でも味わえぬ自由がある。

銀花がこの別世界の住人になって、はや半年を過ぎた。最初のころは、知る人とていない地に唯一人残されたのであるから、隗恋しさと望郷の念で泪《なみだ》するばかりであった。けれども、荘家の人々は銀花に対してやさしかった。いかなるときでも、別《わ》け隔てなく接した。

——人はいずれ、極貧の暮らしにでも慣れる。

そう言いたげに、銀花への笑みをたやすことはなかったのである。

銀花も泣いてばかりはいられなくなった。家人が忙しそうに立ち働いているのを見ると、めそめそしているのが恥ずかしい。一大決心をして、荘家の仕事を手伝うことにした。はじめのうちは慣れぬ仕事に失敗ばかりであったが、荘家の人たちは寛大であった。

(宋の人は、ひょっとしたら燕の人と違って、憤《おこ》ることを知らないのでは)

だが、いくら小娘の銀花でも、荘家の人々の顔つきと、荘家を訪れる人のそれとには大きな違いのあることに、すぐにも気づいた。

(いつも笑顔がたえないのは、この家の人たちだけなのだわ)

この発見は、銀花の胸のうちに明るい灯火《ひ》を点じた。

お嬢さまで育った銀花だが、世の中がいかに生きにくいかぐらいは知っている。事実、自身は酷い目に遭《あ》って、いまに至っている。起きてから寝るまで笑顔のたえない荘家の人々のさまは、それだけで奇蹟というほかはなかった。

銀花は、主人の荘子の日常を窺《うかが》うようになった。荘子なくして、荘家はないからである。

「ここのご主人は傑物だ。こんなことがあったというよ」

そんな折り、近くに住む農夫が教えてくれた。

楚の威《い》王が荘子の賢者なることを聞き、使者を派遣した。使者は荘子のもとにやって来ると、夥《おびただ》しい礼物を積み上げ、荘子を宰相に迎えたい旨の楚王の意を伝えた。

荘子は、笑って答えた。

――千金でいかがと言われましても、大変な金額でありますし、宰相でいかがかと言われましても、大変な地位であります。しかしながら、貴殿はまさか郊《こう》の祭（郊外で天を祀る儀式）に供えられる牛を見たことはないとは言わないでしょうな。あの牛は何年もの間、大切に飼育され、その日にはきれいな刺繡のある衣裳を着せられて、最期の場に引き出されるのです。そのときになって、子豚であればよかったと悔いても、後の祭りです。おわかりですか。どうか、わたしにはかまわずお帰りください。わたしは汚されるくらいなら、むしろ溝《どぶ》のなかで遊び戯れている方がいいのです。諸侯に仕えることによって、みずからを縛ろうとは思わないのです。

使者は、困惑して帰っていったというのである。

銀花はこの話を聞いて、ますます荘子がわからなくなり、ますます不可思議な人物とみなすようになった。

（だれしも栄耀栄華を求めるものなのに、ここの主人ときたらわざわざ貧窮を望まれるのだから）

銀花の見るところ、荘子は晴耕雨読を絵に描いたような人であった。賢人と噂される割に、他《ひ》人《と》と変わるところがない。

時折、腰に手をやり蒼穹《そうきゅう》を眺めるのが、変わっているといえば変わっている点であった。そうなると半時は身動きひとつせず、ずっとかなたの空を眺めている。

「先生は、いつも何を眺めていらっしゃいますの」

とうとう、銀花は問《たず》ねたことがある。

「いや、何も」

荘子は、微笑《わら》って答えた。

もう一つ変わった点といえば、荘子がしゃがみ込んで地面を凝《み》視《つ》め出すと、これまた半時も身動きひとつしないことである。

「先生は、地面の何を見ていらっしゃるのですか」

これまた、銀花は訊ねた。

「いや、何も」

荘子は微笑《ほほえ》んだものである。

銀花は荘家の人たちの影響を受け、すっかり元気になった。慣れてしまえば、荘家の暮らしは快かった。朝から夕まで働くことによって得たものは大きい。みずから育てた穀物や野菜の育っていくさまは、銀花に生きる悦びを与えた。

しかも、銀花には秘めた希望がある。それはひょっとすると、明日にでも実現するかもしれないのである。

(隗さまが迎えにこられる……)

銀花はこのことを思うたび、動悸がし、顔が赧《あか》らむ。すでに三年半も会っていない未来の夫のことは、だれにも話してはいない。しかし、自分を助けてくれた燕の公子が荘子に言い残したに違いない。いつぞや荘子が独り言《ご》ちたことがあった。

「遊学から戻って、大事な人のいないことを知る……。その理由《わけ》を聞いて、男はふたたび旅立つ。燕の公子は韓都にいるゆえ、男は韓へ行く。そして、宋の荘周との関わりを聞く。つまり、わたしだ。そのとき、男はまっすぐ宋をめざすか、はたまた……」

荘子はそこまで言って、銀花を見た。いくぶん揶揄《やゆ》のきらいがないではない。自分のことと察した銀花が思わず、

「はたまた、その方はどうなさるのでしょう」

と、口に出した。周囲は、ふたりの謎めいた話題に啞然としている。

「遊学の士なら、斉および秦への訪れは欠かせない。東西の強国ゆえ。その男が斉に行ったことは間違いない。何せ、燕の隣国だから。問題は秦だ。男はすでに秦を訪れていたであろうか」

荘子はそこまで言って、また銀花を視《み》た。今度はひどく真剣な面持ちになった。

「先生のお考えは」

銀花はすがりつくような口調になった。

「秦は豺狼《さいろう》の国。いささか厄介な国だ。しかも、燕からは一番遠い。三年の光陰では秦へ行くことは無理であったろう。ところで、いま、その人物は秦の隣国・韓にいるのだ」

「まさか、先生。隗さま、いいえ、その方は宋に引き返さずに、秦へ向かったのでございましょうか……」

慌てた銀花は隗の名を出し、なおさら慌てて言いつくろう。

「どうとも言えぬ。わたしなら、秦へ行く。ひとたび宋に戻ったら、秦へは行けぬゆえ。さて、男はどうしたろうか……」

それっきり、荘子はこの話題に口をつぐんだ。唐突に始め、唐突に打ちきったのである。銀花は、あとで荘子の言わんとしたことを何度も考えた。

（隗さまの来られるのが、わたしの思う以上にずっと遅くなる。このことを覚悟しておきなさい、と先生はおっしゃったのだ）

銀花にとり、いささか哀しい結論であった。未来の夫が、未来の妻よりも秦を選んだのである。しかしながら、それは、冷静に考えれば当たり前といえた。銀花は、隗が祖国の将来を危ぶみ、焦燥にかられていることをつぶさに見てきた。その隗にとり、祖国を救うために敵国の内情を知るのは、まさしく必須であった。

歳月は、水の流れに似ている。それは来たり去って、二度と還ることはない。銀花が燕から逃げてきて、半年を過ぎた。隗と父親がなした遊学三年の約定は厳格である。隗の帰国は間違いないし、隗のふたたびの出国も間違いなかろう。

とすると、隗が宋に到着してもいい時は経ちすぎていた。荘子の推測は正しかったのである。銀花は痛みに耐えつつ、それでも希望を失わなかった。いくら遅くなっても、隗の来宋は間違いないからである。

銀花は、荘子門下の修行の場に同席することを許された。いつしか、字を覚え、荘子の説くところを解するようになった。

「南海の帝を儵《しゅく》という。北海の帝を忽《こつ》という。中央の帝を渾沌《こんとん》という。あるとき、儵と忽が渾沌の地で出会った。渾沌が両人を手厚くもてなしたから、儵と忽は渾沌に何かお礼をと考え、次のごとくに相談した。人間には眼耳鼻口の七つの穴がある。それで見たり聞いたり、食べたり息をしたりしている。それなのに、渾沌には穴が一つもない。感謝の徴《しるし》に穴を開けてやってはどうかと。ふたりは一日に一つずつ穴を開けていった。七日目に七つの穴を開け終わったところで、渾沌は死んだ」

雨が降ると、荘子は弟子の数人にこうした調子で講義する。いつも漠然として、はじめての者には五里霧中である。弟子は侃々諤々《かんかんがくがく》として議論するが、荘子は結論を述べることはない。

声の大きい弟子の勝ちかというと、そうでもない。徐々に、銀花がこうではあるまいかという答えに収まっていく。荘子が無言のうちに導いているようでもある。

「渾沌が何を暗示しているか。これに尽きますね」

一人がしたり顔で言った。

「問題はそれが何かだ」

一人が切り返した。

「儵と忽が人間の総体を現わすことは間違いない」

三人目が言った。

「人間の善意によって滅ぼされた渾沌とは……」

四人目は考え込んだ。

やがて議論は沸騰して、渾沌とは自然そのものだの、無垢な人間を比喩するだの、無垢な人間であろうとなかろうと、人間には七つの穴があるから、渾沌は人間の比喩ではないだの、渾沌とは道そのものだの、いやいや無を示すだのと、弟子たちは口角泡を飛ばした。

荘子は黙って聞いている。銀花も口を出すことはしない。結論が出ぬときは次回に持ち越して、こころゆくまで論じさせるのが、荘子のやり方であった。

(渾沌を無理に何かの比喩だとしなくてもいいのに)

銀花はそう思い、荘子を見ると、かすかに荘子は頷いた。

ある夕、弟子たちは議論し、家人は夕食の支度をし、草鞋を編むのが荘子と銀花の二人だけになった。荘子は手を動かしながら、妙なことを言った。

「ずっと昔のことだ。わたしは、夢のなかで胡蝶となった。その辺りを飛びまわるのが実に楽しく愉快であった。宋の国に生を享け、貧しさに喘ぐ荘周なる男をまったく意識しなかった。目が覚めてみると、わたしはわたしなのだ。わたしは考えた。いったいわたしが夢のなかで胡蝶となったのか、それとも胡蝶が夢のなかで荘周になったのだろうかとね」

荘子は懵乎《ぼうこ》としたまなざしを遠くに投げたが、手は正確に草鞋を編み続けている。

(胡蝶が夢のなかで先生に。すると、わたしの目の前の先生は胡蝶の夢のなか……。ふたつの生を自在に行き来できたら、どんなにかいいことか)

荘子は銀花の心の動きに頓着せず、出来上がった草鞋を部屋の片隅に放り投げ、次にとりかかった。

三

隗《かい》は秦の都にいた。

秦都・咸陽《かんよう》（陝西省西安市《せんせいしょうせいあんし》）は新しい街であった。

かつての都・雍《よう》（陝西省鳳翔県《ほうしょう》）は西に隔たっていて、中原《ちゅうげん》（古代中国の中央部）には遠すぎる。秦は中原進出のために都を遷《うつ》し、中原諸国に比して遜色のない城壁や城門、宮殿や市場等々を築いたのである。

「都にいても事情はわからぬゆえ、いささか危うい が、秦の国内を歩こう」

「どんなものですか。制約が多すぎるうえに、この豺狼の国の役人は石頭ばかりです」

弟子の涯は躊躇《ためら》いをみせた。隗も不安はあるが、農耕のさまを見ずして秦の本当の国力は推察できない。

ふたりは、許される範囲で広大な秦の国土を見て回った。秦は四隅を関で固めて、その出入りは極めて厳重であった。街道には、それでも他国人の往来がけっこうあった。隗は旧都・雍に近い村で、斉から来たという商人から、縦横家・蘇秦《そしん》の凄まじいまでの死を聞いた。

刺客に突かれて致命傷を負った蘇秦は、瀕死の息の下で一計を斉王に授けた。斉王はこの秘策を受けて、蘇秦の屍を車裂きにし、市場にさらして、

——蘇秦は燕のためを計り、斉国内で謀反をたくらんだ裏切り者である。

と、触れさせた。すると、蘇秦の 謀《はかりごと》どおり、褒美を期待して刺客が名乗り出たから、斉王はこの男を死刑にしたというのである。

「縦横家とは、かほどに烈《はげ》しいものか。六国の宰相を兼ねたあの蘇秦が、刺客ふぜいに……」

隗は嘆息した。口調は、その死を惜しんでいる。

「先生は、あの舌三寸の男を買われるのですか」

涯は心外そうである。

「うむ。一面においてだが。わたしとしても、あの叛服《はんぷく》常なしの態度を好ましいとは思わぬ。あるときは黒を説き、次には何事もなかったかのように白を説くのだからね。しかし、あの男の合従の策はいかにも痛快と思わぬか。孫臏《そんぴん》のごとき卓越せる軍師は、いちどきに何万という敵兵を殺傷するが、蘇秦は啀《いが》みあう諸国を束ねて手を結ばせ、何万という兵の生命《いのち》を救ったのだ」

「さようでしょうか。畢竟《ひっきょう》、あの男は諸侯を手玉にとることを悦《よろこ》んだにすぎませぬ」

「だが、壮大な構想のもと、諸侯を説き伏せて六国合従をなした力業《ちからわざ》は、認めなくてはなるまいよ」

「おっしゃるように六国が一体となれば、憎きこの秦国に一矢を報いえましょうが」

秦嫌いの涯の声が、ひときわ大きくなった。

「おいおい。この国では、どこに間諜がひそんでいるかわかったものではないのだ」

隗は、弟子・涯を制した。

(戦で他国を屈服させるよりも、蘇秦流に各国を牽制して戦に至らしめず、しかも自国に有利に導く方がはるかに賢明だ。蘇秦は、たった独りで六国を随《したが》わせた。傑物といって過言ではなかろう。わが国にも、蘇秦のごとき優れた縦横家が要る。縦横家といえば、蘇秦には蘇代、蘇厲という兄弟がいた。その実力はいかほどか。蘇秦には張儀という相棒もいた。さて、人品骨柄のゆかしい縦横家はいずこに……)

そこまで考えて、隗は苦笑した。

品性秀れた人物と縦横家とは、相反する概念に思えた。縦横家における舌の威力を蘇秦にまざまざと見た隗ではあるが、その人間を敬したのではない。

ふたりは、雍に入城した。ここで、西の隴《ろう》（甘粛省）やら南の巴《は》、蜀《しょく》（ともに四川省）やらの事情をたっぷり仕入れて、巡遊の終わりとした。

隗の秦国に対する見方は、大きく変貌した。秦を脅威とうけとる感懐が一段と大きくなった。同時に知られざる秦の真《まこと》の姿にも触れ、ある種の感動を覚えた。それほど、秦国内の統治は円滑に運んでいた。田畑の稔りは豊かであり、民は質朴でよく働き、衣服は派手ではなく、淫らな歌も音楽もなかった。総じて暮らしは健全であり、民は役人には従順、他国人に対しては温和であった。

一方、役人たちは恭謙で、慎み深かった。とうてい裏で民から搾《しぼ》りとっているふうには見えなかった。農を国の根幹に据えた商鞅の蒔いた種は、見事に花開いていた。商鞅本人は車裂きにされたけれども。

さりながら、隗は、決して見ならうべきではない秦の短所をも見抜いた。それは長所ゆえに短所となり、また短所ゆえに長所となりうる秦の特質であった。

「そなたは、この国の民をどう見るか」

「よく働いています」

「うむ。だが、満足しているか」

「大いに満足しているふうではないですが、さりとて大いに不満でもなさそうです」

「そこだ。秦の民の表情は、いずこにおいても同じだ。顔貌《かおかたち》は異なれど、表情がみな同じというのは異様ではないか。泣きたいときに泣き、笑いたいときには笑う。これが人間ではないのか。この国の民は、泣きもしなければ笑いもしない。表情が乏しすぎる。戦で、敵の首一級をあげれば、爵一級。首二級ならば爵二級。そんなふうに地位があがるなら、民は敵の殺傷に血眼になろうが、あまりに虚しい」

秦にはほかに什伍《じゅうご》の法があり、告姦《こくかん》の制がある。十人組と五人組で民に連帯責任を負わせ、密告や相互監視で民を雁字搦《がんじがら》めにしていた。

さらに、分家を強制して働かざる者は食うべからずとし、農と機織りを奨励して商を抑圧し、私闘を禁じて人を殺したければ戦で殺せとするなど、その法制は徹底していた。これらにより、秦の民はひたすら農と戦に追い込まれ、感情を失っているのである。

「わたしの秦嫌いの淵源は、このあたりにありましょうか」

涯が言った。

秦ではまた、井田《せいでん》制を廃しつつあった。一里四方の田を井の字形に画すると九つの田ができる。中央の一田を公田とし、周囲の八田を八家に分け、八家共同して公田を耕作し、その収穫を租とするのが井田制である。

田のなかの南北の畦《あぜ》を阡《せん》といい、東西の畦を陌《はく》という。また、井田と井田の間の境界を封疆《ほうきょう》と呼ぶ。秦は阡陌《せんぱく》封疆を取り払い、従来の貴族の統治を排除して、国が租のすべてを握るように変革中であった。商鞅の変法は、かようにして秦の富国強兵化に成功したが、民は人間性を失ってひさしいのである。

「うむ。この国の強さの秘訣を解いたが、それはこの国の宿痾《しゅくあ》だ。長所が短所となっている。秦は他国を亡び尽くすまで、戦をやめぬであろう」

「先生、戦うばかりが人の生ではないことをこの国の民に教えるべきです」

涯の声が大きくなり、隗はまたしても涯を制した。


秦都・咸陽をあとにした。

渭水沿いに東へ下り、河水（黄河）に合流しようかという村の酒肆《しゅし》で、波風が立った。酒旗に誘われての油断が招いた事件であった。

巡遊中、秦国内に戦の兆しがめばえた。至るところに軍兵の姿を見るようになったら、早くも戦時一色となった。

（何と戦の好きな国か。秦を封じ込めるための蘇秦の合従の策は得難いものであった）

このとき、隗の脳裏に蘇秦のことがよみがえったのは、ごく自然であったろう。そんなわけで、隗は酒肆で杯を干しつつ、

「蘇秦は遊説をこの国からはじめたというが、まずは得意の地形論を捲し立てたのであろうな」

と、涯に語りかけた。半年余、つぶさに眺めた秦の地勢が頭にあった。

「どんなふうにでありましょう」

涯が訊《たず》ねる。

「さしずめ、こうではないかな。秦とは、四方を要害に取り囲まれた強国であります。山多く、渭水趨《はし》り、東方に函谷関と河水があり、西には漢中（陝西省南部ほか）、南には巴および蜀、北には代《だい》および馬邑《ばゆう》（ともに山西省）がそれぞれあり、まさに天府の地というべき地勢にめぐまれた国であります。さて、この地の利に加えて、いまこの国が戦の調練に励みますれば……」

隗は、とりたてて大きな声で言ったのではない。ただし、警戒心はなかった。これは、明らかに秦巡遊の終わりに近づいたことからきた油断であった。

弾指《だんし》の間に周りに衆が集まり、だれが報せたものか、役人二人が出張る騒ぎとなった。どうやら、隗は、禁忌の話題をおおっぴらに口にしたようである。

「そのほうどもは、何者だ」

頭《かしら》立った男が、居丈高に訊いた。

「燕からの旅の者にございます。姓は郭、名を隗と申します。これなるものは郭涯と申し、弟子であります」

隗は下手に出た。

三年半の流浪の旅で、こういう役人の扱いには慣れている。

どこの国でも、下っ端役人ほど威張り、旅人を苛める。秦ではははじめてだが、いままで遭遇しなかったことの方がめずらしいといえる。

「符節を見せよ」

役人は、傲然《ごうぜん》と言い放った。その攻める手口は、どこの国でも同じである。

まず、有無を言わせず、符節の所持とその真偽を確かめる。符節とは、各国の君主が発行した通行証の謂《いい》。これがなければ旅なぞできるものではないが、それゆえ失くしたりすると大事《おおごと》になる。符節の検閲がすんで、やおら役人の恣意《しい》に翻弄される段階に入るのである。

隗は、恭《うやうや》しく符節を差し出した。この恭しい態度がこれまた必須であって、役人に臍《へそ》を曲げられると、大変なことになる。頭の役人はためつすがめつ眺めていたが、偽物ではないと知って、未練そうに諦めた。

「そのほうどもの旅の目的は何だ。そもそも、ここで何をしておる」

尋問の第二段階にさしかかった。隗は、丁寧に答える。

ところが、それからが厄介なことになった。

「最前、そのほうらは、わが国の地勢を云々《うんぬん》していたというな。わが軍の情勢を秘かに探っていたのであろうが。燕のごとき遠国から来たというのでは、いよいよもって怪しい。あるいは、韓か魏の間諜か。われらとともに来てもらおう」

役人が目配せすると、手下が無造作に隗に手をかけようとした。

それを見て、涯が隗を庇うようにずいと前に出るや、その部下の手を握って引き寄せた。

「こやつ、何をする」

男は手を振りほどこうとしたが、どっこい涯の膂力《りょりょく》は並みではない。

「い、痛っ」

悲鳴をあげると、蹲《うずくま》った。涯が本気で力をこめれば、男の手の骨はばらばらになる。

それを見て頭の役人が血相をかえ、剣に手を伸ばした。

「これ、涯よ。無茶はならぬ」

隗が止めに入った。涯はかまわず、

「いいか、二度と師に手を出すな」

と、科白《せりふ》に凄みをきかせる。

「そのほうども、そんなことをしてただですむと思うか」

役人が喚《おめ》いた。

「ただですむとは思わぬが、死ぬとなったら、おまえを道連れにするまでだ」

涯は蹲る男を引き摺り、頭の役人の方へ一歩踏み出す。

雲を衝《つ》くような巨漢に圧倒され、役人は怯《ひる》んだ。剣から手を放す。

「これ、涯よ。無茶をしてはならぬ」

隗がふたたび止めに入る。涯はなおも手加減せず、

「おまえの手下を救うも救わぬも、おまえしだいだ。秦は四方を要害に取り囲まれた国だ。違うか。山多く、渭水趨《はし》り、東方に函谷関と河水（黄河）がある。西には漢中。南には巴、蜀。北には代と馬邑がある。これも違うのか。旅に出ずともだれでも知っていることを話して、何が間諜か。それとも、これは、だれもが真に知らぬことなのか」

と、役人を圧《お》す。

「いいや。だれもが知っている」

役人は折れた。

「うむ。よく聞け。しばらく前に、秦には張相国《しょうこく》（張儀《ちょうぎ》）がおられたであろうが。わが師の親しい友である。おまえは、それでもわれらを怪しいだの間諜だのというか」

「おお。張相国を……。これは、失礼なことを申し上げた。お許しいただきたい」

涯のこの一手で、相手は崩壊した。

「貴殿の名は」

あとは隗が引き取った。畳みかけるように所属を問い、ついで職責を質した。

「貴殿のことは、張儀どのによしなに伝えておくゆえ案ずるでない」

と言いつくろって、その場を収めた。

役人二人は這々《ほうほう》の体《てい》で引き上げていく。手下は、右腕をだらりと下げたままである。

そのあと大急ぎで、ふたりは函谷関へ向かった。嘘八百が露見して、助かるとは思えない。何事もなく函谷関を出られたとき、ふたりとも胸を撫でおろした。

「どうにか事なきを得たが……。涯よ、わたしは游侠の真似事は好かぬ」

隗は涯をたしなめると、いま抜けてきた函谷関を眺めた。ひとたび門が閉じられたなら、出ることかなわぬ天険の要衝であった。

「申し訳ございませぬ」

涯は殊勝に謝った。

事件は隗が招いたのだし、涯が乗り出さなかったらどうなったか判らない。隗はそれ以上、何も言えなかった。

「さて、一路、宋へ行くとしよう」

「畏《かしこ》まりました。できるだけ急ぎましょう。戦が近いことでありますし……」

「戦か。明けても暮れても戦だな」

隗は振り返って、いま一度、函谷関を見た。

豺狼の国の出入り口は、厳めしくも静まりかえっていた。

（よくぞ無事に、あの門をくぐりえたものだ。無事といえば、銀花はどうしているか）

ふいに、銀花の笑顔が眼前に泛《う》かんだ。

その奥《おう》に媚《こ》びんよりは、寧《むし》ろ竈《そう》に媚びよ

一

蘇秦《そしん》の弟にして縦横家《しょうおうか》を志す蘇代《そだい》は、手始めに斉《せい》の宣《せん》王に挑んだ。

このころの宣王はその殷盛《いんせい》、その豪奢で、名を天下にますます轟《とどろ》かせていた。稷下《しょくか》に数多《あまた》の学士を集めたことも与《あずか》って力があり、斉都・臨淄《りんし》には文化の香りが充溢していた。

「そなたは亡き蘇秦にかわって燕《えん》に入り、わが国のために謀《はか》るというか」

宣王が厳かに問《たず》ねた。

代《だい》は肯《うべな》うと、兄・蘇秦の功を大いに弁じ、

「臣《わたくし》は、亡き兄の衣鉢を継ぎ、誠心誠意、お国（斉）のために尽くしたいと念じているのでございます」

と、宣王の深奥に訴えた。

「よくぞ申した。寡人《わたし》は、そなたの兄の忠義を疑うものにあらず。そなたも燕において大いに活躍するがよい。そなたからの朗報を待つ」

宣王はふたたび厳かに宣した。

「お待ちください。大王は、先王（威王）のときの燕十城返還の顚末《てんまつ》をよもやお忘れではございますまい。縦横家をみだりに信用してはなりませぬ」

重臣の一人が反対した。

その昔、斉は、燕の文《ぶん》公が薨《こう》じて易《えき》王が即位した際、その喪中につけ入って燕の十城を掠《かす》めとった。蘇秦は、合従の策を破る斉のこの行為を易王からなじられ、得意の舌で十城を燕へ返させた。斉の重臣たちは、この十城返還を地団駄を踏んで悔しがったものである。主役が蘇秦から蘇代にかわったいま、重臣の一人がこの昔のことを持ち出した。

「蘇秦の弟なれば、大いに期待できる。燕で活躍してもらおう」

宣王は、臣下の反論を封じた。

代の見るところ、宣王は蘇秦をそれほど憎んではいなかった。かえって、蘇秦が非命に斃《たお》れたことを惜しんでですらいた。蘇秦の今際《いまわ》の詐術が劇的効果をもたらしたことが、宣王の脳裡に生きているらしかった。代の宣王籠絡《ろうらく》は、拍子抜けするほど簡単に運んだ。

代は、斉の使者となることに決まった。さっそく弟の蘇厲《それい》に自慢すると、

「斉王は厄介な縦横家・蘇秦に懲《こ》りて、その弟を燕へ放り出したにすぎぬ。それを悦ぶとは」

と、冷たい返辞である。

「ふむ。いまにみておれ。わしは、亡き兄以上の縦横家になってやるわい」

代は、燕への出立の準備にとりかかった。厲はぶつぶつ言いながら、それでも手伝った。

その日、夏の到来を感じさせる暑い陽射しをものともせず、代は出立することにした。

「いかにも、わしの出発にふさわしい日和《ひより》じゃ。ではな」

代は、細い目をさらに細めた。

「風が黄砂を巻き上げたときも、たしか同じようなことを言ったではないか」

兄弟二人は、おそろしく醒めた感懐で別れた。

代は見聞を広めるために、趙《ちょう》都・邯鄲《かんたん》を経て燕都・薊《けい》へ行く路《みち》をとった。相当な回り道である。

道中、考えにふけり、周りが目に入らなかった。いつ河水（黄河）を渡ったのか、それすら定かではない。

（いかに燕王を籠絡するか）

ふと、騒がしい声々を耳にして、われにかえった。戦の帰趨を噂し合っていた。はや、邯鄲の近くである。見ると、旅の商人が大勢の村人の問いに答えている。

――その戦とやらは、いつのことだ。

――つい先日のことよ。

――どっちが勝った。

――またしても、秦の大勝利だ。韓の脩魚《しゆうぎよ》（河南省許昌《きよしよう》市）で、両軍は激突した。攻めるは秦軍。守るは三晋（韓、魏、趙）の軍よ。秦は、いとも簡単に脩魚の城壁を打ち破った。あとは殺戮《さつりく》につぐ殺戮よ。首を斬ること八万というぞ。

集まった一同が顫《ふる》えあがった。

商人はあちこちから質問を浴びせられても、詰まることなく答えている。相当に詳しいのは、現地近くを通ってきたからであろう。

「つかぬことを伺うが、そのとき楚軍と燕軍はどうしたかね」

興味をそそられた代は、話の仲間に加わった。

「出兵しなかったそうで」

「ふうむ。二国とも前回は戦う気がなく、今回は兵を出さなかったというのかね。三晋の軍だけでは、秦には勝てぬ。楚を引き入れぬとな」

「へい。どうも、そんなところで」

代が何者か測りかねて、商人は戸惑っている。

「そうすると、韓将は無事ではすまなかったな」

「へい。何でも、鯫《そう》将軍と申差《しんさ》将軍というお二人が、濁沢《だくたく》（河南省長葛《ちようかつ》県）で擒《とりこ》にされたそうで」

「ほほう。楚の罪はますます重いな」

「まあ、そんなところですかな」

代の正体がわからず、商人はさかんに当たり障りのないことを言っている。代はほどよく聞き取ると、その場を離れた。

ゆるゆる馬車を走らせながら、代は先ほどの考え事に戻った。いかに燕王を籠絡《ろうらく》するかである。代の脳裏には、燕の宰相・子之《しし》があった。燕にいたころ、兄の蘇秦は子之と姻戚づきあいをしていた。つまり布石である。代も子之と交わりを結んだ。だから、子之を足掛かりにすればよいのだが、子之の野望が透けて見えるのが引っかかるのである。

（あの男は、自分が君主になりたいなどと身の程知らずの野心を抱いている。それをやすやすと他人に見破られるのだから、始末におえぬ。要するに賢くない）

北へいくほどに木々が尖っていく。燕人が何かといえば口にする易水を渡り、長城をくぐった。代にとり、燕の景色ばかりは寒々として、前に兄とともに住んだことがあるとはいえ、馴染《なじ》めそうもなかった。

（賢くない男を賢く利用するか。その奥《おう》に媚《こ》びんよりは、寧《むし》ろ竈《そう》に媚びよというからな）

代の心のうちは、ようやく固まった。床の間の神より、へっついの神、つまり奥にいる君主より、手近の権臣の機嫌をとる策であった。


燕の宰相・子之は赭《あか》ら顔を不審そうに歪《ゆが》めて、蘇代を迎えた。

身分が高く、何でも自分の裁量で行なわなければ気のすまぬ男は、代が出入りしていたころよりさらに尊大になっていた。

「珍しい男がまた何の用じゃ」

無粋に問う。

代は憮然たる思いを包み隠し、やおら子之の機嫌取りにかかる。揣摩《しま》の術を使うに値しない人物ゆえ、褒め言葉を山のように並べると、子之の態度がころりと変わった。

「ところで、お訊ねしたいのはわが兄のことです。燕人はわが兄を怨んでおりましょうか」

代は、いかにも悲しげな表情をつくる。

「むろんのことじゃ。いまだに、蘇秦の忠誠がわが燕にあったのか、はたまた斉にあったのか、疑う者はたくさんおるのじゃ。なんじら縦横家とは因果なものじゃな」

「しかしながら、斉人は、いたくわが兄の所業を憎んでおります。このことは、兄が燕のために働いたことの一つの証左となりましょう。わたしがこのたび燕に参ったのも、斉のために計るを目的としておりますが、それは表向きのこと」

「というと」

子之は、警戒する目つきになった。

「兄の遺志を継ぎ、燕のためによきことを計りたいと念じているのです」

「わが国のためによきこと……。それはいかなることじゃ」

子之は興味半分、警戒半分の面《おもて》になった。

「燕王は聖人であられます。女、子どもの楽しむ遊びを忌まれ、音楽を聴かれることもなく、池や高殿をおつくりになることもなく、狩りをして楽しまれることもなく、ご自身で鍬をとられ田を耕されるとお聞きしています。すべては民の暮らしを愁《うれ》えてのことでありましょう。しかしながら、真《まこと》の聖人ならば、古来、些末な政《まつりごと》を超越なされて、そのすべてを臣下にまかせたものであります」

「ほほう」

子之は興味大半、警戒些少になった。

「燕王は聖人なれど、この点がいまだ至りませぬ。信頼する臣下にまかさずして、何の聖人でありましょう」

「信頼する臣下に政のすべてをまかせる……。つまり、わしにか。し、しかしだな、そんなうまい具合にいくのか」

子之は警戒心を取り払い、すっかり上気して代を視た。

「おまかせくだされば」

話は、これで決まった。

燕王への謁見はすぐにも許された。代はまずもって、子之による燕国簒奪《さんだつ》を謀《はか》ったのである。

蘇代は再拝稽首《さいはいけいしゅ》すると、かなり長い間、顔をあげなかった。

燕王噲《かい》を恐れるというより、聖人を畏《おそ》れ、敬い、崇《あが》める気持ちを表出した。つねに意表をつく兄・蘇秦のやり方を踏襲したのである。

「そなたが、かの蘇秦の弟か」

燕王噲が問う。

「ははっ。さようでございます」

燕王噲を仰ぎ見た代は、瞬時に福々しい貌《かお》に張りつく慈愛と恭謙を読みとった。燕王の盛名の所以《ゆえん》がこの温顔にあった。

とともに、代の細い眼は、燕王の温顔に聖人として崇められたいとする俗念が宿っていることをも見逃さなかった。代は実物に接して、燕王与《くみ》しやすしを実感した。

「蘇秦については、毀誉褒貶《きよほうへん》相半ばするな」

燕王噲の威厳のある声音も、よく聞けばわざとらしい。

「すべては、兄の不徳のいたすところでございます。しかしながら、兄は亡くなる直前まで、ただひたすらお国（燕）のために尽くしたのでございます」

「ううむ。口さがない連中は、晩年の蘇秦は斉のために働いたと言っておるが」

「かりにさようなら、斉人があれほどまで兄を憎むのは、解《げ》しかねることでございます」

「ふうむ。そなたの言うことが真なら、蘇秦は燕人に憎まれ、斉人にも憎まれておることになる。はて、いずれが正しいか……」

燕王噲は、話を楽しむかのように左右の群臣を見回した。宰相の子之が、謹聴の面持ちでひかえている。

「斉は兄の死屍を車裂きにいたしました。この一事をもってしても、斉人の兄への憎しみを知るに十分でございましょう」

「あの刑は謀略と聞く」

「その一面はございました。されど、同じ立場になられましたら、慈しみ深き大王は、あのような刑をお許しになられたでありましょうか」

「寡人《わたし》があの立場ならか。寡人なら、せぬな。なるほど、そなたの申すことは一理ある。されば、そなたの望みは何か」

「臣《わたくし》は東周の鄙《いや》しき者にすぎませぬが、大王のご仁政を慕い、仕官にあずかろうと参った次第でございます。こうして、聖人にして天下の明王にお目通りがかない、身内から湧き上がる欣喜を抑えきれませぬ。臣は斉王に近い者として、またそれゆえ斉の内実を知る者として、かならずやお役に立ちうるでございましょう」

代は、歯の浮くようなことを言って憚《はばか》らない。

「されど、そなたは斉の使者。いまの言の葉は斉の臣としてふさわしくないが、それはどうか」

褒められて小鼻をうごめかせながらも、燕王噲は代の矛盾をつくことを忘れない。

「よくぞ問うてくださいました。臣は、斉王の信頼を贏《か》ちえております。それゆえ、大王が臣をお使いにならぬのは、たとえていえば、戦においてお味方が危うくなったときに、援軍がせっかく目の前に到着したのに、助けを求めないのと同じでございます」

「はて、それはどうか。そなたは同じことを斉王の前でも弁じているのではないかな」

「とんでもないことでございます。臣は、斉に二度と戻らぬ覚悟で出てまいりました。臣が斉の内実を燕に告げることはあっても、その反対は起こりようがございませぬ。今後、臣が斉の地を踏まぬことが、その証となりましょう」

代はこう断言して、燕王の疑いを斥《しりぞ》けた。

「そうか。では訊くが、斉王はいかなる君主か」

燕王噲は、墓穴を掘った。斉王を話題にするのは、代がこれから仕掛けようとするいくつかの罠にみずから飛び込むことを意味した。

「おそらく、大王に優るとも劣らぬ明王と申せましょうか」

「寡人に優るとも劣らぬというか……。そうか。斉は大国だからな。寡人には、数多《あまた》の学士を集めるなぞ、とても及びもつかぬ。では、天下をとるのは斉か」

「そうとは言えぬようでございます。斉王は明王ではありますが、現下の政では斉を滅びに導かぬともかぎらないのでございます。天下をとるなぞ、思いもよりませぬ」

代は、燕王を欺《あざむ》く第一の罠を仕掛けた。

「はて。斉王の政のやり方とはいかなるものか」

「斉王は、信頼する臣に政をまかせないのでございます。昔、斉の桓《かん》公が覇者《はしゃ》になりましたころ、朝廷内のことは鮑叔《ほうしゅく》にまかせ、外のことは管仲《かんちゅう》にまかせました。桓公自身は女を車に乗せ、裸で車を馭《ぎょ》して、日々、市場を遊びまわったものでございます。つまり、一国をそのまますべて管仲に預けたればこそ、桓公は諸侯の同盟に功を成し、覇者となったのでございます。ところが、いまの斉王は臣下にまかせはしますが、まるごとではございませぬ。これでは臣下は斉王に頼りますゆえ、畢竟《ひっきょう》、両者のもたれ合いとなって、何事も捗《はかど》らないのでございます。つまり、覇業はおろか滅亡の危機を胚胎させていると申して過言ではないのでございます」

代は勝負どころとみて、一瀉千里《いっしゃせんり》に走った。

「ふうむ。一国をそのまますべて臣下にか……。いま、寡人は宰相にまかせてはいるが、なるほど政の全部というわけではない」

燕王噲は、心持ち眉根を寄せた。

「大王は、聖人にして天下の明王でおられます。斉王の轍《てつ》を踏まれることなく、聖人として高みに飛翔されますように。些末な政をはるか下にご覧なされて、真の仁政にお励みになられますように。さすれば、天下の民は大王のご聖断に心からひれ伏すでございましょう」

代は再拝稽首し、ふたたび聖人を畏れ敬った。

三日後、代は宰相・子之に招かれた。

子之は、前回とはうってかわって上機嫌であった。目の前に、黄金百鎰《いつ》（一鎰は二十両）が積まれた。

「収めてくれ」

ふたりの利害は、かぎりなく一致している。子之にとり、燕一国が手に入ろうかという瀬戸際である。黄金百鎰《いつ》くらい安いものであろう。代は、何の躊躇もなく受け取った。

「そなたのおかげじゃ。王は一層、わしを信用なさってな。まさに、かつての斉の桓公における管仲のごとしじゃよ。はっはっは」

子之は赧《あか》ら顔をさらに赭《あか》くして、大笑した。

「それは重畳《ちょうじょう》。されど、まだ盤石《ばんじゃく》ではありませぬ」

「何じゃと。思いどおりになったのじゃ。これ以上、望むことはあるまいが」

「王の亡きあとは、どうなりましょう」

代は、不吉なことを平然と口走った。早くも一段上の階梯《かいてい》を考えている。

「な、何を言う」

さすがに、子之は色をなした。

「わたしの眼は、節穴ではありませぬ。あのとき、お若い方がおひとり、不快そうにわたしを睨みつけておられました」

「若君のことか」

「さようです。太子の性は、勇猛果敢とお見受けしました」

燕王に謁見した際、代は太子平《へい》のひときわ鋭い相貌に目をとめた。

（燕王亡きあと、この太子が立てば、政を壟断《ろうだん》した廉《かど》でわれらは誅《ちゅう》される）

代は、そこまで計算していた。

「ははあ。王に万一のことがあったら、太子が立つ。そうなると、わしの立場はきわめて危うくなるというのじゃな。どうしたものか」

「太子に手出しをさせぬように、こちらの態勢を固めておくことが肝要」

「できるか」

「わたしに、できぬことはありませぬ」

「では、頼んだぞ。わしにできることがあるなら、遠慮なく言うがよい」

尊大な口調とは裏腹に、子之は代に呑まれていた。

「新たな人物が必要となります。この国の賢人は、どなたさまで」

「賢人なんぞ、掃いて捨てるほどおるぞ。わしの知るかぎり、郭隗《かくかい》と鹿毛寿《ろくもうじゅ》が双璧じゃろう。郭隗は若いゆえ、潔癖にすぎる。それに、太子が、郭隗の許嫁《いいなずけ》に言い寄った事件があってな。この国で、この事件を知らぬ者はおらぬ。その点、鹿毛寿は歳ゆえ、老獪《ろうかい》じゃ。清濁併せのむ度量がある。郭隗か鹿毛寿か、どちらがよいのじゃ」

「はっはっは。決まっているではありませぬか」

子之邸を辞したあと、代は次の策にとりかかった。

子之からの黄金を惜しげもなく使い、難なく鹿毛寿を味方に引き入れた。代の目論《もくろ》む第二幕には、賢人が一人、必要であった。

〈鹿毛寿はつまらぬ男であった。何が賢人だ。もう一人の賢人・郭隗は遊学中という。太子に狙われたから遊学に出たのか、遊学中であったから太子に許嫁を狙われたのか。どちらにせよ、聖

人を標榜する燕王の長子がそんなふうでは、燕王の化けの皮はすぐにもはがれるな）
蘇代は、鹿毛寿やら郭隗やら太子やらをおのれの頭から追い出し、第二幕の筋書きに思いを凝らした。

二

陽射しが弱まった。一天を黝《くろ》い雲が蔽《おお》い出している。

野良仕事の荘家の人々が腰に手をあてて、上空を見やっていると、雲の動きがいかにも迅《はや》い。一滴二滴、はや頭や手に落ちはじめた。

と、いきなり本格的な降りとなって、一同を慌てさせた。

「戻りましょう」

銀花《ぎんか》の一言に、皆が屋敷に駆け戻った。

その直後、篠突く雨が周囲を烈しくたたきはじめた。豪雨は大地を潤すだけでは飽きたらず、細流をなし、川をなし、やがて一帯を押し流さんばかりの勢いとなった。

銀花が濡れた頭や手足を拭いていると、荘子が呼んでいると家人が伝えにきた。手早く身繕いをし、荘子の室へ赴いた。この屋敷の主人の部屋といっても、共同の仕事場の一角に、主人用と客用の空間が申し訳程度に開けられ、粗末な机が置かれているにすぎない。

遠目に、荘子の前に客の座しているのが見えた。こちらからだと、後ろ向きにゆえ、だれとも判らない。

（お客とはめずらしいこと。服装からしてこのあたりの人ではなさそう……）

銀花は、そう思ったばかりである。

「おう。来た来た。さあ、こちらへ」

荘子が、いつもの気さくな調子で言った。

「はい。ただいま」

銀花は、できあがったばかりの草鞋の山のわきを通りすぎる。その陰に控える大男の姿が視界の端をかすめた。

予感めいたものがあった。胸が騒ぐ。

「さあ、早く。めずらしい人を紹介しよう」

荘子の声に、客がこちらを向いた。

「あっ」

小さく叫ぶと、銀花は棒立ちになった。

客の顔を食い入るように瞶《みつ》めているうちに、銀花は眩暈《めまい》がして、その場に崩れ落ちそうになった。その銀花を、最前の巨漢が背後からがっしり支えて、

「銀花さま、お気を確かに」

と、声をかける。

（ああ、懐かしい声。毎日、待ち望んでいたのに、きょうがその日とは思わなかった。きっと戦《はげ》しい雨のせいね）

そう感じつつ、銀花は気を失った。

しばらくして目が覚めると、自室に横になっていた。

それからというもの、だれもかれもが親切であった。いつもやさしいこの屋敷の人々であるが、この日はとりわけやさしかった。銀花をいたわり、乏しいながらに衣裳やら化粧やらにまで気をつかってくれた。着の身着のままで燕を逃れ出た銀花は、身を飾るべき何物ももたないのである。

やがて、正装して、銀花は客人の前に出た。

三年半、否、四年に近い間の空白。いままさにそれは満たされようとしていた。夢にまで見た瞬間であった。

「長い間、心配をかけてすまなかった」

隗の声が掠《かす》れている。含羞《はにか》むような微笑が泛《う》かび、消えた。

「いいえ。心配などと……。でも、ずっとずっとお待ちしておりました」

嗚咽《おえつ》が邪魔して、言葉は切れ切れになった。しばらく泣き伏した銀花だが、それは嬉しい嬉しい泪《なみだ》であった。

(幼ないころ、茨《いばら》で指を深く切ったことがあった。真っ赤な血が流れ出て、わたしは怖くなって泣き叫んだ。傍らにいた隗さまが、すぐに庭の片隅から薬草を摘《つ》んできて、わたしの指の傷に擦《す》り込んでくださった。出血はすぐに止まり、わたしはあまりの効に驚いて、隗さまを見つめた。隗さま自身も、知っていると為になることもあるのだね、と言いながら、含羞んだような顔つきで、ずっとわたしの手を握っていた……。

いま、あのときと同じお顔だった。でも、どうして、こんなことを思い出したのかしら。きっと、わたし、どうかしているのだわ。違う……。あのころからずっと、隗さまはわたしを助けてくださった。だから、わたし、この日の来ることを少しも疑わなかった……）

しばらくして、ようやく銀花は落ち着きを取り戻し、涯《がい》も交えて四人で積もる話を交わした。

最も多くを語ったのは銀花であり、次は隗であった。涯はこういうときは寡黙で通す。荘子は時折、諧謔を挟むほかは、にこやかに聞き役にまわっていた。

銀花の話は太子平のことであり、その弟・公子職《しょく》との逃避行であり、荘子の屋敷での出来事であった。

「わたしのもとに来て、いちばん成長したのはこの女《むすめ》だ。弟子を何人かもったが、この弟子が最上であった」

荘子は澄まして言い、大笑いになった。荘子の言は、冗談か本音か判断のつかないところがある。

隗の話は各国への遊学であり、公子職との出会いであり、秦国巡遊の成果であった。秦での涯の武勇譚もひとしきり話題になった。

夜が更けたので、銀花は自室に引き取った。

（ああ、隗さまが迎えにきてくださった。わたしは燕国一の幸せ者……。でも、隗さまはやはり秦へ行かれた……。荘子のおっしゃったことは正しかった）

その夜、銀花はまんじりともしなかった。夜が白みはじめたころ、わずかにうとうとした。

隗は、秦から真っ直ぐ宋までやって来た。

秦をあとにすると、帰心矢のごとし。無理な旅程をこなして、荘子の屋敷に辿り着いた。

宋都・睢陽《すいよう》の郊外にある蒙沢《もうたく》という地は、一度歩いたことのある楚の地を彷彿させた。大きな沼沢を見下ろす丘陵があり、その中腹に荘子の屋敷と田畑があった。極貧との噂を聞いていたが、そこそこの暮らしを保ち、自由の世界に羽ばたいている荘子のありようは、はじめてあいさつを交わした際、すぐにも感得された。

(人として生まれたからには、こうありたいものだ)

隗は荘子の生き方を是としたが、不満もあった。荘子のごとき超絶せる大人物が民のこと、国のことを考えずして、だれが考えるのかという思いを払拭しえないのである。

荘子の怜悧な目はそんな隗の想いをはや汲みとりながらも、親しげに穏やかな光を放ちながら、隗を迎えた。

隗は、銀花のこの地での充実した暮らしが想像できるような気がした。と同時に、それをなしたのがおのれではなく、荘子であったことに烈しい罪の意識を感じた。

銀花に再会して、隗はいかにおのれが至らなかったか、いかにおのれのことばかりを優先してきたかを思い知らされた。

(祖国を救うという大義名分にもたれて、銀花の生を蔑ろにしてきた。それにしても、しばらく見ぬうちに何と成熟したことか)

隗は、銀花の真っ赧《か》に上気した面《ま》とその赫《かがや》く眸に圧倒された。次には、眩《まぶ》しさと愛《いと》おしさとすまなさをいちどきに覚えた。隗とて、非情ではない。心中、銀花のことはずっと気にかかっていた。銀花に詫びて、隗は肩の重い荷を下ろした。

だが、その瞬間に、隗は新たなより重い荷を担がねばならぬことに気づいた。四年に及ぼうかという長い歳月、銀花を待たせたことは、いかにしても取り返しがつかなかった。いくら詫びても詫びたりないが、このあとすぐに銀花とともに暮らせるのなら、まだ救いはあった。

無念なことには、銀花の事件はいまだ何ら解決していなかった。これまでは銀花に会うことばかりを追いつづけてきたから、次の段階を考えることはなかった。いま再会を果たし、新たな暮らしへの思いが強まったことで、隗はどうにもならぬ重い現実に直面したのである。

(太子が銀花を諦めたとはかぎらないのだ)

すべては、この一点に収斂《しゅうれん》した。

こればかりは、太子平本人に問い質すしかない。つまり、銀花をこのまま燕に連れて帰るわけにはいかないのである。ただ待つことに四年近くの歳月を費やした銀花を目の当たりにして、前にもまして銀花への不憫《ふびん》がつのった。

(わたしは、何という無慈悲なことをなそうとしているのか。銀花を迎えに来ながら、結局、ここにおいて帰らねばならぬとは)

むろん、燕国以外の国で、銀花とともに生きる選択肢はあった。けれども、隗は祖国をあまりに愛しすぎていた。銀花か祖国かではなかった。銀花も祖国もなのである。隗にとり、祖国のために身命を賭するのは、水が高きから低きに流れるがごとくに自明のことであった。

皆と談笑しているさなか、隗はこの苦渋の決断をなした。

銀花が自室に引き取ったのを潮に、荘子に頼むことにした。荘子なら苦衷を解してくれると察した。

一見して、荘子は常人《ただもの》ではなかった。齢はそろそろ知命《ちめい》(五十歳)に近い。並外れた知識や知性はもちろんのこと、笑顔をたやさぬ顔や飄々とした態度の奥深くに、大いなる悲哀と諦念を隠しもっていた。

（この人物は、想像を絶する悲しみを経験し、ついに悲哀そのものを突き抜けてしまったのであろう。さまざまな人に出会ってきたが、この人は図抜けている）

隗はこの機会に、荘子の根本のところを学びたいと思った。問いたいことが多々あった。だが、その前に、まずは銀花のことを頼まねばならなかった。隗は居ずまいを正した。

「銀花の思わぬ災禍で、こうして先生にお会いできましたのは、何かの縁《えにし》でありましょう。斉の臨淄《りんし》にしばらくおりました折り、ご尊名をずいぶん耳にしたのでした。一度お会いしたいと念じておりましたが、はからずも夢がかないました。ついては、いま一度、先生にお願いしたい儀がございます」

「そのことなら承知しました」

荘子は、隗を制した。

——あれこれ言わなくても、けっこう。すべてわかっています。

とでも言いたげに、荘子は邪気のない笑みを泛《う》かべた。

「先生は、何もかもお見通しなのですね」

「何もかもというのは、褒めすぎでしょう。もちろん、わたしでも見通せることはあります。たとえば、いずれわたしが死ぬであろうこと、いずれわが宋が滅びるであろうこと、いずれあなたの祖国も亡びるであろうこと、やがてはあなた方若いおふたりも墓の下になることを……。燕の愚かな太子がその地位にあるかぎり、おふたりに平安はない。しかも、貴殿は祖国を愛するお気持ちが人一倍強いゆえ、燕国にて一働きをしたい。さすれば、結論は一つ。それゆえ、わたしは承諾したのです」

「ああ、やはり、先生は何もかもお見通しでした」

隗は初対面のあいさつの直後から、荘子が諧謔に紛らせつつ、つねに至言を吐くことに気づいていた。

「貴殿のお顔貌《かお》を拝見すれば、だれにも判ることです。しかして、貴殿の痛苦が今後いつまで続くか、わたしには見当もつきませぬが、このちっぽけな国の片隅に住するゆえに、かえって天下の動きがよくわかるという面はあるのです。さて、貴殿の国には妙な動きがあります。貴殿の出番はいくぶん遅れるように思われます。この地にしばらく滞在なさってはいかがか」

隗は、世捨て人同然の荘子が外部のことに関心を失わず、宋という小国の一隅で世の動きを注視しているのを知って、

（これぞ、賢人の嗜《たしな》みというものであろう）

と、感じ入った。

「先生のおっしゃるのは、縦横家・蘇代《そだい》の策動のことでしょうか」

隗も、秦でその噂を聞いた。

「貴殿も耳にされていましたか。世の中に何が危ういかといって、あの手合いほど危険なものはありませぬ。実なく、ただ虚のみで諸国を滅亡に導くのです」

「お言葉ですが、わたしは、蘇代の兄・蘇秦の合従の策には戦を抑止する力があったとみています。いかなる手立てを用いようと、戦を止めるに如《し》くはありませぬ」

「お若い方、合従の策では戦はやまぬのです。われらの生命《いのち》には限りがあり、知には限りがありませぬ。限りのある身のわれらが、限りなき知をひたすら追い求める。これは危ういことと言わねばなりませぬ。にもかかわらず、人は知を追い求めて破滅していくのです。善をなせば名誉に近づき、悪をなせば刑に近づく、と人は錯覚しているにすぎませぬ。名誉も刑罰も窮極のところでは、われらの身を滅ぼさずにはおかぬのです。斉の国における蘇秦の最期は、これを証するものです」

このとき、荘子の微笑がふと昏《くら》く翳《かげ》った。

「では、先生はいかに身を処されるのか、お聞かせください」

「わたしのつたない経験からして、善悪にとらわれることなく中庸をゆくのみです」

「秀でた人が中庸を持し、年を尽くすのは可能でありますが、平々凡々たる民はどうなりましょう。先生のような賢人が、往々にして貧しい人々や虐げられた人々を等閑《なおざり》にされるのは、なにゆえなのでしょうか」

隗が荘子に聞きたかったことの一つがこれである。

「では、ひとつ譬《たと》え話をしてみましょう。昔、斉の国では隣村同士が互いに見えるほど、また鶏や犬の鳴き声が互いに聞こえるほど、数多《あまた》の人が集まって村をなし、栄えていたのです。農漁業の及ぶ範囲が二千里四方。この広大な国土においては宗廟《そうびょう》、社稷《しゃしょく》のほか、邑屋《ゆうおく》、州閭《しゅうりょ》、郷曲《きょうきょく》といった統治の制など、どれ一つとして聖人の定めた法に従わぬものはありませぬでした。にもかかわらず、田成子《でんせいし》という者が一朝にして斉の君主を殺害し、国を奪《と》りました。田成子は国ばかりではなく、聖人の知恵の産物である統治の制まで盗んだといえましょう」

荘子の双眸に泛《う》かぶ深い憂愁は、阿鼻《あび》の巷を見てきた人のそれであった。隗は、黙然として荘子の物語の続きを待った。

「さて、田成子は国盗人と呼ばれましたが、その身は堯舜《ぎようしゆん》といった聖人と同じように安泰でした。小国はこの事態を非難しようとせず、大国も誅伐しようとはしなかったのです。田成子の子孫は十二代も続いて斉の国を保ち、いまに至っています。聖人の知恵がもたらした統治の制とは、他人《ひと》に国を奪われないためのものではなかったのでしょうか。結果として、聖人は、田成子の斉の国を盗む行為に大きな働きをなしたことになります。なぜかならば、田成子は、聖人の知恵の生み出した統治の制を盗むことによって、みずからの身を守ることができたからです。このことから、わたしが何を述べたいか、おわかりいただけるでしょうか」

「民のためによかれと思ってなすことも、いずれは田成子のような悪人を利するだけの結果に終わる。そうおっしゃりたいのですね」

隗は、溜め息をついた。

かの太公望呂尚《たいこうぼうりよしよう》が建国した斉の国は田成子によって簒奪《さんだつ》されたのであり、現在の宣王も田成子の末裔であって、太公望の後裔ではない。

「それだけではありませぬ。民のためによかれなどと振る舞う人たちが、結局、民の暮らしを破壊し、民の生命《いのち》を損なうのです。なまじ聖人が現われるがゆえに、かえって田成子のような大盗人を育てる結末を惹《ひ》き起こします。わたしは、聖人なるものを打ち殺すべきだとすら考えています。どうか民のためなどといって、民のためにならぬことをなす思い上がりをお捨てください」

荘子は結論を述べ終わると、いつもの恬淡《てんたん》たる態度に戻った。

（これが荘子の無為の考えか。しかし、いま現実に飢えている民に食べ物を与えることが、どうして盗人のための行為になるのか）

なるほどと感じさせられる半面、反発も禁じえない。

「先生のお考えはわかりました。されど、民の苦痛を減ずるべく、一臂《いっぴ》の力をかしたいとするわたしのこの気持ちが謬《あやま》っているとは思えないのです」

「貴殿がそう答えることはわかっていました。隗どの、この世では、つねに退《ひ》くべきときが肝心です。天道は盈《み》つるを虧《か》きて謙《けん》に益《えき》す（天は満ちたりて傲《おご》る者からは削りとり、不足にあっても謙遜の態度を守る者には増しあたえる）といいます。虧盈益謙《きえいえきけん》を心に刻み、お励みください」

荘子は格別、失望したふうもみせなかった。あらゆることを見通している孤高の人であった。

「先生のお言葉、肝に銘じます」

「ところで、燕の愚かな太子は、貴殿を仇敵とみなしているはずです。しかも、縦横家・蘇代が燕朝を掻き回しているさなかに帰国するのは、いささか殆《あや》ういのではありませぬか」

荘子の惧《おそ》れは当たっていた。太子平の粗暴は噂に高い。危険といえば、これほど危険な帰還もなかった。

「そう思います。けれども、祖国が罪のないわたしに仇《あだ》するなら、それも天の命なのでありましょう。なにとぞ、銀花をよしなに……」

隗にも不安はある。だが、いま、祖国に何らかの策を施さぬかぎり、燕の将来はないとする思いを消すことはできない。

「では、わたしの最も優れた弟子には、わたしから伝えることにしましょう。愁嘆場を避けるのは、お互いにとって賢明というものです。貴殿は、明早朝に発たれるがよろしい」

「わかりました。そのようにします」

隗は、再拝して稽首した。

「お若い方、慕ってくる女《むすめ》を悲しませないのは、士としての務めです」

荘子の忠告は無限にやさしかった。

（銀花よ、わたしがすでに発ったことを知って、そなたはどう思うであろうか。だが、荘子も言われた。虧盈益謙《きえいえきけん》と。天は謙抑の者にはかならず報いてくれる。それを信じて、互いに春の訪れを待とう。嘆くことはない。生あるかぎり、また会える。わたしはそなたを棄てたのではない）

隗は、宋の地をあとにした。

「わたしなら、このまま銀花さまとこの地で暮らすか、他所《よそ》へ行きます」

涯は、決断に反対のようである。

「心は相当に揺れたのだ。しかしながら、罪のないわれらがいつまでも太子から逃げるのは間違いだと思い直した。天道は親《しん》なし。常に善人に与《くみ》す（天道は偏った考えで人を選び親しむというのではない。つねに善人に味方する）というではないか。まさか太子とて、わたしの生命《いのち》をとりはしまい」

「わたしには、そうは思えませせぬ。もっとも、太子が理不尽にしかけてくるなら、こちらは、死人の山を築くだけです」

涯は物騒な言葉を平気で口にすると、馬車を驅《はし》らせた。

奸佞《かんねい》と凡庸《ぼんよう》

一

賢人・鹿毛寿《ろくもうじゅ》が燕廷《えん》に姿を現わした。

宰相・子之《しし》が燕王噲《かい》に、

「わが国一と名高い賢者の考えをお求めになってはいかがでありましょうか」

と、縦横家《しょうおうか》・蘇代《そだい》の授けた策のとおり進言したからである。

雪のように白い髪。蠟《ろう》のように白い鬚《ひげ》。面《おもて》は知に満ちて、神々しいばかりである。蘇代が、黄金でこの賢人を味方に引き入れたと知るのは、当の両人のほかは子之のみであった。

「そなたは、わが国第一の賢者だそうだな。わが政《まつりごと》の是非を訊こう」

燕王噲は、ことさら威厳をこめて問《たず》ねた。

鹿毛寿は白く長い鬚をしごくと、しばしの沈黙ののち口を開いた。その声には、燕王以上に威厳が備わっている。蘇代に命じられて、練習を積んだのである。

「かぎりなく聡明にして慈愛深き大王よ。大王の仁政はあまねく民にゆきわたり、民にして大王を慕わぬ者は一人もおりませぬ。近頃、大王は信頼する宰相に政のすべてをゆだねられたとのこと。宰相は寝る暇のないほど、日々の執務に全力を傾注しておられ、わが燕の未来は安泰なり、と慶賀にたえませぬ。まさに真の聖人のなせる大英断。されど……」

鹿毛寿は蘇代に教えられたとおり、ここで一呼吸おいた。

「されど……」

燕王噲は、温顔に一抹の不安をのぞかせた。

「されど、政のすべてをまかせることは、国を譲ることを意味しませぬ。国を譲らずして真の聖人になれぬことは、かの聖王・堯《ぎょう》の故事にて明らかです。堯が聖人中の聖人と尊ばれますのは、堯が天下を許由《きょゆう》に譲り、許由がこれを受けなかったからであります。堯は天下を許由に譲ったという誉をあげ、しかも天下を失わずにすんだのです。浅学を顧みずに申し上げましょう。大王よ、宰相・子之どのに国を譲られますように。子之どのは許由同様、決して受けはしますまい。さすれば、大王は天下を子之に譲ったという誉をあげ、堯と聖徳を等しくするばかりか、天下を失わずにすむのであります」

「そなたは、国を宰相に譲れというか」

「さようです。名のみにて、実の害なく、しかも堯と徳を均しくするためです」

「そうかもしれぬが……。子之は受けぬというが、真《まこと》か」

「真です。受けませぬ。大王よ、真の聖人に逡巡は無縁ですぞ」

燕王噲はますます不安顔になった。鹿毛寿の論点は、とんでもない方向へ突き進んでいる。

「ううむ。ほんとうに子之は受けぬであろうか」

真の聖人になるためには、鹿毛寿の言うことが必須に思えるが、その結果、自分の一族が国を失うかもしれないのである。燕王噲は眉を顰《ひそ》めた。

「さようです。受けませぬ」

鹿毛寿は存分に燕王を追いつめると、賢人らしい優雅さを気取りつつ、立ち去った。


その五日後、蘇代は、燕王噲が国を宰相・子之に譲ると宣言したことを聞かされた。

（鹿毛寿は、よほどうまく燕王に吹き込んだとみえる）

代《だい》の目論《もくろ》んだ第二幕は、鹿毛寿の奮闘よろしきを得て、見事な出来映えをみせた。

燕王噲を欺《あざむ》いて国を譲らせる。譲られた子之は辞退しない。燕王噲にとっては意外な、子之にとっては予定どおりの行動こそ、第二幕の眼目である。平和裏に簒奪《さんだつ》がなり、代はあまりのたわいのなさに大笑いした。

燕朝は、奇妙なことになった。燕王噲は国を譲ったから、もはや王ではなかった。一方、子之の方も、自分は燕王であると宣言できるほど、その立場は固まっていなかった。つまり、両人とも王であって、王ではないのである。

「何とかならぬのか」

「いましばらくお待ちくださされば……」

代は子之に急《せ》かされ、細長の双眼をさらに細めた。薄い眉を寄せて考えにふける。小太りの躰《からだ》つきにさらに肉がついたのは、宰相・子之からの差し入れが格段に増えたからであろう。

やがて、燕王噲という存在は消えぬまでも、その重みは減じ、反対に政の中心にいる子之の重みが増した。人は、勢いのある方に靡《なび》くのである。

代は、終幕を仕掛けることにした。参朝した代は再拝稽首《さいはいけいしゅ》すると、またもや長い間、顔をあげなかった。聖人・燕王噲を畏《おそ》れ、敬い、崇《あが》める気持ちを現わした。もはや形ばかり、名ばかりの王であった。

「先頃、大王は大英断をなされました。臣《わたくし》は、ますます大王への尊崇の気持ちを深めたのでございます。これで、燕の民の安寧は永久《とこしえ》に続くことでございましょう。されど……」

「されど……」

燕王噲は鹿毛寿に謀《たばか》れ、国を失いつつある。慈愛の温顔は翳《かげ》り、不安がいっぱいに張りついていた。

「されど、臣は、宰相・子之どのが益《えき》のごとくになりはしないか、その点が気がかりなのでございます。昔、かの聖王・禹《う》の時代に益という臣がございました。禹は益を寵愛し、天下を益にまかせたのでございます」

「天下を益に……。さすれば、寡人《わたし》と同様の立場」

「さようでございます。禹は老いるにつれ、嗣子《しし》の啓《けい》では天下は治められぬ、とその意を強くしたのでございます。それゆえ、苦しい決断のあと、天下を益に譲ったのでございました。ところが……」

「ところが、いかがあいなった」

「禹の嗣子・啓はいたく反発し、反抗に転じたのでございます。しかも、力といえば、啓一味の方が格段に強かったという次第でして……」

「啓一派の方が強かったというか。さすれば、禹の寵臣・益は敗れたのであろうな」

「さようでございます。啓の一派は益を攻め、天下を奪《と》りました。問題は、まさにこの点にございました。禹は名目上、天下を益に伝えたが、裏ではじめから益に譲る気持ちはなく、啓に引き継ぐ心算《つもり》であったのだ、と後年、非難されたのでございます。聖王・禹の唯一の失政であったと」

「おお。聖王・禹ですら……」

燕王噲の躰が顫《ふる》え出した。代の要求が鹿毛寿よりもっと烈しいことを解したのである。

「ところで、いま大王は宰相・子之どのに天下を譲られましたが、太子の力の方が段違いに強いのでございます。太子を盛り立てる方々は皆が皆、印綬を下げられた高官ばかりではございませぬか。しかるに、子之どのの一族には、一人として朝廷に仕える者はおりませぬ。これでは、不幸にして大王薨去《こうきょ》ののちは、子之どのが益と同じ運命を辿《たど》られるのは、火を見るよりも明らかでございます」

「さ、されど」

燕王噲は真蒼になった。

「このままでは、大王は名目上、天下を宰相に伝えたが、裏でははじめから宰相に譲る気持ちはなく、太子に引き継ぐつもりであったのだ、と聖王・禹の場合と同様に非難されることは間違いございませぬ」

「な、何を申す。寡人は、そんなつもりは毛頭ない。されど、これはなかなかに難しい問題じゃ……」

「大王よ、真の聖人とは天下を譲って、なお淡然としているものでございますぞ」

代は、逃がさじと追い討ちをかける。

「ど、どうせよと」

「三百石以上の吏の印綬を取り上げ、子之どのに渡されるのがよろしかろうと存じます。さすれば、吏の任免は子之どのの自由となり、子之どのが益と同じ運命を辿るおそれはございませぬ」

「印綬を取り上げよというか……。ああ、聖人の道とはかほどに苦しいものか。わかった。そうせずばなるまい」

燕王噲は力なく呟いた。

「そのかわり、後世の人々は、大王をかの堯に優るとも劣らぬ聖王として崇めることでございましょう」

代は再拝稽首して、聖人・燕王噲を畏れ、敬い、崇める気持ちをふたたび表出した。

蘇代執筆による全三幕の簒奪劇は、これ以上はないというほどの成功をおさめた。燕朝における燕王噲と宰相・子之の関係は完全に逆転した。子之は南面して王として政務にたずさわり、国事をすべて裁決した。燕王噲は隠退し、逆に臣下となった。

二

周の愼靚《しんせい》王四年（前三一七）は、はや暮れようとしていた。

郭隗《かくかい》は、易水を南から北へ渡った。流れは東へ奔《はし》って、はるか大洋までとどまるところを知らない。

南岸から北岸への渡河は、これが二度目である。一度目は三年の遊学の旅から戻ったときであり、二度目のいまとの間には、ちょうど一年の歳月が駆け去ったのである。

（流れる光陰は、易水よりも速いというのか……。匹夫も志を奪うべからずという。帰国後、何が起きるかわからぬが、迷わず進むことだ）

長城をくぐると、微風が懐かしい故国の香りを運んできた。

「さて、吉と出るか凶と出るか」

郭涯《かくがい》が答えた。

「十中、八、九、凶でありましょう」

「それほども凶か。しかし、涯よ。秦の役人にからまれたときのように振る舞ってくれるなよ。そなたが暴れると、取り返しがつかぬことになる」

「太子が先生に手出しさえせねば、なにゆえ暴れる必要がありましょう」

涯は、どこ吹く風である。

ふたりは、燕都・薊《けい》に帰還した。

父は病に臥せっていた。隗はしばらく旅の疲れを癒すとともに、父の看病に専念した。ところが、こちらが温柔《おとな》しくしていても、国内の出来事は友の通報やら知人の口やら噂やらを通して、ことごとく隗の耳に入った。

燕王の隠退、宰相・子之の権勢壟断《ろうだん》を聞いては、隗も黙ってはいられない。憤然として立ち上がった。

もっとも、隗はいまだ一介の学者にすぎない。隗の唯一なしえたのは、鹿毛寿を懲《こ》らしめることであった。

隗はひとり、鹿毛寿を訪ねた。郊外のあばら屋に起き伏ししていたはずの鹿毛寿は、愕《おどろ》いたことに新たに瀟洒《しょうしゃ》な屋敷を建てていた。世捨て人らしからぬ風情である。

案内を乞うと、すぐに通された。隗の名がようやく燕国内に知られるようになったのに対し、鹿毛寿の名は昔から高かった。鹿毛寿が悠揚迫らざる態度で隗に接したのは、その余裕のなせる業《わざ》であった。

「それで、お若い方は、わたしから何を学ばれようというのかな。わたしは見てのとおりの世捨て人。難しいことを説こうにも、もうすべて忘れましたわい。はっは」

鹿毛寿の磊落《らいらく》ぶりは、板についている。笑い方も豪放である。前歯が一本欠けていた。

(気のよさそうな人物だが、魔がさしたとでもいうのか。それとも、この人を陥落させた蘇代の弁舌が冴えわたったのか)

隗は、高齢の鹿毛寿に哀れを感じたが、それで免責できるほどその罪は軽くはない。

「じつは、本日、お邪魔しましたのは、先生のお耳に痛いことを申し上げるためであります」

「ほほう。面白いことをおっしゃる。それは、いったい何ですかな」

鹿毛寿は、まだ話を楽しんでいる。

「わたしは、先生が晩節を汚されたことを悲しむものであります」

「な、何を言われる。晩節を汚したですと。あなたは言いがかりをつけるために、わたしを訪れたのか」

鹿毛寿は狼狽《うろた》えた。

「言いがかりではありませぬ。先生は、黄金と引き替えに、祖国を危うきに陥《おちい》らせたのではありませぬか」

「何を言う。失礼な。わたしは、祖国の明日を考え……」

「明日を考え、何です」

「つまり、祖国を。それゆえ……」

「つまり、祖国を。それゆえ、何です」

鹿毛寿は言葉につまった。

「先生、其《そ》の意を誠《まこと》にすとは、自ら欺《あざむ》くこと毋《な》きなり（誠のある人は、自らを欺かない）ではなかったのですか」

隗の諭しに、鹿毛寿は呻き声をもらすと、項垂《うなだ》れた。

「わたしは誤ったのか……」

「さようです」

「ああ、黄金に目が眩《くら》んだのだ。わたしは愚かであった」

すでに良心の呵責《かしゃく》に耐えかねていたのか、鹿毛寿は脆くも崩れた。

隗は、鹿毛寿からつぶさに事件の全貌を聞き出した。すべては、蘇代の悪巧みから生じていた。

（蘇代は、死んだ兄・蘇秦を超えるかもしれぬ。恐いほどの伎倆《ぎりょう》だ。惜しむらくは、善悪の見境のつかぬこと。宰相・子之に取り入るようでは、人間が知れる）

鹿毛寿を責める気持ちは萎《な》えた。本人は身もだえして悔やんでいる。天罰はすでにくだったのである。その後しばらくして、鹿毛寿は姿を消した。本来の世捨て人に戻ったのであろう。

隗が不思議に感じたのは、この簒奪劇の間における太子平の振る舞いである。およそ、子之を制しようとする気配も、父王の暴走を止めようとする気配もみせなかった。

(蘇代は、斉《せい》の使者としてわが国に登場した。蘇代と斉王の間にいかなる密約があるか知らぬが、わが国が東の強国・斉から狙われているのは明らかだ。これに対するわが国のお粗末ぶりは何としたことか。畢竟《ひっきょう》、太子は凡庸《ぼんよう》なのだ)

隗は、あまりといえばあまりの祖国の不甲斐なさに、言葉を失った。

隗の動きを注視している男が一人いた。このたびの騒動の張本人・蘇代である。

王にして宰相の子之の懐刀におさまった代は、あらゆるところに間諜を放っていた。みずからに不利となる芽を摘み取るためである。

薊城各門の守備隊長にも多額の賄賂を贈り、少しでも様子の異なる者の出入りを一報させていたから、隗の帰国もいち早く摑《つか》んだ。

(鹿毛寿に比肩するという賢人の帰国か。鹿毛寿は大したことはなかったが、郭隗はどうか。なかなかの正義漢という。そうなると、こちらの非違を摘発しかねぬな。待てよ、隗には太子という敵がいたはずだが。はて、隗が、強大な敵の前に徒手空拳で戻った真意は……)

代は、当分の間、隗を監視するように手下に命じた。警戒するに越したことはないのである。

暫時ののち、隗が鹿毛寿に会った一件が代のもとにあがってきた。

(こいつは、ちとまずい。鹿毛寿から全貌が漏れると、隗の矛先はわしに向かう。隗ごときの儒者に何ほどの力があるかとは思うが、正義の士というものはなべて厄介だからな)

代は、隗に箍《たが》をはめるに恰好の男のことを考えている。憤懣に頬を膨らませた険相の男、手荒なことを厭わぬ驕悍な男、太子平《へい》である。

（太子を利用せぬ手はない。あやつなら、隗をそのままにはしておくまい。いま、あやつはわしを憎むことで頭がいっぱいだが、隗の帰国を知れば、その憎しみは隗に向かう。何せその女に横恋慕して、ものの見事に振られたのだからな。太子が隗を追いまわす。隗が逃げれば、首尾は上々。太子が隗を国外に放り出しても、首尾は上々。太子が隗を死においやっても、首尾は上々。太子が隗と派手に渡り合っても、首尾は上々。結局、わしは安泰だ）

代は、使者を太子平に遣わした。恩を売るため自分の名を出し、

——郭隗がひそかに帰国しています。

と、伝えさせた。

折り返し戻った使いに太子の様子を訊くと、

「まさに逆上といった体《てい》で……。あれでは、郭隗なる人物は助かりますまい」

と、答えた。

（うまくいったか。あやつは凡愚だからな。並みの策士ならこのあたりまでだが、わしは並みではない）

代は、次に使者を郭隗に遣わした。恩を売るため自分の名を出し、太子平の動きを伝えさせ、

——いまはいったん、国外へ脱出することをお勧めします。

と、忠告めかした。

代は、両人に恩を売っておいて、両者の喧嘩を高みから見物することにした。どちらが勝つに

せよ、代自身は安泰である。

甲士《こうし》（武装兵）が屋敷の周りを彷徨《うろつ》いていると聞いて、

（来たか……。凶が十中、八、九と言った涯の読みは正しかった。蘇代の報《しら》せも正確だった）

隗は、身支度を調《ととの》えた。

蘇代から内密の報を受けても、動揺しなかった。このことのあるのを知って帰国したのである。それよりも、蘇代の動きが不快であった。

（太子とのことは私怨だ。にもかかわらず、蘇代は嘴《くちばし》を入れてきた。察するに、この油断のならぬ男は、わたしのことを調べつくしているに違いない。荘子がおっしゃった。世の中に何が危ういかといって、あの手合いほど危険なものはありませぬ。実なく、ただ虚のみで諸国を滅亡に導くのですと。親切めかしておいて、いずれわたしを利用しようというのであろう）

隗は、蘇代の意図をそんなふうに推測し、太子の動きに備えていたのである。

涯が、蒼い顔をして飛び込んできた。

「先生、この場はわたしにおまかせください」

「ならぬ。前にも言ったはずだ」

「しかし、先生に万一のことがあれば、銀花さまが嘆かれましょう」

「まだわからぬか。そなたのやり方では、真の解決にはならぬのだ。そなたによって死ぬであろう甲士の生命《いのち》も、われらの生命も、まさに同じだ。生命に上下はない。死人が出れば、その者の家族が泣く。ここは、わたしに随《したが》え」

隗は厳命した。

隗が言い終わるか終わらぬうちに、甲士数人が乱入してきた。

「そのほうどもは何者だ。無礼ではないか」

隗の痩身から鋭い叱咤《しった》がとんだ。

甲士の動きがとまる。

顔を見合わせる甲士の間から、頭《かしら》とおぼしき人物がわずかに半歩前へ出た。

「われらは、太子の命《めい》により郭隗どのの同行を求めるものであります」

隗に敬意を表しつつ、申し訳なさそうに言う。

「郭隗はわたしだ。貴殿の名は」

「徐風《じょふう》と申します」

「よろしい。では、徐風どの。わたしが同行するに、甲士を派遣するとは何事であるか。使者に言づてすれば足りること。それとも、わたしを罪人扱いするおつもりか」

隗の端正な相貌に瞋《いか》りが加わると、凄《すご》みが出る。

「決してそのような。ただ、われらは命《めい》により動くのみ……」

徐風は、明らかに隗の気魄《きはく》に呑まれている。

「同道の理由は何であるか」

「知らされておりませぬ」

「異なことを言う。わたしは、この国の正直な民ではないか。しかも、わが国王は、聖王として天下にあまねくその名を知られている。にもかかわらず、その聖王の嗣子が民に平安を与えるどころか、理由も示さず、民を拐《かどわ》かそうというのか」

隗の一喝に、徐風は当惑して立ち尽くした。

その刹那《せつな》であった。

涯が真正面から両手で、徐風の両肩をがっしりとつかんだ。

そのまま三尺ほど持ち上げる。

「な、何をする」

徐風は足をばたつかせたが、涯の桁外れの膂力には抗いようがない。

これを見て、隊員がいっせいに剣に手をかけた。

「わからぬか。うぬらの頭《かしら》の生命《いのち》は、わが手にあるを」

満面朱をそそぐと、涯は徐風の躰を目の高さにまで持ち上げた。

そのまま壁にたたきつければ、即死は免れない。

「お、おい。やめろ」

徐風がもがいた。

「これ、涯。やめなさい。徐風どのにも、面子《めんつ》というものがあろう。諸君、わたしは逃げも隠れもせぬ。諸君はいったん引きあげ、太子に告げよ。使者を遣わし、同道の理由を明らかにせよとな」

隗の命《めい》に、涯は徐風を解き放した。

「こりゃ、おまえたち。わが師の言われたことをしかと聞いたか」

涯が大喝した。

「き、聞いた」

徐風がしぶしぶ答えた。

「よしっ。では、帰れ」

涯は甲士を睨みつけ、仁王立ちになった。

徐風が退くように合図した。

甲士たちは、早々に退散していく。

「いやはや、生まれてはじめてとんでもない化け物に出会った」

徐風は零《こぼ》すと、それでも隗に会釈し、退いていった。

三

このころ、太子平《へい》は自棄《やけ》になっていた。やることなすことうまくいかない。

そもそもは、他人《ひと》の許嫁《いいなずけ》に魅せられたことから、運命を狂わせた。偶然、垣間見た銀花の可憐な容貌が忘れられない。つい、おのれの地位を利してごり押ししたら、逃げられた。

しかも、銀花の逃亡に実の弟（公子職）が手助けした。弟ゆえに、無理無体に事を運ぶわけにもいかず、中途半端になった。これが世間の物笑いになって、平の精神の均衡はくずれた。凡庸、粗暴の性が倍加した。

斉の使者・蘇代がやって来、聖人に憑《つ》かれた父王を誑《たぶら》かしたとき、いくら凡骨な平でも感じとっていた。

（抛《ほう》っておくと、まずい。何よりも、わしの立場が殆《あや》うくなる）

と。しかし、それでも、平は動かなかった。なすすべを思いつかなかったのである。

事態は悪化し、いまでは朝廷に父王の姿はなく、宰相・子之と蘇代がわが物顔に振る舞っている。これを目にするたびに、傍観をゆるしたおのれの愚が腹立たしい。

（父王を脅してでも、蘇代めを追放すべきであった。子之なら、このわたしでも何とかなったものを……）

悔いはするものの、取り返しはつかない。

蘇代が曲者《くせもの》であった。蘇代の差し金で、兵権はたちまち相手陣営に移った。おのれの手勢程度ではいかんともし難い。地位、兵力、頭脳および弁舌のいずれにおいても勝ち目がないとなれば、平は蘇代を睨みつけるしかなかったのである。

一度だけ、将軍・市被《しひ》が、

——若君、わが朝の禍根を断つべく立たれるというのであれば、かならずやお供しますぞ。

と、声をかけてくれた。

平はありがたいとは感じたが、市被は人柄や志はともかく、勇将皆無といわれる燕軍のなかでも、とりわけ勝負強さに欠ける将軍であった。しばしの逡巡ののち、平は断った。

平の毎日は惨めであった。嗣子でありながら、子之という臣下に対して、臣下の礼をとらねばならない。

（父の亡きあと、自分はどうなる）

考えるだに恐ろしい。平の日々の慰めは、お定まりの酒と女になった。酒癖は極めて悪い。平が酒を呑み出すと、臣下は人知れず姿を消す。殴られて大怪我した者もいる。女となると、見境なかった。燕の民は平が通ると、慌てて娘を隠した。

降って湧いたような郭隗帰国の報は、そんな平に淫靡《いんび》ともいえる刺戟を与えた。

（蘇代がなにゆえこのわしに……）

と考えぬのが、いかにもこの人物らしい間の抜けようで、投げ与えられた餌に単純に食らいついた。

（隗の首をとって、銀花を手に入れる……。こいつはひさしぶりに面白くなった）

平は、生色を取りもどした。

早速にも側近の徐風に隗の拉致《らち》を命じたところが、あにはからんや徐風は手ぶらで戻ってきた。その理由を聞いて、平は激怒した。

「よくもおめおめと戻って来たものだ。甲士が数人もいて、やつのたった一人の弟子のために追い払われただと」

「しかし、若君。その弟子たるや、とてつもなく凄いやつでして」

徐風が、消え入りそうな声で答えた。

「莫迦者《ばかもの》めが。対手《あいて》は一人ではないか。全員でかかって勝てぬことがあるか。情けない」

平は吐き捨てた。

「まことに面目ありませぬ。されど、全員でかかって、あの男に勝てたかどうか……」

徐風は、平が信頼する唯一ともいえる側近である。なかなかの勇士でもある。その徐風に首を傾げられて、平は絶句した。

（この男をへこませたとなると、よほど凄いやつらしい）

平は、振り上げた拳を下ろせなくなった。

「しかし、徐風よ。このままではわしの名がすたる」

「その点はご心配なく。こちらから使者を遣わして、同道の理由を明らかにすれば、郭隗どのはみずから出向くと言っておられました」

「そんなことが信用できるか。いまごろは国境めざしてすたこら逃げておるわい」

「いいえ、若君。あの仁は、虚言《うそ》をつかれるような方ではありませぬ。かならずやって参りましょう」

徐風は、その場を思い出すような目つきになった。

「ふむ。逃げたら逃げたで追うだけのこと。よし、だれか一人遣わして様子を探ろう」

平は、すぐに使者を立てた。

——願いの儀あり。至急、来られたし。

しごく簡単な理由にした。

「どうだ。この理由ならよかろう。郭隗に来る気があれば、断れぬ」

使者はすぐに飛び出していったが、いくばくも経たぬうちに戻ってきた。

「どうだった。逃げたあとか。それとも、またつべこべ言い訳したか」

平は言いながら顧みて、仰天した。

正装した痩身、端麗な男が、使者の脇にひかえていたのである。

「あっ。そ、そのほうは」

思わず、声が上擦った。

男は型どおりのあいさつをすると、

「郭隗にございます。お召しにより、急ぎ参上つかまつりました。願いの儀とはいかなることでございましょうか」

と、物怖じしない態度で問《たず》ねる。

（ちっ。先手を取られたわい。徐風があのように言いはしたが、まさかすぐに来るとは思わなかった。こやつ、生命《いのち》が惜しくないのか）

平は内心、舌打ちし、

「うむ。願いの儀とはほかでもない。銀花はいずこにおるや」

と、短兵急に問い質した。そうすることによって、具合の悪さを振り捨てたのである。

「銀花は、わたくしの妻にございます。いかなる理由で、そのような問いをなされるのでございましょうか」

隗が冷ややかに問い返す。

「問うたのは、わしだ。そのほうは答えればよい」

「そうはまいりませぬ。問われたのは、わたしの妻のこと。その理由をお答えいただかねばなりませぬ」

「そのほうは、わしを知らぬようだな。先日、わしは、口の利き方を知らぬ従僕を殴って、大怪我をさせた。わしを見くびらぬ方が身のためだ」

隗が小憎らしくなって、脅しをかけた。

ところがこちらの思惑と異なり、隗の蒼白の顔に血の気がさしたとみるや、双眸は不思議な光をたたえて、こちらに真っ直ぐ向かってきた。

（小癪《こしゃく》なやつ。わしは次の王ではないか。ひれ伏したらどうだ）

太子平は相手の眼光を受けとめ、睨み返したが、どうにも相手の炯眼《けいがん》の方が並外れている。思わず目をそらした。

「親《しん》を思わざれば、祖《そ》は帰《き》せざるなり（親不孝な子には、祖先も助けを与えない）と申します。なにゆえ、なまじ聖人に憑《つ》かれた父王をお諫《いさ》めになられなかったのでございますか」

「何を言う。無礼にもほどがあろう。父は聖人の道をひたすら歩まれた。なにゆえ諫める必要がある」

平は痛いところ衝《つ》かれて、おのれが何を隗に問うているのかを忘れた。

「では、いまのお立場に不満はないとおっしゃいますか」

「そ、それは……」

「わが国は、聖王のご慈愛のもと、足らざるものはひとつとしてないとおっしゃいますか」

「否、そうは言わぬ」

「聖人の道という美麗な言の葉の陰で何が行なわれたかと申せば、わが国が宰相と縦横家によって簒奪されたにすぎませぬ」

真相をあばかれて、平は痛苦に顔を歪めた。

（こやつ、わしに説教しようというか。だが、こやつのいうとおり、父王は子之と蘇代によって体《てい》よく欺かれたのだ。わしはそれを止めなかった……）

話が妙な方向に飛び、平は攻め口を失って、防戦一方となった。

「そうかもしれぬ。では訊くが、そのほうなら、止められたとでも言うか」

「わかりませぬ」

「わかりませぬとは、気楽な物言いではないか」

平は、ようやく隗の言葉尻をとらえて反撃した。

「その場その場において、あらゆる事象を極め、あらゆる意見を徴し、しかるのち、かの宋の大賢・荘子の言われる明鏡止水の境地に立てば、おのずから答えは出てまいりましょう。なにゆえ、その場にいずして、答えを出せましょう」

その反撃も粉々に打ち砕かれて、平は嘆息をもらした。

「わしは、どうしたらいい」

「もはや手遅れにございます」

「そうあっさり言われると、わしの立つ瀬がない。何とかならぬか」

思わず、平は訊いていた。平素の粗暴な言動が影をひそめた。

「無理でございます」

「わしの臣にならぬか」

「お断りせねばなりませぬ」

「なぜだ」

「わたしの機が熟していないからでございます」

その謎めいた答えに、平はただ茫として隗を視《み》た。

銀花の居所を突き止めることも、隗を責め苛むことも吹き飛んでいた。

「せめて、わしに示唆をくれ。わしには、そのほうのような臣がおらぬのだ」

「一、二年もすれば、権を簒奪した張本人たちにも弛《ゆる》みが生じましょう。それまでに、然るべき有意の人材を得ることです。それができなければ、すべてを諦めるしかございませぬ。わたしの帰国をいかにしてお知りになられましたでしょうか。おそらく、蘇代からの通報でございましょう。このことだけでも、蘇代が恐ろしい人物であることがおわかりいただけます」

隗は黙礼すると、去っていった。

（わしは、いったい何をやっている。なぜ、あやつを捕らえ、銀花の居所を聞き出さなかったのか……。ああ、何もかもが遅すぎる）

太子平は痛みをこらえるように顔を顰《しか》め、いつまでも隗の残像を追いつづけた。

迫りくる破局

一

蘇代《そだい》の小太りの躰つきは、ますます肉をつけた。いまでは肥満といった方が適切である。

ふつうなら酒色にふけるところだが、代《だい》は斉《せい》の使者という前身がある。つまり他国者《よそもの》である。少しでも油断すれば蹴落とされる懼《おそ》れがあった。

しかも、おのれが支える宰相・子之《しし》の人品および実力は並み以下である。代はたえず神経を研ぎすませ、少しでもこちらに不利な動きが感得されれば、その芽のうちに摘みとるという綱渡りの日をおくった。

そのうち、宰相・子之の権はすこぶる盤石《ばんじやく》となった。燕《えん》王噲《かい》に復位の意志はないし、内幕を知った鹿毛寿《ろくもうじゆ》は行方が知れない。

残る不安材料は太子平《へい》と郭隗《かくかい》だが、太子平は郭隗を殺しもしなければ、国外に追いやることもしなかった。

（太子は怕《おそ》れるにたりぬ。郭隗は武人ではないし、謀《はかりごと》をめぐらす男ではないゆえ、案ずるには及ばぬか）

代は、自信を深めた。

六旬（六十日）もせずして、代は弛緩を覚えた。日々のきまりきった政《まつりごと》に退屈を感じたのである。

諸国の王を舌三寸で丸め込むのに生命《いのち》を懸ける縦横家には、もともと経国の観念は薄い。弁舌を発揮できるなら、おのれが仕える国が崩壊したとしても、何ら痛痒を感じないのである。

ひそかに使者を弟・蘇厲《それい》に遣わしたのは、おのれの功を誇り、弟を督して次の刺激を得たいとする思惑があった。

――厲《れい》よ、われらの間の約定を憶えているであろうな。わしは燕にて重きをなし、名をあげた。今度は、おまえが斉で名をあげる番だ。

代は、厲をして斉国に一波瀾起こさせようとした。波静かなところに、縦横家は要らないのである。

蘇厲は、やって来た代の使者の口上を聞き、歯軋《はぎし》りして悔しがった。

「兄が燕で重職にあるというか」

「さようで」

「信じられぬ。いかにして……。わしは、兄者が尾羽うち枯らして戻ってくるものとばかり思っていた。兄者に長兄ほどの才があったとはな。では、わしも、この斉国で一旗揚げるか」

厲は独白しているのか、使いに言っているのか、わからぬほどに昂奮《こうふん》していた。

使者が引き取ったあと、厲は考えにふけった。

翌日から、厲は動き出した。宰相・儲子《ちょし》の屋敷を訪ね、礼物を差し出して斉王への目通りを依願した。運動が効を奏し、斉の宣王《せん》への謁見がかなったのは、三旬後であった。

その日、取次ぎ役に案内されて宣王の前に進み出ると、厲は拱手《きょうしゅ》して俯《うつむ》いたまま、不自然なくらいにその態度を持した。

「いかがいたした」

宣王が厳かに問う。

——初手こそ肝心。これで相手の心を引きつけよ。揣摩《しま》の術の序開きである。

昔、長兄・蘇秦が弟たちに伝えた極意の一つであった。

「臣《わたくし》は、長兄の罪をいまさらのように痛感し、話すべき言葉を忘れたのでございます。しばしの沈黙は、長兄の非をひそかに詫びたからでございました」

厲は、潤む目でふたたび宣王を拝した。

「殊勝な心がけである。だが、寡人《わたし》は、そなたの兄・蘇秦の忠義を疑ったことはない」

「ありがたいお言葉でございます。亡くなった兄が大王のお言葉を拝聴できますなら、いかほど悦ぶことでございましょう」

厲は、はらはらと泪《なみだ》を落とした。厲の演技は真に迫っている。内心、欠伸《あくび》を噛み殺しているのである。

「では、そなたの話を聞かせてもらおう。蘇代のことであろうな」

「さようでございます。兄は大王のご信頼に背くことなく、いまや燕国において重職に就いております。お聞きおよびでございましょうが、燕王から宰相・子之への国の譲渡は、兄の画策なくして起こりえなかったことでございます」

「うむ。聞いておるぞ。愚かな燕王……。蘇代は亡き蘇秦にかわって燕に入り、わが斉のために謀《はか》ると申したが、何と立派なものではないか」

宣王は頷いた。

「ありがたきお言葉にございます。兄は、斉へ帰ることは二度とありませぬ、と燕王に誓って取り入ったのでございます。従いまして、兄からの報はわたくしに隠密裏に伝わる手筈となってございます」

厲は、ここでおのれの存在の必要なことを臭わせた。

「さようか。なかなか苦労であるな。では、そなたは蘇代からの報があるごとに寡人に伝えよ」

「ありがたき幸せに存じます。いずれ兄は燕国内を撹乱し、燕の民を離反させるように謀ることでございましょう」

代との約定は二人で燕、斉両国内で重きをなし、自分たちの名をあげ、利を計るにあった。名をあげられるのであれば、二国を潰してもかまわないのである。

（斉が燕を滅ぼせば、わしは斉で高い地位を得る。兄者には悪いが、わしはわしの利をとる。兄者よ、おまえさんは燕が危うくなったら、逃げてこい）

厲は、兄の代をして燕を亡ぼさせる方途を思いついたのであった。

「そうか。燕侵攻は長年の夢じゃ。よしなに頼むぞ」

宣王は、悠然として席を立った。

「ははっ。畏《かしこ》まってございます」

厲は拱手し、深く頭を下げながら、心中に赤い舌を出した。

厲は兄・代に使いを送り、返辞を託した。

——燕国内を攪乱せよ。斉による討燕がなれば、われらの名はあがる。

と。


代は死ぬほど退屈していた。

宰相・子之は天下を奪《と》って有頂天になり、いまやあらゆる政務を放り出して、代にまかせるようになった。

（政を安からしめるということは、愉《たの》しみを失うことと同義ではないか。このままでは息がつまる）

名をあげるためには、燕を潰してもかまわぬと考えていたおのれが、いまや全く正反対の方向に力を尽くしている。代は、あまりの皮肉に大きな溜め息をついた。

厲からの返辞を得て、代の細い眼がふたたび妖しい光を帯びた。

（なるほど。燕国内に騒ぎを起こさせ、斉軍による侵攻を謀《はか》る……。わしは燕におられなくなるが、そもそもは斉のために謀ると宣王に誓って、斉を出てきたのだ。斉で英雄になれるのは間違いない。ひとたびは燕を簒奪した。次には燕を滅亡させて、斉に凱旋する……。このほうが、わしらしいか）

代は、厲の策に乗ることにした。自分の方が厲に比べて、はるかに危険である。代はそこに、おのれの才を賭す気になった。

それからの代は意志して、政を捩《ね》じまげた。代のやり方は巧妙であった。民の暮らしに直結する労役やら税やらの負担を厳しくし、山戎《さんじゅう》への備えと喧伝して長城修築に投入した。山戎とは、北方の戎《えびす》。昔から燕を悩ませた北の脅威である。

（これなら、だれも正面きって反論できぬ。しかして、民の疲弊、ひいては国の疲弊は免れがたい）

代の狙いどおり、目に見えて民の暮らしは窮した。

働き手をとられて農が不振に陥り、それがその年の不作とあいまって租の支払いに響き、燕国内に早くも不穏な空気が漂い出した。

周の愼靚《しんせい》王六年（前三一五）になると、燕都・薊《けい》城の空を覆う暗雲は、だれの目にも明らかになった。だが、土砂降りになりそうで、なかなか降らない。妙に曖昧な状態がなお何旬も続いた。

（なぜ、燕人は立ち上がらぬか）

いくばくかののち、乱の起きそうで起きない理由が判明した。代の張り巡らせた間諜網は、ことごとくある人物の優柔不断を指摘した。太子平である。

（謀主に迎えられた人物が太子では、気の毒だが、太子党に勝ち目はない）

代は宰相・子之党の重鎮として、太子党の動きをわざと見逃し、陰で扇動して事態の騒擾《そうじょう》化を計った。

――燕国内乱は必至なるも、この際、斉からも騒乱に至らしめるよう働きかけよ。

代は、ふたたび厲に使者を送った。

厲は代からの報せに接し、すぐさま宰相・儲子《ちょし》を訪れた。

燕の国情を説明したあと、

「ついては、貴殿から、燕国討伐軍を速やかに派遣すべきことを大王に説いていただきたいのであります」

と、頭をさげた。

「なぜ、そこもとから説かぬのだ。そこもとは、いまでは斉の臣。何の遠慮があろうぞ」

「これほどの重大事、なにゆえわたくしごときが進言できましょう。怜悧《れいり》にして炯眼《けいがん》の貴殿からの慫慂《しょうよう》があって、はじめて王も納得されるでありましょう」

この手の人物は褒めておくにかぎるのである。

「ううむ。さようか。しからば、そのように計らうが、貴殿にはよき策があるのか」

「されば、兄が、燕国内においてさかんに叛乱を煽《あお》っておりますが、叛逆の謀主たる燕太子は決断しかねているのです。ついては、……」

「われらにて、燕太子をその気にさせるというのだな」

儲子は、ものわかりがよかった。

「さようです。斉が後押しするゆえ、案ずるでない、とひそかに燕太子に告げていただきたいのです。燕国内の太子党、宰相党の両党を存分に戦わせ、疲れ切ったところにわが軍が侵攻すれば、掌《たなごころ》を返すがごとくに燕はこちらのものとなりましょう」

「ふうむ。面白くなったな。それにしても、貴殿の兄も貴殿もなかなかの遣り手だな」

儲子は、厲をねぎらった。

(種は蒔き終えた。あとは刈るのみ。兄者、退くときを間違えると、燕人に誅されるぞ)

厲はそう思いはしたが、とりたてて兄の身を案ずるでもなかった。

二

斉都・臨淄《りんし》の繁栄や稷下《しょくか》の学士らの華やかな論争をよそに、孟軻《もうか》(孟子《もうし》)は泰然として日々の勤めを果たした。

上卿《じょうけい》の地位を与えられたとはいえ、定まった仕事があるわけではない。しかも、孟軻はみずからを王の臣でもなく、王と対等でもなく、王の師として任じていた。斉の宣王に伝えるべきことがあるときのみ参朝する誇り高き師なのである。

孟軻が、なぜそのように振る舞ったかといえば、ひとえにその使命感によった。仲尼《ちゅうじ》(孔子《こうし》)死して百年余。仲尼の教えは明らかに変質していた。ここ稷下でも、道家や墨家、法家の勢いは盛んであるが、儒家は一流扱いされなかった。仲尼の教えを金科玉条に、形式やら解釈やら愚にもつかない議論やらに血道をあげているのが、そのころの儒家であった。

孟軻は、断乎として堕ちた儒家を排した。

(孔子には、周公の礼を復する悲願があった。時世を愁《うれ》えて天下を説き歩かれたのも、そのためであった。わたしにしても、仁義の道徳からくる王道論がある)

孟軻は、この世の中に理想の王国を建てようと考えた。それは生命《いのち》を懸けるに値する尊い仕事であった。

そのためには、王道を歩む君主の存在が不可欠であり、斉を訪れたのもそれが理由であった。どこぞの国の君主に自分を売り込み、職にありつくといった小賢しい処世のためではない。孟軻は、おのれが稷下の学士と同列視されることを忌んだ。

孟軻は斉に来る前に、魏都・大梁《たいりょう》にいた。魏は、馬陵《ばりょう》の戦いで斉に大敗を喫し、覇権《はけん》を奪われたうえに、秦の侵略という外患に悩まされることになった。

当時の魏の恵《けい》王は、孟軻の訪れに期待するものがあったとみえ、

──叟《そう》（老師）には、千里の道を遠しとせず、よくぞお訪ねくださった。さだめし、わが国に利をお与えくださるお考えでしょうな。

と、問うたものである。

──王よ、利なぞと仰せになってはいけませぬ。政《まつりごと》には、ただ仁義あるのみです。

孟軻の答えはにべもない。恵王を内心、呆れさせた。孟軻は、奇を衒《てら》ったのではない。孔子の説いた道をもって、諸侯に働きかけ、天下の民を救おうというのである。お為ごかしを言うつもりは、つゆほどもなかった。

魏の恵王が高齢のため薨《こう》じ、襄《じょう》王が立ったことを契機に、孟軻は魏を去った。襄王は、孟軻の理想を託するにはあまりに仁義に遠い不肖の世嗣《せいし》であった。

斉にやって来た孟軻は、すでに耳順《じじゅん》（六十歳）に近い齢である。

（これが、諸王に説く最後の機会となるか）

孟軻は宣王に謁見して、あるいはという期待をもった。諸々の策を着実に進め、稷下の学士を

かかえる王らしくその関心は高尚で、魏の襄王よりはよほど人物が上であった。

――斉の桓《かん》公、晋の文《ぶん》公の覇者《はしゃ》としての事績について、お話をいただけませぬかな。

はじめのころ、宣王はそんなことを問うた。

――孔子の道を修め、その流れをくむ者は覇道について語ることはありませぬ。是非にということでございましたら、王道についてお話し申し上げましょう。

孟軻は、ここでもおのれの立場に固執した。相手に合わせたりはしない。たとえ、宣王の耳に痛いことであろうとも、自分が正しいと思うことは躊躇《ためら》うことなく堂々と弁ずるのである。宣王は、孟軻に一目も二目も置くようになった。

稷下の学士をたばねる淳于髡《じゅんうこん》という男がいた。奴隷の出で、丈低く、容貌も冴えないが、博覧強記と巧みな話術で一頭地を抜く変わり種であった。先代の威《い》王、当代の宣王のお気に入りである。

その淳于髡が、孟軻に論争をしかけた。

――お訊ねしてよろしいでしょうか。

――何なりと。

――男と女の間では、手から手へ受け渡ししないのが礼といわれていますが。

――そのとおりです。

――では、嫂《あによめ》が水に溺れたときはどうなりましょう。手をとって引き上げてもいいのですか。

それとも、礼に従って手を出さぬべきでしょうか。

――かりに、嫂が溺れているのに手を出さない者がいるとしたら、それは豺狼《さいろう》のような男というべきでしょう。礼は礼。されど、この場合は権道《けんどう》、すなわち臨機応変の処置をなすべきです。

すると、淳于髡は得たりやおうとばかり、

——いま、天下は乱れ、民はまさに水に溺れているも同然。先生はなにゆえ王道をしばらく脇におき、権道をもって民を救われようとはなさいませぬか。

と、鋭い矢を放った。理想の王道論はけっこうだが、いまは多少のことには目をつぶって、諸王に臨機応変の処置を説くべきだ、と孟軻を批判したのである。

——天下の民が溺れているときは、王道こそがこれを救いうる唯一の手立てです。貴殿は、水に溺れた嫂に対するのと同様に、手でもって天下を救えるとお思いですか。

孟軻は、淳于髡のたとえを利用して逆に斬り込み、相手を黙らせた。淳于髡が手でもって天下を救うなどと言っていないことは百も承知で、反論したのである。この意味で、孟軻は議論の名手であった。

孟軻の斉滞在は思いのほか長くなり、斉における孟軻評はおおむね固まった。

——孟子は大変な議論好きである。孟子と議論しても、勝ち目はない。かならず負かされる。

——小節を枉《ま》げてでも大義を伸ばすというところがない。孟子は些細な節義に拘泥《こだわ》りすぎる。孟子は世事にうとい。その論ずることは、いまこの場にはおよそ役にたたない。

孟軻は気にしなかった。孤高を生きた。

孟軻が縦横家・蘇厲《それい》の訪れを受けたのは、そんなころである。孟軻は、縦横家を蛇蝎《だかつ》のごとく嫌った。孟軻にとり、決して許してはならぬものが縦横家であった。

ずっとのちに、縦横家の一人である景春《けいしゅん》が、

——五国合従の長となった公孫衍《こうそんえん》や連衡策（秦が六国〔燕、趙、韓、魏、斉、楚〕のそれぞれと個別に同盟をはかる）を講ずる張儀は、真の大丈夫《だいじょうふ》ではないでしょうか。ひとたび両人が憤《おこ》れば、天下の諸侯は懼《おそ》れ、両人が泰然としていれば、天下は無事なのですから。

と、孟軻に問うたことがある。

——それは大いなる謬《あやま》りだ。大丈夫とはそんなものではない。なるほど、あの両人は天下を動かすかもしれぬが、何をしているかといえば、諸侯に媚びへつらい、おのれの権勢や利益のために、あれこれ奔《はし》りまわっているにすぎない。

孟軻は、手厳しく撥《は》ねつけている。

さて、蘇厲は畏《かしこ》まってあいさつすると、語りはじめた。

「先生は、王に影響を及ぼすこと、はなはだ大であります」

孟軻は、目顔で先を促した。

(何と卑しいことよ。にこやかに微笑み、恭しく接しながら、双眼は凝っとこちらを観察している。しかも、何と冷たい目をしていることか)

孟軻は、蘇厲と同席しているだけで気分が悪くなった。

「わたしの兄は燕に滞在し、燕朝に深い関わりをもっておりますが、燕国内はいま一触即発の危うい状態にあります」

蘇厲は、燕国内の様子を事細かに並べてみせた。孟軻の知ることより、知らぬことの方が多かった。

（ああ、こういう俗物どもはさまざまな害毒を世に撒き散らすのか）

孟軻は忍耐の限界に達し、

「されば、貴殿はわたしに何をお望みか」

と、結論を急がせた。

「では、単刀直入に伺いましょう。燕を伐ってもよいものでありましょうか」

「よろしい」

「重ねて伺います。燕を伐ってもよい理由は、いかなるものでありましょうか」

孟軻には、

（この男はどこぞで、わたしが伐ってよいと言った、と弁じたいのであろう）

と、蘇厲の意図が透けて見える。

「燕王は天子の命《めい》なくして、勝手に燕国を他人に与えることはできない。また、燕の宰相・子之も天子の命なくして、勝手に燕国を譲り受けることはできない。にもかかわらず、燕王は勝手に国を子之に与え、子之も勝手に受け取った。その結果が、いまの燕の惨状である。燕の民の困苦を救うべく、燕を伐つことは当たり前の処置といえよう。これはたとえていえば、一人の役人がいて、貴殿がこの者を大いに気に入り、王の許しも得ずに貴殿の俸禄や爵位をその男に与え、男の方も王の許しをえずに受け取ったようなものだ。なにゆえ許されようか」

と、孟軻は説いた。

「先生、いまのお話は、かりに王からの問いとしても、変わりませぬか」

「変わらぬ。ただし、だれが燕を伐つのか。そこが問題です」

孟軻は、釘を刺しておいた。

（もし斉が燕を伐つのであれば、それは無道をもって無道に代えるもの。天の命を受けた仁君であれば、燕討伐は赦される。だが、この男には解しえまい）

蘇厲は怪訝そうであったが、それ以上問うことなく帰っていった。孟軻は、燕の窮状に乗じて斉が動こうとしていることを知った。

かつて、宣王から、

――殷《いん》の湯《とう》王が夏《か》の桀《けつ》王を追放し、周《しゅう》の武《ぶ》王が殷《いん》の紂《ちゅう》王を討伐したと聞くが、これは本当にあったことであろうか。

と、問われたことがあった。

――そのように伝わっております。

――なにゆえ、臣下がその主君を殺めても、許されるのか。

――仁の道をそこなう者を賊《ぞく》といい、義の道をそこなう者を残《ざん》と申します。残賊の人はもはや主君ではございません。天命去り、民から見捨てられた一人の男にすぎませぬ。ですから、紂という一人の男が武王によって誅されたと聞いておりますが、君主を弑逆《しいぎゃく》したとは聞いていないのでございます。

孟軻は答えた。孟軻にとり、燕王噲は桀紂《けっちゅう》と同じとは言わないまでも、王にふさわしからぬ人物であった。

問題は、つねにだれが誅するかである。桀紂と変わらぬ残賊の人がこれをなせば、暴を以て暴に易《か》えることにほかならない。

（斉王が燕を伐つのであれば、わが王道から大きく逸れる）

数日して、大夫・沈同《しんどう》が訪れ、蘇厲が訊いたと同じことを訊いていった。沈同はいかにもおのれ一個の関心といった態度をとったが、宣王の命《めい》で訪れたことは間違いなかった。

（蘇厲が種を蒔き、斉王が刈ろうとてか。斉王よ、あなたが仁君でおられれば、なんら問題はないのです）

孟軻は、北の方角を眺めた。

燕の地では民が苦しみ、政に携わる者は民を放擲《ほうてき》しておのれの権柄《けんぺい》の拡大に血眼になっているはずであった。

「縦横家とは忌まわしいものだ。蘇代、蘇厲の兄弟が燕と斉二国を亡ぼそうとしている」

孟軻は独り言《ご》つと、また北の空に眼を向けた。

その眸はあくまで澄み、惑いはない。益荒男《ますらお》とは、孟軻のような人を指すのであろう。千万人といえども吾往かんの気概に溢れていた。

三

北から南の空を眺めている男が、ここ燕都・薊城《けい》にもいた。郭隗である。

斉都・臨淄を懐かしんでいるのではない。恐れているのである。ここしばらく、隗の憂悶は深まるばかりであった。

身辺がにわかに慌ただしくなったのは、宰相・子之のでたらめな政《まつりごと》に民が困窮し、子之を排斥しようとする動きが急になったからである。

隗のもとに、二人の友がひそかに寄って、どうしたものかを論じ合う機会が増えた。三人の議論は、燕王噲《かい》の復位や太子平《へい》を擁しての挙兵には及ぶが、三人とも兵法に関心はないし、処士《しょし》（在野にあって仕官しない士）ゆえに何の力もない。子之に代わるに太子平では、いまよりよくなるとはとても思えないとなると、その先へは一歩も進めないのである。

隗は落胆しがちであった。身の危険を顧みず帰国し、鹿毛寿を懲らしめたところまでは上々であった。太子平と渡り合い、危地を乗り切ったところが限界だったようである。

（どうやら、わたしの幸運は去った）

三年の間、諸国を遊学し、そののち、銀花《ぎんか》との再会を遅らせてまでも秦国巡遊を果たした。経世済民についてなにがしかの知識を蓄え、勢い込んで帰郷したはずであった。いま祖国の危急存亡の秋《とき》に、傍観するしかないおのれが何とも情けないのである。

二人の友は、隗に比して雄弁であった。声をひそませながらも激論を闘わせる。しかしながら、友にも策はない。いたずらに論が空回りするのは、燕国内に頼むべき人を得ないからであった。

「いっそ太子に代わるに、公子（職《しょく》）ではどうか」

不穏なことを口走ったのは、隗の親友・張房《ちょうぼう》である。席を並べて学問の初歩を学んだ信義に篤《あつ》い人物であった。

「それはまずくないか」

もう一人の親友・郭建《かくけん》が否定した。直情径行の性が強いこの人物は、血筋としては隗の弟子・郭涯《かくがい》にかなり近い。

「なぜだ。斉に滞在する孟子という大学者は、桀紂のごとき残賊《ざんぞく》の人は王にあらず、一介の男にすぎぬと言われたそうだ。わが国で残賊の人を除くなら、公子しか残らぬではないか。そういえば、隗は韓都で公子に会ったのではなかったか」

房《ぼう》が隗を顧みた。

「うむ」

隗は重い口を開く。

「公子の人となりはいかに」

と、房。

「うむ。太子より、よほど品性の秀れた人であった。おのれの運命を知るのか、哀しい目をしていた」

隗は、韓都・新鄭《しんてい》で会った公子職を思い出す。瘦せ細ってひ弱そうに見えた。公子は、銀花を荘子に預け、ひとり韓都へ赴いた信頼にたる人であった。

「いま、どうしている」

建《けん》が訊く。

「あれ以降も、逼塞《ひっそく》したままであろう」

「太子がこの世にあるかぎり、陽のあたる場所に出られぬ運命《さだめ》なのだな」

房は、公子職にいたく同情している。

「あの太子ではな。隗よ、公子の出番はないのだろうか」

建も公子に傾き出した。

「ないとみるべきだ。宰相党、太子党のいずれが勝っても、公子の帰国はかなうまい」

「何とか担ぎ出せぬか」

房が膝を乗り出す。

「やめた方がよい。まだ、公子の時は来ていないように感じるのだ」

隗自身は、公子職に対する親しみをいまも持している。

（あの清潔な青年を政《まつりごと》の場に登らせるなら、その前に燕朝の大掃除をせねばならぬ。公子のもとなら、わたし自身もなにがしかのことをなしうるであろう。だが、そんな機会が来るのか）

それでなくても、脳裡には荘子の言がある。

――民のためによかれなどと振る舞う人たちが、結局、民の暮らしを破壊し、民の生命《いのち》を損なうのです。どうか民のためなどといって、民のためにならぬことをなす思い上がりをお捨てください。

と。

荘子は、聖人なるものを打ち殺すべきだとすら主張した。隗は、荘子の過激な主張に一面の真理を見た。

（されど、公子のような廉潔な青年なら、仁政に邁進されることは間違いない）

隗は、引き裂かれるのである。

「隗よ、祖国が危殆に瀕しているのに、おぬしは意気消沈している。どうしたというのだ」

房は、ここ数日の隗の放心に気づいていた。

「それを指摘されると、つらいものがある。臨淄で、さまざまな学者、賢人、説客に会った。多士済々であった。なかに、慎到なる学者がいた。慎到は、君主の才も智もまるで信じないのだ。そのかわりに、慎到は勢位《せいい》を、つまり、民や吏がおのおの役割を果たし、法や制といった人為が下支えして、君主の才の不足を補おうとする態勢を、かたく保持せよと主張するのだ。そうすれば、君主がかりに凡愚独善であっても、勢位が自在に働き、国は自然に治まると。ところで、その勢位なるものは、いかにして可能になるのか。優れた君主が命《めい》じて、はじめて勢位が成り立つのではないか。わたしが何を言いたいか、わかってもらえるだろうか。わが祖国の君主は凡愚独善だが、勢位は動こうともしない。もともと勢位がないのだし、つくりうる見込みもないからだ」

隗は言葉をきると、しばし瞑目した。臨淄での愉しかった日々が、目裏に浮かんで消えた。

「子之も凡愚独善、太子も凡愚独善。しかして、自在に国を治める勢位はない。勢位を定めるには、優れた君主が要る。ところがわが国には、秀《すぐ》れた君主はいない。すなわち勢位をつくりようがない。隗よ、そういうことだな」

房が、隗の悩みを剔抉《てっけつ》してみせた。

「そのとおりだ」

優れた君主が出たときに勢位を定めておけば、次に凡庸な君主が現われても国は治まる。しかし、燕にはいま、凡骨な宰相党と太子党が争うばかりで、名君も明君もいない。

「あれこれ論議してもはじまらぬ。いっそ、われらで公子党をつくろうではないか」

苛立った建が、過激な言を口にした。

「建よ、それはならぬ。わたしが恐れているのは、そのことなのだ。宰相党も太子党も、われらの生命《いのち》を懸けるに値しない。さりとて、ここで公子党となると、三つ巴になって混乱に輪をかける。公子のことはしばらく措《お》き、傍観に徹せよ」

めずらしく隗が感情を露わにした。

「傍観だと。おぬしは、民の窮迫を見て見ぬふりせよというのか」

建も激してきた。

「おいおい。隗に憤《おこ》っても仕方なかろう。冷静になって考えてみよ。太子をさしおいて、公子を前面に出せるものではない。かといって、宰相党か太子党か、そのどちらかに蹤《つ》けるものなのか。騒乱で多大の犠牲をはらい、太子が燕王となったあかつきに、わが国がよくなるはずもなかろうが。ここは隗の言うとおり、傍観に徹するしかあるまい。おぬしは傍観を怯懦《きょうだ》とみなしているようだが、傍観するにも勇気が要るのだ」

房が建を宥《なだ》めた。

「ううむ。そういうことになるか。だが、隗よ。傍観ののち何が起きる。公子の時は来るのか」

建の矛先がまた隗に向く。

「わからぬ。本当にわからぬのだ。ただ、いまは耐えるのみ」

隗は、友二人を交互に見た。

これまでの遊学の結論は、すべて一つの方向を指し示している。卓越する君主の存在であった。それゆえに、いま、宰相党か太子党かのどちらかを選んでも、明君からは遠いのである。

「われらは、おぬしに随《したが》う。これまで、おぬしは誤ったことはないゆえ」

房が言った。

「うむ」

建も同意した。

「このたびは、わたしとしても情けない結論だ。これまでの学問は何であったのかと。だが、死《し》生《せい》、命《めい》ありという。いたずらに奔《はし》るよりも、留まることの方が正しい場合もあるのだ」

「そういうことだな。思ってもみなかったことが起きるかもしれぬし……」

房の発言で、隗はふと思いついた。

「そうであった……。この騒ぎのもとはといえば、蘇代だ。あの男は当初、斉の使者として登場した。かならずや斉王と密約がある」

「どういうことだ」

建が顔色をかえた。

「あの男なら、わが国を売ることぐらい平気でする」

「何だと。あやつは宰相の懐刀ではないか。宰相を欺《あざむ》き、わが国を売るでは、二重の裏切りではないか。斉はわが国を狙っているというのか。それが真《まこと》なら、宰相党も太子党もない。わが国は滅びる」

房までが色をなした
「いまのところ、何とも言えぬが、ありうることだ。宰相の動き、太子の動き、そして蘇代の動きを観《み》るのだ。あの縦横家が燕を立ち去るとき、わが国内に斉軍を見るであろう」

三人は互いに顔を見合わせたのち、悄然として別れた。

燕《えん》国騒擾《そうじょう》

一

人の生は、おおよそ平凡なものである。某年に産まれ、日々を生きて何十年、やがて某年に死ぬ。

その間、周囲が底なし沼の島にひとり取り残されていることに気づくのは、めったにない。たいがいは戦やら病やらで、否応なく死と向かい合わされたとき、

(こんなことになろうとは)

と、はじめて生を真剣に考えるのである。

郭隗《かくかい》への来客が増えた。

騒乱前夜という重苦しい空気のもと、人々は死を意識せずにはいられないのであろう。予期せぬ客の訪れは、おしなべて祖国はどうなるか、自分たちは助かるかという抜き差しならぬ問いの解を求めるためであった。

(答えを聞きたいのは、わたしの方なのだが)

おのれも悩みをかかえる隗は、苦笑した。

その日、めずらしく表から大きな笑い声が轟いた。ここしばらく、難問に責められてきた隗は思わず頬を弛《ゆる》ませた。

(あの声の一人は涯《がい》だが、はてもう一人は。聞いたことがあるような……)

そう考えるうちに、早くも二人は隗の前に姿を現わした。

もう一人とは、太子平《へい》の側近・徐風《じょふう》であった。いつぞや、太子平の命《めい》で隗を連行しようとして、涯の腕力に宙に浮かされた男である。

「先生、面白い男がやって来たものです」

涯がそう言って、徐風を紹介した。徐風は丁寧にあいさつすると、先日の非礼を詫びた。その態度が礼にかなっている。

「貴殿の訪れとなると、また難題なのでしょう」

隗が水を向ける。

「難題といえば、難題であります」

徐風は緊張の姿勢を崩さず、珍妙な答えをした。

「貴殿は、正直な方ですな。さて、太子の命《めい》のことなら、お断りせねばなりませぬ。理由は前と同様、わたしの機が熟していないからです」

これぞ、荘子から教わった一手。いまでは隗の得意技ともなっている。

依頼する前に拒絶されて、徐風は口をあんぐりとした。

「徐風どのは、先生の読心術にいささか驚かれたようです」

英雄は英雄を知る。涯は、徐風に好意をもっているふうである。

「しかし、どうして、こちらの言わんとすることがおわかりなのですか」

徐風は、まだ呆れている。

「貴殿が太子の命で来られたからには、ほかにどんな用件が考えられましょう」

「なるほど。そうすると、先生が太子に仕えられる見込みは、まったくありませぬか」

「ありませぬ」

「わかりました。わたしも、そのあたりと察してはいたのです」

徐風は、はじめから諦めていたようである。

「では、貴殿ご自身の用件をお伺いしましょうか」

「えっ。どうして、それが」

「太子の命は、さほど難題ではないからです」

隗は朴訥な徐風と言葉を交わして、頬に微風をうけるような心地よさを覚えている。

「なるほど。じつは、わたしは主人に仕えてかなり長くなりますが、いまほど困っていることはないのです」

徐風は、うってかわって苦悶の表情を泛《う》かべた。

「宰相党打倒の一件でしょうか」

「さようです。わたしのみるところ、勝ち目は十中、三、四。否、もっと少ないかもしれませぬ。わが方に味方する者はかなりの数にのぼりますが、百官というものは、いついかなる場合でも勝つ方に靡《なび》きます。その嗅覚は恐ろしいばかりです。戦になって、わが方が劣勢となれば、百官は雪崩をうって宰相党に寝返りましょう」

「ふうむ」

隗は、徐風を見直した。腕ばかりでなく、頭の冴えもある。

「戦は、兵力によります。兵力が互角なら、兵の士気によります。兵の士気はいかなる面からくるかと申しますと、これはさまざまです。たとえば、秦のように、首級をあげればあげるほど金になるというのなら、兵は駭《おどろ》くほど頑張ります。あるいは、退路を断たれれば、兵は死に物狂いになります。さて、いまわが軍と宰相軍とを比するならば、兵力から士気までほぼ互角です。さすれば、……」

「さすれば、……」

隗は、徐風による兵法の講義といった趣を楽しんでいる。

「さすれば、戦の帰趨《きすう》は、将軍の指揮如何《いかん》にかかってきます」

「察するに、太子党には信頼にたる将軍がいないと……」

「さようです」

太子党には将軍・市祓《しひ》がいるが、勝運に恵まれぬ人物である。徐風は、市祓を見限っていた。

「これだけ乱脈な政《まつりごと》をなしたにもかかわらず、戦となると、宰相党に分があるのですか」

「その気配が濃厚です」

「それで、貴殿は、わたしに何を望まれるのですか」

「わたしは迷っています。太子は百官や民の訴えを受け、兵を挙げんとしていますが、どうにも勝ち目のない戦。どうしたものかと……」

徐風もまた生の岸頭に立って、四周の底なし沼に気づいた一人であった。隗の示唆を求めている。

「では、少しくお訊ねしましょう。貴殿は、負け戦ゆえに闘いたくないと言われるのですか」

「そういうつもりはありませぬ。命《めい》があれば、闘います。わたしは武人ゆえ」

「生命《いのち》を落とすかもしれませぬ」

「そのことはいいのです」

「はて。そこまでの覚悟があって、何の迷いです」

「わたしは、生命《いのち》を惜しむものではありませぬが、士たる者がおのれを知らざる者のために死ぬことがいかにも無念なのです。先日、われら数人の甲士に取り巻かれた際、先生は泰然としておられました。わたしは、わたしの主人とのあまりの相違に、はじめて目を瞠《みひら》かされたのです」

徐風の眼に、うっすらと泪《なみだ》が泛《う》かんでいる。

「そうだったのですか。貴殿のお気持ち、よくわかりました。されば、わたしも真剣に考えねばなりませぬ」

「主人を裏切らずに、わたしの志を生かす方途はありましょうか」

徐風の必死の面持ちに、なぜか隗はふと、公子職の哀しみのそれを思い浮かべた。隗は、大きく頷いた。

「貴殿の望みがかなう手立てを一つ思いつきました。太子を裏切ることにはなりませぬが、見棄てることにはなりましょう。しかし、だれかがなさねばならぬことです」

「だれかがなさねばならぬ……。先生、それはいかなる方途でありましょうか」

「宰相党、太子党のいずれが勝っても、わが国の再生はなりませぬ。再生をなしうる人物は、公子（職）をおいてほかにはいないのです。韓都へ赴き、公子の身辺を警護する役割こそ、貴殿にふさわしいといえましょう」

隗の思いつきにすぎなかったが、思いついたあとは、上策であることに気づいた。

（かりに、太子が捷《か》って即位したとしたら、公子の存在が気になるに違いない。あの太子なら、刺客を送りかねない。宰相・子之《しし》が勝っても、自分の地位を脅かす公子が外国にいることは不安であろう。斉《せい》がわが国を侵した場合も、同様。公子の立場は極めて危ういのだ）

これを聞いて、

「しかし、先生。主人を見捨てるのは、士にはできかねることです」

と、徐風はしばし考え込んだ。

見かねて、涯が言葉を挟んだ。

「その気持ちは尊い。だが、残賊の人なら……。太子は、一介の男にすぎず」

涯は隗の傍らにつねにいるゆえ、何でも知っている。

「どういうことですか」

徐風の問いに、涯が掻い摘んで孟子の説を語った。

「なるほど。わが主人は仁義にもとるゆえ、残賊の人ですか。しかして、残賊の人は一夫《いっぷ》にすぎずと……」

徐風は、無理にもおのれを納得させようとしている。

「貴殿は、嘘は嫌いですか。貴殿の韓都行は、虚言《うそ》でもつかぬかぎり難しいでしょう」

隗が訊ねた。

「嫌いですが、時と場合によります」

徐風の面《おもて》に、はや生色が戻っている。

「そうですか。戦が目睫《もくしょう》の間に迫って、太子が貴殿を手放すかという問題も残ります」

「しばらくの間、わざと主人に逆らって遠ざけられるようにします。そのあとで、公子暗殺を持ちかけてみます。そうでもせねば、許しは出ないでしょう」

徐風は、早くも太子説得の案を考え出した。なかなか得難い男である。

「ほほう。貴殿が公子暗殺ですか……。ともあれ、あらゆる隘路《あいろ》は打開されるためにあるのです。貴殿なら乗り越えられることでしょう。貴殿の韓都での役割は公子の警護です。場合によっては、本当に刺客が登場します。相当に危うい役割といえます」

「はっはっは。そういう役割なら、悩みはしないのです」

三人はそれから細部を練った。

隗は公子職あてに書翰をつくり、徐風に託した。

(妙なことになった)

ほんの少し前までは、敵味方であった。それが、いまでは味方同士であり、隗は徐風を全面的に信じて、公子職の警護を依頼するのである。

(これをどう考えるべきか。わたしは、明君を待望していたが、同時に賢臣のことも考えねばならぬということであろう。わたし独りで、何ができよう。わたしは兵法を知らない。説客の舌を持たない。農も知らない。商も知らない。それぞれの分野に人が要るのだ)

三旬後、隗は涯から、徐風が人知れず韓へ発ったことを聞いた。打ち合わせどおり、涯が路傍に立ち、歩み去る徐風と、目と目で話をしたのである。

——うまくいきました。いま禍根を断っておかぬと後悔しますぞ、と申し上げたら、若君はわたしに公子刺殺をお命じになりました。

とでも言いたそうに徐風は肩を揺すらせると、悠々去っていったという。

「涯よ、徐風もそなたの好きな游俠の人であろうか」

「わかりませぬ。ただ、あの男なら生命《いのち》を懸けて公子を守るでありましょう」

涯は、すまして答えた。

二

未来の夫たる隗が一陣の風のように来たり、一陣の風のように去ったのちも、銀花《ぎんか》の毎日は変わらなかった。

棄てられたという思いはない。荘子の説くところを聞けば、隗がなぜ別れも告げずに立ち去ったか、納得できる。

——来られてすぐに帰られるとは、酷すぎます。だれが何と言われましょうとも、わたしもお供して燕《えん》に帰ります。

銀花は、おそらくそのような愁嘆場を演じて、隗を困らせたに違いない。だから、納得はできるのだが、さりとて心の憂悶は霽《は》れなかった。

(太子さまがお亡くなりにでもならないかぎり、わたしの帰国はかなわない。でも、一体、いつまで待てば……)

理でおのれを説き伏せても、情が容赦なく銀花の心を掻き乱す。銀花は苦しみぬいて、めっきり瘠《や》せた。それでも、銀花は他人《ひと》には自分の痛苦を見せなかった。荘子のみが銀花の妄執を知るが、慰めたところでどうなるものでもないと考えたか、隗のことにはいっさい触れなかった。

野良仕事の合間に、銀花は北の空を眺める。

遠い彼方の空の下には燕の薊《けい》城があり、隗が憂愁を漂わせて暮らしているはずである。荘子が宋という小国の片隅から中国全土を俯瞰《ふかん》しているように、隗も燕という北の弱国から全国に視線を走らせている。

同様に、銀花もまた荘周の敷地の片隅から、宋一国を見るともなく見ている。宋人とは、往古、周の武《ぶ》王によって亡ぼされた殷《いん》人の末裔である。殷の最後の王・紂《ちゅう》の腹違いの兄・微《び》子《し》が、侯として宋に封ぜられて以来、いまも宋国として続いている。亡国の民のつくった国は小国とならざるをえず、建国からずっと周王朝の直系たる姫《き》姓を継ぐ諸国によって侮られ、辱められてきた。

銀花は、荘子が語ってくれた笑い話をしばしば思い出す。

宋の人が田を耕していると、兎が走ってきて、木の切り株にあたり、頸《くび》を折った。労せず兎が手に入ったその男は鍬を捨て、毎日、切り株を守って兎のぶつかるのを待った。けれども、僥倖がふたたび起こるはずもなく、国中の物笑いになった。

——なぜ「守株《しゅしゅ》」の人が宋人なのか、わかりますか。宋は殷の末裔です。征服された殷の民は、亡国ののちも笑いものにならざるをえないのです。周よりも優れた面を多々もった民でありながら……。

荘子の教えで、銀花は宋の来し方を知った。

それは、故国燕の昔日を学ぶ機縁ともなった。周の武王は殷帝国を滅ぼして周朝を立てると、親族と功臣をそれぞれ各国に封じた。燕に封じられた召《しょう》公奭《せき》は、周王室と同姓の姫姓である。武王亡きあと、幼い成《せい》王を周公旦《たん》とともに守り立てた賢臣であった。

燕は北辺に位置したため、中原諸国の政争から遠く、人の口の端にのぼるような大事件もあまり起こらなかった。戦国七雄のなかで目立たないのは、他国に比して守りやすかったことが大きな理由となろう。

銀花は、祖国の地位を知る都度、笑ったり悲しんだりした。燕は宋よりよほど恵まれていた。逆にいえば、宋は哀史に満ちた国であった。宋の笑い話はまだある。

宋の人が稲の苗の生育が遅いのを気にして、一本ずつ苗を引っ張りあげた。疲れきって家に帰り、「今日は疲れた、苗の生育を助けて長くしたのだ」と語った。息子があやしんで走って見にいくと、苗はすっかり枯れていた。

――「助長《じょちょう》」のような話は、山ほどあるのです。あなたの故国は、召公奭の建国された由緒あるお国。わが宋とは違うのです。

荘子の深い憂いは隠しようがない。宋の破綻は、目に見えて進んでいた。その因は燕の国内事情にも似て、君主の所業がすべてであった。燕においては燕王噲《かい》の聖人かぶれ、宋においては康《こう》王の暴虐である。

康王はその十一年（前三二〇）、みずから位に即いて王と称した。酒と女、戦と血を何よりも好んだ。その点は、祖先の紂王にはなはだしく似ている。

康王は兵をみずから鍛え、東は斉、南は楚、西は魏を伐った。大義名分もあったものではない。ひたすらおのが国を強国にするための侵略であったから、諸国の瞋《いか》りを買った。

康王は革《かわ》の袋に血を入れさせ、高所にかけて弓で射た。

——天を射たぞ。

と、豪語したのである。おのれを天帝の上に置きたいとする思い上がりの現われであった。諫言には耳を貸さない。諫める臣がいれば、即座に射殺した。

諸侯は、康王をいつしか桀《けつ》宋と呼ぶようになった。悪逆非道の限りを尽くした夏《か》帝国の最後の天子・桀にちなみ、康王を宋の桀としたわけである。

銀花は、宋の国内にただならぬものを感ずるだけに、隗が燕において、同じように焦燥にかられているであろうことを想う。

——宋はやりすぎの君主のために滅亡に瀕し、燕は何もなさぬ君主のために滅亡に瀕している。両国の民とも、戦と重税と苦役と刑罰に押しひしがれ、諸侯はいずれ宋を平らげるべきだと考え、いずれ燕を侵すべきだと考える。両国とも、どちらを向いてもいいことは何もない。ただ、両国において一つだけ異なることがある。わが宋より、燕の動きの方が早い。いかなる結末が用意されているか天のみぞ知るが、隗どのの雌伏のときは意外に早く終わるかもしれぬ。

数日前、銀花は荘子からこの耳よりな話を聞いた。

燕の動きの方が早いというのであれば、政《まつりごと》を牛耳る宰相党に対して、太子党が事を構えるというのであろう。

(なにゆえ政に携わる方々は、戦が好きなのでしょう)

銀花は、戦と聞いただけで震えがくる。

――隗さまはいかがなりましょう。まさか、乱に巻き込まれたりはしませぬでしょうね。

銀花は隗の身を案じた。

――その心配は無用。隗どのは賢明です。柳に風と乱をかわすに違いありませぬ。

荘子は請け合ってくれた。

それからの銀花は、北の空をよく眺めた。夜は、荘子ともども草鞋つくりに精を出す。人は何事が起きても、毎日を暮らしていくしかないのである。

「あれは何年前のことになるか、山の中を歩いていたら、枝も葉も十分に茂った大木があった。ところが、樵《きこり》はその傍らに足をとめ、腰に手をあてて眺めても、伐《き》ろうとはしない。そこで理由《わけ》を訊ねると、樵は答えた。使い道がないんでさと。この木は能なしの役立たずだからこそ、伐られないですんだのだ、とわたしは思ったものだ」

荘子は、得意のたとえ話を銀花にする。荘子との暮らしも長くなったせいか、銀花はたいがいその意図が読めるようになった。

「いたずらに才を誇っても、いずれは伐られてしまう。いっそ才なんかない方が、よほど天寿をまっとうできる……。先生はそうおっしゃりたいのですね。隗さまなら、何とお答えするのでしょう」

銀花は自分の考えを述べる。

「ううむ。この話には続きがある。その折り、山を下りて旧友を訪ねた。友は悦んで、雁を一羽締めて煮るように命じた。すると、召使いが訊いた。よく鳴く方と全然鳴かぬ方と、どちらにしますかと。友は、鳴かぬ方を殺せと答えた。隗どのなら、この例で反論したかもしれぬな。一方は才がないから長生きでき、他方は才がないから早々に殺される。辻褄が合わぬと」

荘子はそう言うと、出来上がった草鞋を傍らに放り上げた。

「わたしの頭では混乱してしまいます。結局、才があった方がいいんですの、ない方がいいんですの」

銀花は、隗の才をだれよりも知るゆえ、才のある大木がさっさと伐られることを恐れ、悲しむのである。

「どちらがいいかというよりも、有能と無能の中間ぐらいがいいのかもしれぬ。しかし、中間に身を置いたとしても、まだ世の煩いからは抜け出せない。人の世とは厄介なものだ。会えば離れ、出来上がれば壊れ、角ばれば挫《くじ》かれ、地位があがれば批判にあい、何事かをなしては妨げられ、賢明であれば謀略にかかり、愚かであれば欺かれる。世の煩いから逃れ出ることなぞ、およそできはしない。道徳の郷というか、自然の境地に生きるしかないのだ」

荘子は、黙々と手作業に専心する。教えはつねに一度きりである。銀花は荘子の言葉を反芻する。道徳の郷なる言葉の指すところがわからない。

気配を感じて振り向くと、荘子の弟子の一人が室に入ってきたところであった。弟子は師にあいさつすると、

「都で仕入れてきました。燕国内では、烈しい戦闘が繰り広げられているとのことです」

と、荘子に伝えた。

「そうか。いよいよはじまったか」

荘子は呟いたきり、草鞋を編み続けた。

斉の密使がやって来たとき、太子平《へい》は徐風を呼びにやり、そのあとすぐに取り消さねばならなかった。

（あの男を韓都へ遣わすのではなかった）

腹心の部下となると、ほかにはいない。粗暴と酒乱、猟色《りょうしょく》が忌まれ、平《へい》に近寄る者はいなかった。大事を諮《はか》る臣がいないうえに、難しい問題をおのれで判断する力に欠ける。平は斉の使者の前で狼狽《うろた》え、恥をさらした。

「何を慌てめさる」

使者が呆れ顔で問うた。

「うむ。重大な報せだ。わしだけが聞いていいものかとな」

「おやおや。これは、斉王からの内密な報せでございますぞ。余人を交えぬ方がよろしいに決まっております」

使者は、話にならぬといった顔つきになった。

「ううむ。そうも思ったのだがな。では聞こうか」

将軍・市被《しひ》を呼ぼうとしたのだが、使者にこれ以上見くびられるのも癪であった。平は応じることにした。

「斉王から慎んでお伝えせよとのことでございました」

使者は、斉王の甘い蜜のような託言を述べはじめた。

――寡人《わたし》は、太子どのがいままさに君臣の義を正され、父王から太子どのへの位を明らかになさろうとしておられる、とお聞きしました。私曲を廃して公道を立てる。これが政をなす者の本義であります。寡人の国は小国にして、太子どののお供をするには、いささか力不足ではありますが、太子どののおさしずがあれば、ひたすらお援けするように努めるでありましょう。

これぞ、縦横家・蘇代《そだい》から蘇厲《それい》へ、蘇厲から斉の宰相・儲子《ちょし》へ、儲子から斉の宣《せん》王へ伝えられた燕国侵攻のための秘策であった。

「そうか。大国・斉がわしを援助してくれるというのだな」

「さようでございます」

「いかようにして」

「太子党が十分に衆を集められたあかつきには、使者をお遣わしください。われらは国境にて待機し、使者到着と同時に行動を開始します。両軍合流ののちは、宰相・子之の軍勢を蹴《け》散《ち》らすこと、赤子の手をひねるようなものでありましょう」

「おう。それは重畳《ちょうじょう》。斉王によしなにお伝えください」

平は感激して、使者を丁重にもてなした。

翌日、平は将軍・市被を呼びつけた。斉の使者の口上を伝えると、市被は頸《くび》を捻《ひね》った。

「何ぞ不足か」

平は、眉間に皺を寄せた。自信がないから、不機嫌をよそおう。

「若君は、斉人のいずれかと懇意でございますか」

「否。知った者はだれもおらぬ」

「では、なにゆえ、斉王はわが内紛を知りえたのでございましょう」

「そんなことは知らぬ。旅の商人にでも聞いたのであろう」

「では、なにゆえ、わが国内の紛争に介入いたすのでありましょうか」

「介入ではなかろう。わしが君臣の義を正し、私曲を廃して公道を立て、嗣子《しし》として位に即《つ》こうというのだ。諸侯の一人として、隣国の誼《よしみ》として、わしを応援しようというのに他意はあるまい」

「さようでしょうか」

市被は、なおも首を傾げた。

——それなら、なぜ正々堂々と使者を遣わさぬのですか。密使とは、それだけで謀略の臭いがしますぞ。

と言いたげな表情になったが、口をつぐんだ。

戈《か》を投げつけられて、殆《あやう》らく死にそうになった臣もいる。癇性《かんしょう》の太子が相手では、何をされるかわからないと思い直したのである。

「さようとも。わしの即位ののち、斉には何らかの見返りを考えればよい。昔、斉に十城奪《と》られて取り返したというから、十城ぐらいくれてやってもよい。さあ、なんじはつべこべ言わず、子之討伐の勢を固めよ」

平は、斉を疑わなかった。

「ああ。唇亡びて歯寒し（身近に関わりのあるものは、一方が亡べば他方も滅びる）」

市被は呟いた。

「何か言ったか」

「いいえ。独り言です」

将軍・市被が下がると、

（あやつ、何を言ったのだ）

と、平は訝しんだ。

――昏たる宰相・子之党が亡びれば、歯たる太子党に斉の圧力がかかる。下手をすると、斉に燕国内を蹂躙《じゅうりん》される。

市被はそう案じたのであるが、平の理解をこえていた。

「まあよい。それよりも、憎きは子之だ。あやつだけは、ただでは殺さぬ。市に晒し、車裂きにしてくれる……」

平は、子之をいかに辱めるかに考えをうつした。

斉の応援を得て、太子平はついに危うい道を歩み出したのである。

三

周の慎靚王《しんせい》六年（前三一五）冬――。

氷雨が雪に変わり、薊城を白色で蔽った。

兵権は宰相党に握られているため、将軍・市被は太子名であらたに兵を集め、みずからの手勢に合わせた。寄せ集めながら、ほぼ敵と互角の兵力が短時日で揃ったのは、それだけ宰相・子之に対する怨嗟《えんさ》の凄まじいことを物語った。

平《へい》は、勝利後の行賞を将兵に約束した。これで士気があがった。喊声《かんせい》をあげる軍勢が早くも王宮を包囲する形となった。

「ふうむ。この分では、すぐにも陥《お》ちよう」

平は得意げに言った。

「何をおっしゃいます。敵はいちはやく宮城の守りを固め、守防を第一義としたのですぞ」

市被がたしなめた。

燕都・薊《けい》城は、周りが版築の壁で囲繞《いにょう》されている。曠野《あらの》のなかの一大浮島といった趣である。道幅もあろうかという壁の厚み。城壁はあくまで高く、攻めるに難いのは一目で知れる。

薊城内の宮殿も、同様の壁で囲まれている。つまり、城のなかにもう一つ城があるのであって、薊城を攻めるのが難いのなら、宮殿を攻めるのも同じように難いのである。

「それはどうかな。守防第一といえば聞こえはいいが、やつらはわが軍の勢いに呑まれたにすぎぬ」

平は嘯《うそぶ》いた。

「若君、戦とはそんなものではありませぬ。敵が守城第一としたのは、守るは攻めるより格段に易いからにほかなりませぬ。攻城戦とはそのようなもの。無理攻めしますと、わが方の犠牲は多大となります」

「では、兵糧攻めにせよ」

「敵はすでに、王宮内に相当量の兵糧を蓄えております。一年や二年はもつはず」

「ちっ。戦う前から士気を削ぐようなことを言うな」

平は、

（なんじが一度も戦に捷《か》ったことがないのは、その弱気が因だ）

とロまで出かかったが、さすがにこらえた。

「ともあれ、包囲したまま様子を見ましょう」

どう攻めたものか、市被は思案投げ首の態《てい》である。

「ええい。情けない。わしは、斉へ使者を遣わした。おっつけ斉軍がやって来る。斉軍が到着するまでに目鼻をつけたい。そうせぬと、乗ぜられる隙をつくる。斉軍来援を嫌ったのは、なんじではなかったか。つべこべ言わず、攻めよ」

平は、いきり立った。

「されど、若君。守防第一の敵を攻めるときは、攻め手が不利なことは子どもでも判《わか》る道理。味方の犠牲は敵の三倍、四倍。否、さらに膨らみましょう」

市被が抗う。

「わしは、攻めよと言わなかったか」

平が殺気立ち、市被は折れた。

市被も将軍のはしくれゆえ、攻城法には精通している。早くも雲梯《うんてい》と衝車《しょうしゃ》を繰り出せ、最初の城攻めにかかった。

雲梯は、巨大な折り畳み式の梯子というべきもの。車がついていて、城壁間近まで押していける。梯子の先端を城壁のてっぺんに引っかけ、生命《いのち》知らずの戦士が登っていき、城内に突入するの攻城具である。

衝車は、先が尖る巨大な槌を吊り下げた車。槌の尖端は鉄製で、これを振り子のように振って、門扉やら城壁やらに激突させ、破壊するの攻城具である。

もっとも、こうした攻城兵器があれば、守城兵器があるのは当たり前で、雲梯を登る兵士や衝車の兵士は、上から石やら丸太やら熱湯やらをお見舞いされ、転落を余儀なくされたり、押しつぶされたりする。

ほかにも、縄で吊り下げた狼牙拍《ろうがはく》や夜叉擂《やしゃらい》という針の筵《むしろ》ならぬ太く鋭い釘の突き出た板や丸太の守城具がある。攻め手はこれを何度も揚げ下ろしされ、これまた雪崩を打って転落するのである。

かくて、将軍・市被の言うとおり攻城戦とは攻められる側、つまり守城側に格段に有利な戦といえた。

とまれ、太子党の数多《あまた》の兵士は下からの弓の援護を頼りに、果敢に雲梯をよじ登り、攻めはじめたが、あえなく狼牙拍やら夜叉擂やらの餌食となり、次から次へ落下した。

「一体、何をしておる」

平は切歯扼腕《せっしやくわん》したが、初回の城攻めは将軍・市被の案じたとおりの展開となった。

二度目、三度目の攻撃も虚しく、犠牲は膨らむばかりである。

太子党は宮殿を攻めあぐねて、天を呪詛《じゅそ》した。

「こんな場合は、ふつういかにするのだ」

斉軍は来たらず、味方の攻めは何一つ功を奏さずでは、太子の立場がない。

「内応を呼びかけます。門が一つでも開けば、こちらのものです」

市被も、そろそろ衆の評が気になりはじめている。

太子党に協力した者には褒美を惜しまぬ旨、門外から叫ばせたり、竹輪に同じことを書いて矢にくくりつけ、宮殿内に射させたり、内応に導くあらゆる手立てを講じた。

だが、待てど暮らせど、内部から応ずる者は現われない。いずこの門も固く閉められたままである。

味方の兵士は公然と、

――あの将軍は、ただの一度も勝ったことがないという。

――むべなるかな。指揮がなっていない。味方は戦死者があいつぐのに、敵方は無傷だ。これでは、勝てるはずがない。

と、不満を口にしはじめた。

士気はめだって衰え、戦は膠着状態に陥った。

平の恚《いか》りは、市被に向かった。つい、衆の面前で呶鳴《どな》りつけた。

こうなっては、市被としても面白くない。市被がふて腐れて、太子党は自壊の様相を呈し出した。

「情けない。あっしが夜陰に乗じて城壁を乗り越え、門を開けてご覧にいれましょう」

ある日、頼もしいことを言う男が現われた。平に謁見しても、臆するふうがない。

「おまえは、何を生計《たつき》にしている」

平が訊ねると、

「盗みで」

と、胸を張る始末。

「ちっ。このわしが盗人風情に頼まねばならぬのか」

舌打ちして、市被を見やる。

「若君、盗人であろうと何であろうと、この際、使える者は使うことです」

追いつめられている市被の方が、渡りに舟ととびついた。

「よし。首尾よく門を開けることができたなら、黄金十鎰を褒美にやろう」

平は、気前のいいところをみせた。

「じょ、冗談でござんしょ。こちとら命懸けでござんすよ。せめて五十鎰はもらわないと、割に合いませんや」

盗人も、けっこうこちらの足元を見ている。

「ふむ。小賢しいやつ。では、うまくいったら二十五鎰やろう」

「五十鎰でなければお断りで」

「何とも勘定高いやつ。どうする」

平は、また市被を見た。

「若君、値切っている場合ではございますまい」

市被は、大仰に顔を顰《しか》めてみせた。

「そうか。では、前金で三十鎰、うまくいったら残り二十鎰でどうだ」

「へい。ま、やむをえませぬな」

盗人はしぶしぶ同意すると、前金を受け取り、市被に手順を説いた。

丑の刻（午前二時）、市被は盗人の描いた筋書きどおりに、甲士の一隊を引き連れて所定の位置についた。

半月が朧に空にかかっている。

「では、あっしが門を開けたら、すばやく火を点《つ》けて回ってくださいよ」

盗人は念押しすると、匍匐《ほふく》して前へ進んでいった。物音一つ立てない。城壁の上では篝火《かがりび》が焚かれ、見回りの兵士の影が動く。

盗人はたびたび動きをとめ、敵の動きを警戒している。ようやく、城壁の際《きわ》に辿り着いた。壁の下あたりは漆黒の闇である。

市被をはじめ一群の兵士たちは、固唾を呑んで見守った。

と、一筋の縄が城壁の頂きから降りてきた。

待つこと少時。ふいに盗人の影が、闇のなかから縄に飛びついた。縄は一気に引き上げられる。はや、盗人の姿は城壁の上にあった。

「しめた」

「あとは開門を待つばかり」

待機する市被の一隊が手に汗を握り、その瞬間を待つ。

突如、内部で騒ぎ声が起こり、刃と刃が烈しくぶつかる音がした。

「そやつを殺すな。引っ捕らえよ」

大声がした。

「逃がすな」

「あっ、しまった」

「莫迦《ばか》めが。斬ったのか」

「駄目だ。死んでいる」

走り喚《わめ》ぎ、喚く声が連続した。

やがて、唐突に静寂が戻った。

「やつは殺られたようだな」

門外で待つ市被の一隊は、盗人の失敗を寤《さと》った。

けれども、立ち去る気にはなれない。逡巡していると、城壁の上から何かが投げ落とされた。

地面で一跳ねすると、ころころ転がる。

「何だ」

部下が差し出す代物を見て、市被の形相が変わった。布で包まれているとはいえ、形が人間の首であることは、武人ゆえにすぐにわかる。

「酷いことをするものですな」

部下の一人が言った。

「ううむ。失敗におわったか」

市被は兵士を促し、引き上げた。平に報告すると、

「それみろ。盗人風情を信用するからそういうことになるのだ。三十鎰、損をしたな」

平は、あたかもはじめから判っていたと言わんばかりである。

そのときには両人とも、これが後に引き摺るとは夢にも思わなかった。

二、三日して、噂が流れてきた。
——宮城内で死んだはずのあの盗人を見たやつがいる。

——おれも聞いた。大手を振って歩いていたそうな。太子さまが金を惜しまなかったら、あのまま門を開けてやってもよかったのだ、とほざいているそうな。

——太子さまも、けちが命取りになったわい。

市被は部下からそんな噂話を聞くと、すぐにも真偽を質すべく、城外に埋めた例の夜の首を掘り返させた。検めた結果は別人であった。

「おのれ。替え玉の首まで用意しておくとは……。やつは生きている」

市被は、憤怒のあまり蒼くなった。

「宮殿の城壁上から縄を下ろしたり、引き揚げたりした手の者がいましたが、警戒厳重な内部でどうしてそんなことができたのかを疑うべきでした。はじめから、われらを騙す魂胆だったのでしょう。してやられました」

部下の一人が言った。

「ううむ。盗人に虚仮《こけ》にされるようでは、この戦は殆《あや》ういな」

市被は腹立ち紛れに、あたりの物を蹴り飛ばした。

噂はついに平の耳にも達し、逆上した平は、

「許せぬ。あの盗人を見つけ次第、殺せ」

と怒号したが、まんまと大金をくすねた盗人が捕まるはずもなかった。

城壁の上からは、

「おおい。門を開けてやるから、おれにも五十鎰くれ」

「けちな太子は、三十鎰しか出さぬそうな」

と、罵詈《ばり》が飛ぶようになった。

太子軍内は、厭戦気分に満たされた。

「攻めれば、突き落とされるばかりだし、いくら催促しても斉軍はやって来ぬ。しかも、盗人風情に誑《たぶら》かされた。わしの面目は丸つぶれだ。何とかならぬか」

とうとう、平は音を上げた。

市被とても万策つきている。

「このまま放っておきますと、わが軍は自壊いたします。だれぞに策を求められては」

おのれの無能をさらけ出した。

「だれぞといって、だれにだ。なんじ以外は皆が皆、敵についているではないか」

「たとえば、郭隗どのはいかがでしょうか。あの仁《じん》はこの国第一の賢人。一度、お声をかけられてはいかがなものか。あるいは、よき策を示唆してくれるかもしれませぬ」

「郭隗か。あやつは強情だ。わしの言うことなぞ、聞くものか。そういえば、あやつは言ったな……」

平は、いつぞや会った郭隗が、

――一、二年もすれば、権を簒奪した張本人たちにも弛みが生じましょう。それまでに、然るべき有意の人材を得ることです。それができなければ、すべてを諦めるしかございませぬ。

と、言ったことを思い出した。

（そうであった。だが、有意の人材は一人もやって来なかったのだ。すべてを諦めるしかないと言われても、いまさら引き下がれるものか）

平は、進退谷《きわ》まった。

「若君、いまは危急存亡の秋。郭隗は愛国者というではありませぬか。いま、われらの苦境に知恵を貸さぬとあらば、愛国者の名が廃るというものです」

市被も必死である。

「そうだな。何とかせねばなるまい。おい、だれぞ、郭隗を連れてこい。あやつが拒んだなら、首に縄をつけてでも引っ張ってこい」

平は、恥も外聞も捨てた。

部下に言いつけると、憎々しげに宮殿の城壁を睨みつけた。

わずか五句にして亡ぶ

一

郭《かく》家は燕《えん》都・薊《けい》城の北東にある。門を固く閉ざして、争乱を避けていた。

周囲は静寂を保ち、遠く南西の一角を占める宮城攻防戦のどよめきとは無縁である。

郭隗の目は、槐《えんじゅ》の枝に連れ添うつがいの椋《むく》鳥に釘づけになっている。一羽が餌を採り、すばやく周りを見回し、枝に戻る。すると、もう一羽が同じ動きを真似る。

その間、枝上の一羽はたえず辺りを警戒している。腹がふくれると、二羽仲良く枝にとまって、囀《さえず》りに余念がない。

(見事なものだ。およそ、いかなる不満ももらさず、生きることに懸命だ。いつの日か、わたしと銀花《ぎんか》もあの二羽のように、日々の暮らしを取りもどせるであろうか)

その盛名のゆえに、隗は太子党、宰相党の両党から働きかけられた。それを拒み、静観という砦に籠もるのは並大抵のことではない。日和見《ひよりみ》ではなかった。斉《せい》軍の侵略が現実になれば、祖国のために戦う覚悟はできている。

ただ悲しいことに、武人ならぬ隗は、斉の侵攻をいかに未然に防ぐかを見出せなかった。

（斉軍は来るであろうか……。来るであろう。否、かならず来る）

そう考えて、大きな溜め息をつくのが関の山であった。

数日が流れ、城内の緊迫感はさらに増した。

その日、張房《ちょうぼう》と郭建《かくけん》が慌てた様子で飛び込んできたとき、ついに懼《おそ》れが現実になったことを知った。

「おい、隗よ。おぬしの言うとおりだった。やつは遁《に》げ出した」

房《ぼう》はそう言うと、荒い息をはいた。

「馬車に積めるだけ積み込んでいた。稀代の縦横家も、ああなると滑稽だ」

建《けん》が補足した。二人ともひそかに蘇代の屋敷を監視していて、この日、ついに決定的な場面を目撃し、慌てて駆けつけたものらしい。

「あの男は、わが国を斉に売った。斉へ逃げ帰れば、よくやったと斉王に褒められるのであろう。この世には、信義をもたぬ人間がいるのだ」

隗は蘇代に会ったことはないが、どんな風丰《ふうぼう》の男か、想像しえた。冷たい目と酷薄な顔貌《かお》をもっているに相違なかった。

「うむ。何と汚い男か。やつを話題にするだけで、わたしの身が穢《けが》れるようだ」

建も蘇代を痛罵した。

「二度と斉には帰らないと啖呵を切って、やつはわが朝に取り入った。今度は、何と言って宰相を誤魔化したものだろう」

と、房。

「黒を白にできる舌だ。いかようにでも言える。子之に、斉軍に応援を頼むべきだともちかけたのかもしれぬ。あるいは、太子党が斉に救援を求めたようだから、自分が斉に行ってその話を壊してこようと説いたのかもしれぬ」

隗は、推測してみた。

「うむ。自分は二度と斉には帰らぬ決心で仕えてまいりましたが、ことここに至っては、そんなことを言ってはおられませぬ、などと巧言を弄したのであろうな」

房が納得顔で言った。

「愚かな宰相は手もなく騙され、蘇代の帰国を許したのであろう。蘇代を売国奴と蔑んだところで、もともとわが国人ではないし……。結局、わが国のお偉方はやつに誑《たぶら》かされただけだ」

建があとを引き取った。

「いよいよ太子党だ宰相党だなどと噪《さわ》いでいられる場面ではなくなった。動かねばならぬ」

隗は友と話を交わしつつ、一つの策を見出した。

「名案でもあるか」

房が訊く。

「否。とても名案とは思われぬ。要するに、太子を説得して内乱を収めてはどうかと」

だれもが、太子では心許ないと考える。されど、斉軍の侵攻が迫ったいま、ほかの選択肢は考えられなかった。

「われらで散々話し合ってきて、良き答えを見出せなかった。結局、それしかないのだな」

建が同意した。

「しかし、いきなり行って、太子は会ってくれるか。おぬしの説得に耳を貸すか」

房は不安顔である。

「問題はそこだ。だが、やるしかあるまい」

隗は、友二人に頷いてみせた。


街は、戦一色になっていた。至るところに甲士の姿が溢れている。

宮城を守る宰相党と攻める太子党の鬩《せめ》ぎ合いは、いつ果てるとも知れず、殺伐な空気が街全体を蔽《おお》っていた。

太子軍の本営で、隗が太子に面会を願い出ると、

「若君は多忙じゃ。そのほうたちに会う閑なぞ、どこにあるか」

と、あっさり門前払いを食わされた。とりつくしまもない。

引き続いて二度、足を向けたが、太子を説得するどころか、会うことすらかなわなかった。

(ああ。なんじたちよ、斉軍はそこまで来ているだ)

焦燥の幾日かが過ぎていった。隗は涯《がい》を市中へ出し、毎日、戦の模様を報告させた。

涯の報せは的確である。隗は太子軍の劣勢を知った。盗人が太子から大金を巻き上げた一件も知った。太子と将軍・市被《しひ》の仲がうまくいかず、太子軍は戦に倦《う》み、瓦解の危機にさらされていることも知った。だが、太子に会う機会は訪れなかった。

眠られぬ夜をすごした翌朝であった。塀の外がけたたましい騒ぎである。

「何事か」

隗は窓から外を眺め、驚いた。甲士が何十人もうろうろしている。

（こんなことが前にもあった。あのときは、徐風《じよふう》どのが隊長だった。徐風どのといえば、韓都でつつがなく日を送っているようだ……。銀花の身を案じて、涯ともども韓都まで繰り出したのが遠い日のように思える）

一隊の甲士は、郭家の包囲を終えた。門を烈しく叩き、開門を叫んでいる。

「徐風どののときより、よほど荒いな」

見ていると、涯が悠々と門へ歩み寄っている。何事か言葉を交わしたあと、戻ってきた。

「先生、太子が先生にお越しいただきたいとのことです」

涯は狐につままれたようである。

「おやおや。こちらが会いにいったときは門前払いで、今回は甲士のお出迎えか。わけのわからぬ話だが、ともかく連中を内に入れて待ってもらうがよい。わたしは、すぐに身支度する」

「畏《かしこ》まりました」

涯が門を開けたのか、甲士たちが鯨波《とき》の声をあげて、邸内に乱入してきた。

「太子の手の者というのは、どうしてこうも荒いのかね」

支度を終えた隗が広間に出ると、涯が一人で十数人を相手に睨み合いの真っ最中であった。

「これこれ、涯よ。そなたが暴れると、死人の山ができる」

隗が涯をとめた。

「時を稼いで、おまえの主人を逃がすつもりだろうなどと無礼なことを言いますゆえ、つい……」

涯は、落ち着いた声で応じた。

「皆さん方は、徐風どのをご存知かな」

隗の妙な問いに、一団の甲士は虚を突かれた形になった。それぞれが、思い思いに頷いた。

「では、徐風どのよりお強い方はどなたかな」

これまた隗の珍妙な問いに、甲士らは不審そうに互いに目と目を見交わしたが、全員が否定した。

「なるほど。徐風どのが一番強いのですな。ところで、わたしのこの弟子は徐風どのよりも強いのです。わたしを逃がすだの、わたしが遁《に》げるだの、つまらぬことを言ってはなりませぬ」

隗が諭《さと》すと、甲士たちは温柔《おとな》しくなった。

二

隗は、ひとりで太子平《へい》のもとに出頭した。

天空からの六花《りっか》は、白色の上になおも純白を上塗りしている。雪の城内であった。

隗には、このたびの太子の招きの理由がどのあたりにあるか、おおよそのことは推察できる。

生きるか死ぬかの瀬戸際に、

――銀花はいずれにおるか。

と、訊ねたりするはずもなく、事態打開策のことに違いなかった。

太子を一瞥《いちべつ》して、隗は驚愕した。頬が削げて、生きている人間の顔とも思えないほどに一変していた。

（この人は窮地にある）

宮城攻防戦の行方は、太子軍の敗北に向かって驀進《ばくしん》していた。

「来たか。来ぬと思っていたが」

こちらを視《み》た眼には、絶望からくる凶悪な光があった。

（昔から粗暴な人ではあったが、いまに比すればまだましであった）

隗は、自分と銀花を離ればなれにさせたこの人物に、はじめて憐憫を感じた。

「じつは、三度《みたび》、この本営にお邪魔したことがあるのです」

「何だと。いつだ」

「ほんのしばらく前のことでした」

「知らぬな。わしは聞いておらぬぞ」

「若君は多忙じゃ、と取り次いでもらえませぬでした」

「何だと」

突如、太子は満面を憤怒に赧《あか》く染めると、立ち上がった。

「おい、郭隗先生が来られたときに門前払いしたやつはだれか、調べよ。見つけたら、鞭打て」

と、傍らにいた部下に命じた。

隗は、啞然として太子を見る。

「わたしのようなつまらぬ者のために、乱暴なことをなさってはなりませぬ。わたしを拒んだ兵士もまた、職務を忠実に果たしたのであります。その折り、お願いしたい儀があり、参上つかまつったのですが、本日はその儀の前に、まずもってお招きの件をお断りしなければなりませぬ」

隗は、例によって先手をうつ。

「わしの頼みを聞いてくれぬのか」

太子は、隗が問われる前に答えを出していることにすら気が回らない。

「さようです」

「なぜだ。わしは嗣子だ。わしが燕王《えん》の位に即《つ》くのは天の命《めい》だ。なぜ、わしを助けぬか」

太子の双眼は、異様な光に充ち満ちている。

「そのことはさておき、斉軍の跫音《あしおと》に気づかれませぬか」

「斉軍の跫音だと。そうか、ついに来てくれたか」

太子が、ふいに憔悴した顔を綻《ほころ》ばせた。

この太子の反応に、隗は真相を知った。

（何ということだ。この人は蘇代の罠にはまり、みずから斉軍を招いた……）

隗は、戦慄を覚えた。

「もしや、斉王から救援軍を送ろうなどという甘い働きかけがあり、承諾なされたのではありませぬか」

「あれを甘い働きかけというのか否か、わしは知らぬ。しかし、斉王からの救援軍の話には乗った」

太子は、心外そうに頬を膨らませた。

「斉王が、なにゆえ救援するのでしょうか」

「わしは君臣の義を正し、父子の位を明らかにしようとしている。私曲を廃し、公道を立てることこそ、政をなす者の本義ではないか。斉王は、わしにいたく同情したのであろう。仁君として評判だからな」

太子は、肩を聳《そび》やかした。

「その昔、斉の桓《かん》公は、天子の命《めい》を受けて覇者《はしゃ》となりました。桓公は戎《じゅう》、狄《てき》、楚《そ》などといった蛮族の侵入によく抗し、中原を守りぬきました。諸侯を葵丘《ききゅう》（河南省商丘《しょうきゅう》市北西）に招いて、盟を行なったのであります。かの葵丘の会こそは、桓公の覇業《はぎょう》の集大成と申せましょう。時は流れ、かの英傑・太公望呂尚《たいこうぼうりょしょう》が建国され、桓公が諸侯を導いた偉大なる斉は、田《でん》氏によって乗っ取られ、現在に至っております。いまの斉のいかなる点に、かの桓公のごとき覇者としての恩威がございましょうや。はたまた、いかなる点において、仁君としての行ないがございましょうや」

隗は、たじろぐことのない眸《め》で太子を視《み》、述べた。

「覇者だの、覇業だの、恩威だの、仁君としての行ないだのと難しいことを言う。わしはこのところ睡《ねむ》り浅く、疲労困憊《こんぱい》しておる。そのほうの言わんとすることをはっきり言ってみよ」

郭隗先生と言ってみたり、そのほうと言ってみたり、太子の心は揺れ動いている。

「されば、斉は、わが太子軍と宰相軍を争うだけ争わせ、そののち疲弊したわが国を侵そうという魂胆であります」

「莫迦《ばか》な。何を申すか。そんなはずはない。わしは、斉王を信じるぞ」

「では、来援するはずの斉軍はなぜやって来ませぬか」

「軍勢を他国に送ろうというのだ。時を要するのは当たり前ではないか」

「使者を幾人ほど斉へお遣わしになられました」

「四、五人であろう」

「こちらから四、五回の要請に対して、斉の返答は」

「ない」

隗に問いつめられて、太子は救いを求めるように将軍・市被に目をやった。

市被は、悄然として俯いている。

「これでおわかりいただけたはずです。斉は、わが国の疲弊をじっと待っているのです。斉に隙を見せてはなりませぬ。宰相党との和議を調《ととの》えるべきです」

太子は、隗の和議の一言にいきり立った。

「な、何を言う。そのほうは、王位を簒奪した子之と和議を調えよというか。莫迦な。わしは、多くの兵士をみすみす死に追いやった。いまさら、あやつと和議なぞできるか。わしがやつに会うのは、やつの死屍をみるときだけだ」

「されば、申し上げることはほかにはございませぬ」

隗は揖《ゆう》の礼を深々とすると、その場を立ち去ろうとする。

すると、将軍・市被が、

「郭隗どの、しばらく。わが軍の窮状、そこもとて知らぬではありますまい。若君が君臣の義を正し、私曲を廃して公道を立てんと兵を挙げられたことは紛れのない事実。大義はこちらにありますぞ。上策があるなら、ご開陳くだされ」

と、決死を秘めた面持ちで隗に語りかけた。

「わたしは儒家、道家、墨家等々の教えをなにほどか学びましたが、兵法にはまったくの門外漢であります。悲しいかな、上策はおろか下策もありませぬ。せっかくの将軍のお言葉ですが、お応えできないのが残念です。お許しください」

隗は、その場を立ち去った。

太子平も将軍・市被も、目前の戦の帰趨に囚《とら》われ、そのすぐ後ろにひかえる強大な敵にまるで無頓着であった。

（斉に故国を踏みにじられたら、どういうことになるか。女は陵辱され、民は財産を奪われ、暮らしは破壊される。なぜ、気づかぬか）

隗の心は、悲しみに包まれた。


兵法を知らぬ隗は正直に答えたにすぎないが、その影響は小さくはなかった。

――燕国第一の賢者・郭隗どのは、太子を見棄てた。

――郭隗どのの見られるところ、わが軍の敗北は必至ということだ。

太子軍の将兵はそう噂し合い、脱走する兵が俄然、増えた。これに困った将軍・市被は、一か八かの勝負に出た。

燕国内乱中、最も烈しい戦闘はこうしてはじまった。今度ばかりは、弱気の市被も眦《まなじり》を決して攻めに出た。夥しい犠牲に目をつぶり、執拗に攻撃をかけた。

だが、太子軍がどのように遮二無二、雲梯を駆け登っても、城壁上に到達できる者はわずかであった。

敵の守城兵器は、太子軍の兵士を鏖殺《みなごろし》にしてもまだ満足せぬかのようであった。辛うじて城壁の上に立つことができた兵士は、その直後に惨殺された。

ついに、市被が攻撃中止を命じたとき、城壁下は太子軍兵士の積み重なる死屍が山をなし、夥しい血が川となって流れていた。

「ああ。われ、またも敗れたり」

市被が地団駄を踏んだとき、思いがけぬことが起きた。

あろうことか、薊城の東の一角から、ふいに攻撃を受けたのである。

「敵はいつの間に宮城を出たのだ」

市被が茫然として呟く。周りのだれもが、答えられない。

それもそのはず、寝返った者たちが一軍をなし、恐るべき敵となって攻め寄せてきたのであった。

「何というやつらだ。殲滅《せんめつ》せよ」

怒髪天を衝《つ》く。市被は怒号したが、その眼前で味方兵が敵に投じていった。

太子軍は、たちまち苦戦に陥った。

「おいっ。このままでは、わしの身も危ういぞ」

太子平が市被を叱りつけた。

だが、この場合、いかなる名将をもってしても、敵の勢いを止めることは不可能であったろう。

「若君、いったん退いて、南壁を背に態勢をお立て直しください。わたしは、ここで食い止めます」

市被の覚悟は、悲壮の一語につきる。

「うむ」

太子はそう答えたきりであった。すぐにも後退していった。


攻城戦がいまや市街戦と化した。

士気に劣る将軍・市被の軍勢が押されに押されたのは、無理からぬところ。

市被方の固める防御陣の一点をかつての僚友が突き破ったことで、勝負はついた。

「遁《に》げるな。われらの方が多勢ぞ」

市被がいかに叫んだところで、どうにもならない。

味方の兵士は、算を乱して遁走した。

「情けない。逃げるな。引き返……」

そこまで叫んだところで、市被の厚い甲《よろい》は鋭い戈《か》に突き抜かれた。

司令官を失って、兵士は太子平が応急に構築した第二陣に逃げ込んだ。

「お、おまえたちは、将軍を見殺しにしたのか」

太子平は憤激した。

攻城戦では無能をさらけ出したが、市街戦とは歩兵戦であり、白兵戦である。小賢しい作戦は要らない。

「蹤《つ》いてこい」

平みずからが先頭に立って、将軍・市被の弔い合戦をはじめた。

太子軍は、一気に失った前陣を奪い返した。

宰相・子之は、城壁上から戦の成り行きをつぶさに観察していた。

敵は寝返る者が続出して、その敗北は須臾《しゅゆ》の間に迫ったが、将軍・市被の戦死によって勢いを盛り返した。

（惜しかったな。弱将・市被は殉死か。あの男は戦を知らなさすぎた。太子が持ち直したといっても、残燭の焔というやつ。さて、ここらで掃討にかかるか）

敵味方互角の戦力が太子軍の分裂により、いまでは四分して三が味方である。子之は、ここらで太子平の息の根をとめようとした。

「よし、開門せよ。出撃じゃ」

子之は、厳かに命を発した。

勝利を確信し、王者としての威厳を示したつもりである。

「いささか事を急ぎすぎませぬか。いましばらく太子をいたぶり、さらに造反を促したあとで、掃討にかかるが上策かと存じます」

部下が諫《いさ》めた。

（四分して一の勢となった太子軍は半ば死んだようなもの。それを懼《おそ》れたとあっては、世の物笑いになろう）

子之は取り合わなかった。

「河水（黄河）はあらゆるものを押し流す。われらも太子軍を押し流せ」

宰相軍は宮城の門をいっぱいに開けて、威風堂々と出撃を開始した。

将軍・市被が生命《いのち》を賭しても破ることのできなかった門が、いまや左右に大きく開いている。

北と西からは宰相軍が、東からはかつての太子軍の軍兵が、怒濤のごとく太子軍に襲いかかった。しかしながら、宰相軍は、太子軍の怨念の強さを計算に入れていなかった。

これまでの宰相軍の捷利《しようり》は、ただに守城に徹したことにあった。戈と戈、剣と剣を交えた白兵戦を随所に経たわけではない。

太子軍兵は、守ってばかりで正々堂々と闘おうとしない宰相軍兵に対し、骨髄に徹する憤怨をかかえていたのである。加えて、将軍・市被の戦死という恨みもある。

怒濤が寡勢と化した太子軍を呑み込むはずが、逆に太子軍が怒濤を反《は》ね返した。

宰相軍兵は、敵の意外に手強い反撃に戸惑った。敵を見くびっていた傲《おご》りが恐怖に変わったとき、勝敗は決した。太子軍兵は、ようやく全身を現わした卑怯な相手に対して容赦しなかったのである。

宰相軍は、もろくも後ろを見せた。

太子軍が追う。

城壁上から俯瞰していた宰相・子之は、すぐさま閉門を命じた。乱戦に紛れて、敵に宮殿内に入られては厄介なことになる。

逃げ遅れた宰相軍兵には悲惨な結末が待っていた。無情にも、眼前で門は閉められたのである。

大虐殺がはじまった。太子軍はこれまでの恨みを何倍にも霽《は》らすべく、逃げ惑う宰相軍兵を追いつめ、殺戮に狂奔した。

「早く門を開けよ」

「われらを見殺しにするか」

味方の兵士が泣き叫ぶ。

「あの勢いをだれがとめられる。門を閉じるに如《し》くはなかろうが」

子之は、味方の将兵を見殺しにした。

宰相軍は、またしても守城第一の策戦にきりかえた。戦は半年余も続いた。小競り合いは数知れず。宰相軍も太子軍も譲らなかった。死する者が数万人にのぼった。

百官は子之に靡《なび》いたことを悔い、さりとて太子に与《くみ》する気にもなれず、人知れず離反した。民は歎いた。

燕は隗が恐れたとおり、疲弊の極に達した。

三

復路の蘇代《そだい》は、一直線に燕から斉へ奔《はし》った。

（わしは舌三寸で燕を手玉にとり、いまや燕は上を下への大騒ぎだ。この功で、わしは斉で重く用いられよう。だが、わしの望みはまだまだこんなものではない。今度は、斉を引っ繰り返してもよいのだ）

代《だい》は、意気揚々と斉への帰国を果たした。

目立たぬように黄昏れどきに臨淄城の門をくぐったところなどは、いかにも策士らしい。すぐさま弟・蘇厲《それい》を訪れた。

「どうだ、わしの実力に恐れ入ったか」

「まあな。気の毒なのは、燕の民だ。兄者のために塗炭の苦しみだ」

「ふむ。あの聖人かぶれがそもそもの因だ。わしがいなくても、民は塗炭の苦しみをなめたであろう」

代は、燕の民の苦しみにいささかの関心もない。考えるのは、このたびの功で兄・蘇秦《そしん》を超える名声を博しうるか否かの一点である。

（兄には合従の策という一見、大義に近いものがあった。あれは、諸国同士の利害が然らしめた結果にすぎぬのだが、兄はそれで大功を成した。わしはその点で劣る。燕国に内乱をもたらしただけだからな。斉が燕侵略を果たしたあかつきには、わしに対する評が変わるかもしれぬが、次なる策を考えておいた方がよさそうだ）

要するに、答えは否であった。

「兄者は冷たすぎる。燕は北の果ての地ゆえ、賢臣がいなかったらしいな」

「そういうことだ。はっはっは」

代は、磊落に呵《わら》ってみせた。

「いよいよ燕の息の根をとめるときだな」

と弟の厲《れい》。

「うむ。斉王を説き、燕への出兵を決断させねばな。そちらの計はどうだ」

「すべて順調。斉王は大夫・沈同《しんどう》を通して、燕を伐ってもよいとの言質《げんち》を孟子から得ている。わし自身も孟子にたしかめた」

「よかろう。孟子の名は世に聞こえているからな」

代は、すぐさま参朝することにした。数日後、その機会が与えられた。

「いまや、燕は亡国の一歩手前。わが斉軍の姿を見るや否や、燕人は喜び勇んで迎えることでありましょう」

代は、宣王に説いた。

すでに燕では重職にあった。躰つきの変貌といい、堂々たる貫禄がついている。

「寡人《わたし》は、そなたの燕における活躍を嬉しく思う。そなたからの朗報を待っていたが、はたして届いたな」

宣王は、代の健闘を嘉《よみ》した。

代は礼を述べると、燕での行動を逐一報告し、燕征討を訴えた。

「いまが、その時だと申すのだな」

「さようでございます。周の武王が殷を伐ち、民を救ったのは、ちょうどこういった時機を指すのでございましょう」

すべてのお膳立ては揃っていた。

「あいわかった。寡人は燕征討軍をおこすであろう」

宣王は征燕を決断し、即座に斉将・匡 章《きょうしょう》に燕討伐を命じた。

匡章は、五つの大邑から兵を徴集し、さらに北辺の地の衆も合わせて、大軍勢を帥《ひき》いることとした。

「されば、燕へ」

命令一下、斉軍は燕への進軍を粛々と開始した。

燕の内乱は年を越し、はや周の赧《たん》王元年（前三一四）の夏となっていた。


燕の宰相・子之は、斉軍の太子軍救援を聞いた。

（まずいことになった。来る来ると言いながら、いっこうにその兆しがなかったゆえ、来ぬものと思いこんでいた。だが、太子軍を救援するといっても、肝心の太子がおらぬでは、救援にはなるまいが）

子之は、全軍に総攻撃を命じた。

全兵士が参じ、凄まじい勢いとなって太子軍に襲いかかった。このたびは、宰相軍が背水の陣といえた。

――ここで、太子軍を粉砕せねば、われらは斉軍に虐殺される。

この思いが、宰相軍兵の戦意をいやがうえにも高めた。数は三倍。その軍勢がこれでもかとばかり、何度も猪突を繰り返した。

とうとう、太子軍は総崩れとなった。

宰相軍の総攻撃は、ついに子之に一方的な勝利をもたらしたのである。太子平は囚《とら》えられた。

「うぬは何をしでかしたか、わかっておるのか。わしは、うぬの父たる燕王から位を譲られたのじゃ。にもかかわらず、それを僻《ひが》み、恨み、衆を集めての叛乱だ。わが国のこの見るにしのびぬ惨状は、ひとえにうぬがもたらしたものじゃ」

憎々しげに太子を見ると、子之は罵った。

「ふむ。おまえごときに反論するだけでも、口が穢《けが》れるわい。さっさと殺せ。わしは、斉王におまえの始末を頼んでおいた。醢《ししびしお》にせよとな。楽しみに待っておれ。はっはっは」

太子は、哄笑で応えた。

「こやつを殺せ」

子之は、憤怒の形相で命じた。

太子は、首を刎《は》ねられる直前に、咆《ほ》えた。

「者ども、斉軍とは戦うな。斉王は暴君にあらず。戦わざる燕兵を殺したりはせぬぞ」

太子平が最後に放った痛烈な反抗の矢であった。

子之は、太子平の捨て台詞《せりふ》に不安を覚えたが、まさかそれが全軍に影響を及ぼすとは夢にも考えなかった。

じつは、兵士は太子の今際《いまわ》の言で戦う意志を捨てたのである。

――太子の言われたことは、肯綮《こうけい》に当たっている。

――われらのこの状態では、斉軍に勝てない。勝てないなら、太子の言葉に随《したが》おう。あるいは、助かるかもしれぬ。

あまりにお粗末な騒擾に、燕人は兵士のみならず、民も疲れきっていた。これ以上の戦闘は願い下げだと考えたのは無理もない。

斉軍は薊城に到着した。

宰相・子之は、何ら反応しないおのれの軍兵を見て、言葉を失った。兵士たちはその場に蹲《うずくま》ったまま、城門を閉じようともしなかった。

（このわしが、あの何の取り柄もない太子にしてやられたというのか）

子之は、その場に崩れ落ちた。


斉将・匡章は、あまりのたわいのなさに呆れはてた。燕は自壊しつつあると聞いてはいたが、これほどとは思わなかった。

ほとんど戦闘らしい戦闘はなく、無人の曠野を行くがごとに薊城に到着した。

（いくら何でも、ここで一戦交えることになろう）

だが、その心構えも無意味であった。城門は開いたままだったのである。

「油断めさるな。これは、何かの策略かもしれませぬぞ」

部下が、匡章に注意したくらいである。

入城した匡章は、まずもって燕兵の武装を解除をした。斉兵を随所に配置させ、街の治安を確保した。驚いたことには、燕の民は歓喜し、酒食を調えて斉軍を迎えた。

（ふうむ。太子、宰相両人とも、よほど嫌われていたとみえる）

匡章は、とりあえず治安の維持に全力を尽くすように厳命した。

そのころまでには、燕王噲《かい》と宰相・子之は囚われて、引き据えられていた。目的の三つの首のうち、一つはすでに胴から離れていた。太子平の分である。

（残る二つを処分せねばならぬ）

匡章は、子之を見た。

燕を亡国にいたらしめた逆臣はすべてを諦めたか、瞑目したまま一切を峻拒《しゅんきょ》している。

「おまえは騒擾の首謀者だ。死ぬ前に何か言いたいことはあるか」

匡章の問いかけにも、子之は黙殺で応じた。

「こやつを殺して醢《ししびしお》にせよ」

匡章は命じた。

このとき、匡章は子之がかすかに嗤《わら》うのを目にした。子之は、太子平の今際の願望が実現した皮肉を自嘲したのだが、むろん匡章の与り知らぬことであった。

子之の連れ去られたあとは、燕王噲の番である。この聖人になりそこねた王は、匡章の足元に跪《ひざまず》き、慄《ふる》えている。気の毒ではあるが、命令を実行するしかない。

「おい、だれか」

匡章は、近寄った部下に耳打ちした。

——人知れず、燕王を殺せ。

一国の王を殺害すると、諸侯の干渉がうるさい。混乱のさなかに死んだとするのが、のちのちのためである。心得た部下たちが燕王噲を引き摺っていった。

匡章の任務は完了した。燕の国境を越えてから、わずか五旬（五十日）の快挙であった。これからが余得である。

（燕には美貌の女が多いと聞く）

匡章は、ぐるりを眺めた。治安より余得の方に傾き出した淫欲の眼つきであった。

蘇厲は兄の代と話し合い、この機会に燕の完全なる消滅を図ることにした。

斉による燕侵攻ははじめからの筋書きであるが、一口に征燕といっても、あるいは燕を亡ぼすといっても、それが成ったあとの経略をどうするかは存外に難しい。

方策としては、併合して燕を根絶やしにしてしまうのが一つ、半分あるいは小部分を燕に残し、あとは斉に併合するのが一つ、燕を残し、宝物やら財物やらあらゆるものを奪い取って、引きあげるのが一つ、等々が考えられた。

他国を侵略すると、諸侯の干渉がある。最初の方策を採ると、諸侯が黙っていないことだけはたしかである。だが、厲と代は、斉による燕併呑策を選んだ。戦国七雄が六雄になるということは、斉がさらに大国となることを意味する。

「斉による天下統一がなれば、われらの名は後世に残る」

厲がふともらしたとき、

「そうだ。その手がある。これで、斉が趙を攻め取れば、秦をはるかに凌駕しよう。そのためには、燕を根絶やしにして枯れさせねば」

と、代が異常な反応を示した。

「どういうことだ」

「燕の太子は間違いなく死ぬ。残る正嫡の公子は、韓都に一人いるのみ。この公子の生命《いのち》を奪っておけば、将来の禍根を断つことになる」

「兄者、われらは説客だ。何万人をも殺す謀《はかりごと》はいくらでもするが、一人の人間を抹殺する謀は断る」

厲は、面いっぱいに嫌悪を現わした。

「異なことを言う。何万人であろうと一人であろうと、人間の抹殺に違いはあるまいが。公子職を除いておけば、燕の民はおのれの国の再興を諦める」

「それならば、燕王と血の繋《つな》がりのある者を片っ端から鏖《みなごろし》にせねばならぬぞ」

「物事には順序というものがある。まずは公子職《しょく》だ」

代は肉のついた頬を振るわせて、公子職の名を何度も口にした。

「兄者は燕に行ってから、その性、奸計を好むの度合いを増したようだな」

厲の冷嘲にも、代は動じない。

兄に押し切られた厲は、すぐにも宰相・儲子《ちょし》を訪れ、斉による燕併合を説いた。

「諸侯の干渉の矛先を鈍らすために、あらかじめ公子を除いておくというのは、なかなか穿《うが》った策ではある。王は、稷下の学士を抱える賢君でおられる。汚い手段が白日のもとにさらされるのは避けねばならぬ。この件はあくまで内密に」

儲子は公子暗殺の件はおのれの一存にとどめ、刺客を韓都・新鄭《しんてい》へ発たせた。

――かならずや身元を寤《さと》られることなく、燕公子を屠《ほふ》れ。

これが、儲子が刺客に与えた命令であった。

亡国即《すなわ》ち是《こ》れ興国

一

孟軻《もうか》（孟子《もうし》）は斉《せい》の宣《せん》王の師である。

師は弟子に、つまり孟軻は宣王に呼び出されて参内するわけにはいかない。

みずからを、召さざる所の臣（君主が呼びつけたりすることのない臣）よりもなお上におく。

たまに参内した折りに意見を求められれば、おもむろに開陳するのが師としての立場である。

もっとも、このたび孟軻が参内したのはたまたまではなく、心のうちに言うべきことをかかえていたからで、孟軻個人にとっても岐路といえた。

孟軻は、燕《えん》の民救済のためには燕征討もやむなしの立場をとった。ただし、厳格な条件をつけての同意であった。

――天の命を受けた仁君であれば、燕討伐は赦《ゆる》される。

と。

そうでなければ、欲望剝き出しの侵略と何ら変わらなくなってしまう。ところが、ひそかに期待していた宣王は仁君から遠ざかる一方であり、孟軻の真意を確かめることなく、出兵した。

（斉王は、天の命を受けた仁君にあらず。にもかかわらず……）

孟軻にとり、斉の征燕は拙速にして痛恨の極みであり、この一事で、宣王を見限るべきであった。

（されど、もう一度だけ宣王に機会を与えよう。燕占領後、宣王は周の武王のごとき仁政を燕においてなすべきなのだ）

臨淄《りんし》滞在が長くなったゆえに、柵《しがらみ》がある。孟軻は決断を留保したが、そのかわり宣王を説き伏せねばならなかった。

さて、宣王は、上機嫌で孟軻を迎えた。燕征討の顚末《てんまつ》を得意げに語ると、

「ある人は燕をそのままずっと占領せよと言う。またある者は占領してはならぬと言う。斉は万《ばん》乗《じょう》の国（戦車を万輌有する大国）であり、燕も然り。万乗の国が万乗の国を伐って、わずか五旬で片づいたのは、人力というよりも天の命《めい》とみるべきであろう。寡人《わたし》はそれゆえ、燕を併合せぬと、かえって天の咎めを受けるような気がするのだ。どうしたものか」

と、問うた。儲子《ちょし》の入れ知恵で、燕併合に傾いている。

「燕の占領を燕の民自身が悦《よろこ》ぶのであれば、燕を併合なさいませ。古《いにしえ》にも例がございます。殷《いん》を滅ぼした周の武王がそうでございました。もし、燕の占領を燕の民自身が悦ばないのであれば、おやめなさいませ。周の文王がそうでございました。天下の三分の二を保ちながら、殷をとらなかったのでございます。さて、燕の民が大王の軍を歓喜して迎えましたのは、ひとえに水攻め、火攻めといったそれまでの虐政から逃れたい一心からでございました。かりに、斉の占領が、燕の民を前よりさらに酷い状態に追いつめるならば、燕の民は他に救いを求めましょう」

孟軻は、宣王に最後の機会を与えた。

燕に仁政を施すことによって、王道を真っ直ぐに進みなさいと勧めたのである。宣王がこの考試に合格すれば、孟軻としてはより一層、宣王に王道を説くだけのことであるし、不合格であれば、斉を去るだけのことである。

「そうか。燕を併呑してもよいか。これはよき教えを受けた」

宣王は、どうやら孟軻の結論だけを鵜呑みにしたようである。

郭隗は、市中を襲った殺戮、略奪、強姦等々の凄まじさに、おのれの非力を歎《なげ》いた。斉軍が侵略してきたなら、祖国のために戦う覚悟はできていた。

だが、燕の民は斉軍を歓迎したのである。

——違う。目を覚ませ。

隗がいかに叫ぼうと、焼け石に水であった。

突如、それまで温和《おとな》しかった斉兵が虎狼と化したとき、隗は手を拱いて傍観するしかなかった。亡国時の悲惨な話を聞いてはいたが、これほどとは思わなかった。

現実は酸鼻の極みであった。斉兵の豹変は、ただに禁止が解かれたからにすぎない。抑圧されていた欲望が、はち切れた。

自制を失った恐るべき集団が、燕の民に襲いかかった。燕朝の有力者をまとめて処刑し、兵という兵を皆、牢屋に放り込んだあと、斉兵は薊城内の一軒一軒を物色しはじめた。

いかに固く門を閉めようと、意味をなさなかった。斉兵は軽々と塀を乗り越え、屋内に侵入した。まずもって若い女を探し、拉致《らち》した。至るところで、女の泣き叫ぶ声が聞こえた。

抵抗して殺された女、みずから死を選んだ女、娘や妻を守ろうとして殺された男たち等々、生を断たれた者は累々として数知れない。生き延びた者たちもまた心に深い傷を負った。

斉兵の次の目的は、財物であった。邸内を探し、荒らしつくした。被害を免れた家は一軒もない。亡国とは、一方的に足蹴にされ、踏みにじられ、奪われ、場合によっては火をつけられることを意味した。

郭家も例外ではなかった。斉兵が屋内に踏み込んできたとき、隗は父の看病のさなかにあった。

「何でも持っていくがよい。されど、この家には病人がいる。なんじたちも人の親、人の子なら、せめてその点だけでも配慮せよ」

と、叱した。

兵士たちは薄笑いを泛《う》かべた。

「聞こえたのか。聞こえたのなら、返辞ぐらいせぬか」

横合いから涯《がい》が一喝し、斉兵を凍りつかせた。

燕人から抵抗されたことはあっても、呶鳴《どな》りつけられたのは、はじめてであろう。

——何だ、こいつは。

その場の雰囲気が殺気だった。

「これ、涯よ。われらは亡国の民ぞ」

隗が、涯を抑えた。

斉兵は涯に呑まれたのが癪だったのか、家中を無茶苦茶にして去っていった。隗と涯が殺されなかったのは、斉兵の気まぐれか、あるいは涯を恐れたか、そのいずれかであったろう。

「やつらは戦に勝ったというだけで、こんな無茶を……」

荒らされた室のなかを片づけながら、涯は無念の泪《なみだ》をこぼした。

「あのとき、どうなるかと肝を冷やした。これで、そなたまで失ったら、わたしはどうなる」

「あんなやつらには負けはしませぬ。一人残らず、叩きのめしてもよかったのです。銀花《ぎんか》さまのおられなかったことが、不幸中の幸いでした。もっとも、そのときは、わたしの方も手加減はしませぬが」

「おいおい。争い事はもうやめにせぬと。無益なことの繰り返しではないか」

そう答えたとき、ふと閃くものがあった。

涯の言うとおり、銀花の不在は不幸中の幸いであった。かりに銀花がこの屋敷にいたなら、とうてい無事ではすまない。公子職の不在も不幸中の幸いだし、隗と涯の二人が死を免れたことも不幸中の幸いである。

（しかも、まだある……）

隗の内部に、希望の灯《ひ》がともった。

「先生、敗亡の民は、こうして虐げられるだけなのでありましょうか」

「うむ。何とも言えぬが、いま閃いたことがあるのだ」

「何でありましょう」

「宋から帰るとき、わたしは天道は親《しん》なし、常に善人に与《くみ》すと言った。その場にならぬと、見えぬことがあるのだ。いまや図に乗った斉はわが国の宗廟を破壊し、国宝を持ち去ろうとしている。宗廟を壊そうというからには、斉の魂胆はわが燕の消滅を計るにある。斉による併合、戦国七雄を六雄にしようというのだ。だが、諸侯が斉の強大化を許すであろうか。われらは諸侯に働きかけ、斉軍を撤退させねばならぬ。しかして、だれを君に仰ぐか……。太子がすでにこの世に亡いということは、まさに不幸中の大いなる幸いではないか」

隗は、窓から西南の空を眺める。その目には韓都・新鄭が見えている。

「解りました。金輪際ありえないと考えられた公子の出番が、図らずもめぐってきたのですね」

涯の声が明るくなった。

「そのとおり。非命に斃《たお》れた太子は、弟の公子に道を拓《ひら》いたのだ。太子に世嗣《せいし》はないゆえに」

明君の素質をもつ公子職を擁して、国の再興を計ることは大いに可能であった。

「奈落の底に落ちた燕の民にその下はありませぬが、上はあります。いずれ、われらの民は立ち上がりましょう」

「うむ。太子党および宰相党の主立った面々は、斉軍によって一掃された。亡国が即ち興国になるのだ」

太子平が銀花に執心したがために、隗は公子職にめぐり会った。太子平が宰相・子之と争ったがために、太子平は生命《いのち》を落とし、公子職に道を拓いた。隗は、玄妙な縁《えにし》を感じる。

「徐風《じょふう》どのを公子の護衛に送り込んだのは、上策ということになります。斉が汚い策を弄しないともかぎりませぬゆえ」

「うむ。それにしてもわからぬのは、斉には孟子がいるのに、なぜわが国における斉兵の暴虐を許しておくのか」

隗は、車を何十乗も連らね、従者を何百人も引き連れた孟子一行の壮大な行列を記憶している。その後、隗の耳に入ってくる孟子の噂はときに悪罵に近いものもあったが、隗自身は孟子の剛毅な性に好意を抱いていた。

「いくら孟子が偉大でも、斉王が聞く耳をもたなければ、どうすることもできますまい」

「では、なぜ孟子は斉に留まるのか」

「居心地がよろしいのでしょう」

涯は、醒めている。

「ううむ。それだけではなかろうと思うが」

隗は、孟子と荘子を比べてみる。孟子にはいまだ会ったことがないためか、親しく接した荘子により惹《ひ》かれる。儒学に傾倒してきた隗であるが、荘子の考えも棄てがたいのである。

(荘子は達者にしておられようか。銀花よ、そなたを迎える日は、そう遠くはないように思える)

ふたたび西南の空を眺めると、隗はおのれの心中の霧がいくぶん霽《は》れたように感じた。

諸侯にとって、斉による燕占領は対岸の火事ではなかった。東の大国・斉が燕を併合して、より大きな国になれば、国境を接する魏《ぎ》や趙《ちょう》といった国々は当然のこと、西の大国・秦《しん》にとっても脅威である。

諸国は、戦国七雄を中心とする勢力の均衡の上に、それぞれの安寧を図ってきた。この均衡が破れることは、即座に自国の安全に負の影響を及ぼす。諸侯が共同で斉を攻めようと計ったのは、燕のためではなく自国のためであった。

諸侯の動きが斉に伝わった。その日、孟軻が参内すると、宣王はすぐにもこの問題を取りあげた。

「多くの諸侯が燕のことを愁《うれ》え、わが国を懲《こ》らしめようと謀議しているとのことだ。何とかやめさせられぬものか」

宣王は、苦り切った口調で話しかけた。

「わずか方七十里しかない小さな国で、天下を統一された人物を知っておりますが、方千里という大国の君主でありながら、他国を懼《おそ》れている方を聞いたことがございませぬ。方七十里の君主とは殷の湯《とう》王、方千里の君主とは大王のことでございます」

孟軻に図星を指されて、宣王は苦虫を嚙みつぶしたような顔になった。孟軻はかまわずつづける。

「湯王の征伐はその国の暴君を誅するにあり、苦しんでいる民を救うことにありました。それは、ちょうど干天の慈雨だったのでございます。人々は、湯王の到着を悦び迎えました。書経にも、わが君のお越しをひたすら待つ、君来たりなば、われらは蘇る、と残されております。ところで、このたびの燕の民も、大王の軍を殷の湯王のごとき軍とみなしたからこそ、歓迎したのでありますます。それが何としたことか、父兄を殺し、若者を擒《とりこ》にし、燕の祖先を祀る宗廟を壊し、国の宝物を運び出しました。これでは、いかようにしても諸侯の討斉をとめることはできませぬ。すぐにも擒にした者を帰郷させ、燕国の宝物を元に戻すべきであります。然るのち、燕の民の意見をよく徴し、よき人物を君主に樹《た》てることでございます。燕占領の大王の軍を引きあげることも当然でありましょう。さすれば、諸侯の攻撃は自然にやみます」

孟軻は力説した。じつは、孟軻はこれを述べるために参朝したのである。

捕虜を解き放し、燕の宝物を返し、新しい燕王を立てて、斉軍を撤退させることは、ほとんど討燕前の状態に戻すのと同じである。つまり、孟軻は斉の燕占領を完全な失敗とみなしたのである。

宣王にすれば、とうてい承服できかねる師の主張であったろう。戦をして勝ったにもかかわらず、元の状態に戻せでは戦った意味がない。

——諸侯の攻撃は自然にやみますだと。戦う前の状態に戻せば、諸侯の征斉がやむのは当たり前ではないか。

宣王が、

「ご高説、あいわかった」

と、辛うじて激昂を抑えて答えたのは見え見えであった。

孟軻はまったく気にしない。宣王に最後の機会を与えてみたが、失敗に終わった。そのかぎりでは斉軍の撤退は当然であり、容れられなければ去るまでと、例によって千万人といえども吾往かんの気概に満ちている。

二

生暖かい風が血の臭いを運んでいたものが、ようやくおさまった感のある薊《けい》城である。

このころ、隗は新たな悲劇に見舞われた。長く病床にあった父が祖国の行く末を案じ、隗に燕再興を託しつつ、逝ったのである。

国と父を一時《いちどき》に失った隗は、年来の親不孝を詫び、哭《こく》した。その哭声のなかには、祖国の窮状に何一つなしえないおのれの慚愧《ざんき》の気持ちが混じった。

折りも折り、数人の燕の民が傷心の隗を訪れた。

「斉将・匡章《きょうしょう》と交渉するにあたり、先生に燕を代表していただきたいのであります」

口々に述べる依頼の内容は、悲しみに沈む隗の深奥に届かなかった。

「いかなる理由から出てきた話でしょうか」

虚ろな心に鞭打ち、隗は事情を問《たず》ねる。

「匡章から命じられたのであります」

人々は説きはじめた。

斉兵による暴虐は少しは鎮まったが、戦勝国としての傲《おご》りから、燕人の上に君臨してやまない。燕人はやむなく女を隠し、財を隠し、食糧を隠した。出せ、出さぬの小競り合いから窃盗、強奪、傷害、殺人、陵辱まで、紛争は毎日のように起きた。燕人の斉兵に対する憎悪は、日をおって燃えさかった。

匡章は、力で押さえつける統治に不安を感じ出した。斉兵は敵地の真ん中に駐屯し、しかも燕人に比して問題にならぬくらい少数である。そこで、匡章の考えたのが、燕の民をして燕の民を統《す》べさせる策であった。これだけでも、匡章が迷妄な将ならぬことがわかる。

燕の民は、燕を代表する者を選ぶように命じられて、困惑した。斉軍勝利ののち、有力な地位にあった者はことごとく処刑されていた。

ああだ、こうだと話し合ううちに、

——あのとき、先生は目を覚ませと叫ばれていた。先生は、斉軍の正体を見極めておられたのだ。

——そうだ。ここは一番、郭隗先生にわれらの身柄を預けよう。

ということになった。

匡章は郭隗の名を聞いて、

——郭隗だと。知らぬな。何をしている男だ。

と、言った。

隗は、

(これは転機になるかもしれぬ。燕の民を燕再興に導けるし、当面の敵・匡章の動向を速やかに把握できる)

と、直観した。

けれども、隗は喪中にあった。父子をとるか君臣をとるか、孝をとるか忠をとるか。これは隗にとって迷うまでもないのである。

「五年、それが難しければ、せめて三年、わたしは喪に服したいのです」

隗は答えた。

一同は、声なく引き下がっていった。

ところが、その翌日、またもや何人かの燕の民が来訪した。斉将・匡章は、

――やむをえぬな。では、代わりを探せ。

と、命じたというのである。

隗は、おのれに代わる人物の推薦を頼まれた。

（はて。わが友を殆《あや》うい場に引き摺り込むことになるが。郭建《かくけん》は気性が烈しい。張房《ちょうぼう》の方が適任か）

しばしの黙考ののち、隗は張房を推薦した。しかし、世の中は、まだまだ隗を独りにしてはおかない。房《ぼう》が昂奮《こうふん》の面持ちでやって来た。

「隗よ、わたしでは無理だ。まだ建《けん》の方がよかろう」

開口一番、拒否する始末。隗がどのように説得しても、肯んじない。

（他人《ひと》を説得するのは難しいものだ。こういったことも小さな政《まつりごと》。政事とは、かほどに難儀なものか）

隗は、房の説得を諦めた。残るは建であったが、これまた似たような展開をたどった。この友は、房以上に頑強であった。

「やつらは女を犯し、財を奪い、家を焼いた。虎狼よりも凶悪ではないか。斉人と話をする気は毛頭ない」

と、問答無用の体《てい》である。

（友よ、それゆえにこそ、斉人との交渉が必要になるのではないか……。ああ、他人を説得するのは難しい）

隗はふたたび諦めた。結局、隗を燕の代表とし、房と建の二人が隗の指示のもとに動くことで決着した。

「隗よ、すまなかった。だがな、どうにもわれら二人では力不足だ。その代わり、水火をも辞さない。どこへでも行く」

房が謝った。

「うむ。わたしもこうなったら、斉人と差し違えてもいい」

建も、ようやくその気になった。

「すまない、両人。匡章は、われらに燕の民の憤懣、憤激を押さえ込ませる肚《はら》だ。おのれは陰で高笑いするのであろう。だが、おかげで、こちらは敵の手の内を探れる」

隗の想う先には、燕の再興がある。

「われらは板挟みになる嫌な立場だな。あまり楯突くと、やつらを憤らせるし、あまり弱腰だと、燕人に愛想をつかされる」

房は、早くも困難を感じとっている。

「そのあたりをうまくやってほしい。一日一日経つごとに、有利な展開となろう。やがて、斉兵をわが国土から追い出す日がやって来る」

隗が確信ありげに言った。

「その当てはあるのか」

と、建。

「ある。諸侯だ。喪が明けたら、趙王に直訴してみる」

「何を直訴するのだ」

房が眼を剝いた。

「うむ。諸侯は討斉を謀議している。だが、それはわれらを助けようというのではない。このまま斉が強大になれば、諸侯自身が困るからだ」

隗は、燕も行動を起こすべきこと、そのためには公子職《しょく》の擁立を諸侯に認めさせる必要があることなどを語った。

「そうか。われらの前途は捨てたものではないのだな。しかも、その日は案外早いのかもしれぬ」

建は、昂奮して腰を浮かせた。

「だが、なぜ趙王なのだ」

と、房。

「われらが直訴するとなると、秦、楚は遠すぎる。三晋（韓、魏、趙）しかなかろうと思う。ところで、韓はいまあの状態だ。とてものこと、他国のことにかかずらう余裕はない。魏の襄王は、即位とともに孟子に去られた。凡庸な君主とみるべきだろう。しかも、魏は秦に攻められ、焦《しょう》（河南省尉氏《いし》県西北）と曲沃《きょくよく》（山西省聞喜県東北）の二地を失ったばかりだ。さすれば、趙王しか残らぬ。かつて趙都・邯鄲に遊んだとき、趙王の噂を聞いた。なかなかの人物だ」

隗の諸国遊学の経験が、ようやく生きようとしていた。趙の武霊《ぶれい》王は幼くして位に即《つ》いた。隗が邯鄲に滞在した折り、誇ることなく、傲《おご》ることなく、おのれを磨いているとのもっぱらの評だったのである。

韓のいまの状態というのは、そのころの韓はかなり困難な局面にあった。

韓が脩魚《しゅうぎょ》で秦軍に敗れたのは、三年前のことである。このとき三晋の軍中、八万の将兵が首を斬られ、韓の鯫《そう》、申差《しんさ》の両将軍は濁沢《だくたく》で擒《とりこ》にされた。

この折り、韓の宰相・公仲《こうちゅう》が韓の宣恵《せんけい》王に進言した。

――このたびの戦で、同盟の諸国がいかに頼りにならないか、おわかりいただけたものと存じます。盟主は楚でありますにもかかわらず、楚は動きませぬでした。いまや、わが国は秦と結ぶべきであります。秦が楚を攻めようとしているのは久しいことゆえ、大王には、秦宰相・張儀《ちょうぎ》を介して秦と和睦し、名のある都邑一つを贈って賄《まいない》とし、秦とともに楚を伐った方がよろしかろうと存じます。都邑の一を失うも、秦による韓征伐をとめ、楚から償いをとるの二ができます。これぞ、一を二に易《か》える策と申せましょうか。

宣恵王は即座に諾し、公仲を秦へ遣わすことにした。公仲は出立の準備にとりかかった。

これを伝え聞いた楚の懐《かい》王は大いに懼《おそ》れ、説客の陳軫《ちんしん》を召してどうしたものかを諮《はか》った。

――わが国は、かなり危うい事態にございます。どうか、大王には誤りない判断をなされますように。まず、わが楚の四方の国境の内をお固めください。次に師（軍）を起こして、韓救援を高らかに宣言なさるのです。戦車を道々に溢れさせ、いかにもそのような雰囲気をおつくりいただかねばなりませぬ。同時に、使者を韓へ遣わしていただきます。その際、車馬の数を多くし、贈り物をふんだんに用意して、楚による韓救援は本物である、と韓王に信じさせることが肝心です。

陳軫は韓を誑《たぶら》かす策を勧めた。この策の利点は二つあった。

かりにこれで、韓王が考えを変えなかったとしても、韓は楚に対して恩誼を感じるゆえ、秦ほど必死になって楚を攻めない。これは秦と韓の離間を招くもので、楚にとって益がある。つまり、秦による征楚はそれほどの大事には至らないということが一つ。

この策を、韓が信じて秦との和睦を考え直すなら、秦の瞋《いか》りの矛先は韓に向かう。韓が楚と和を結べば、秦の恚《いか》りはますます倍加して韓を攻めるようになる。いずれにしても秦と韓の間に隙《げき》が生じて、楚は憂患をまぬがれるということが一つ。

陳軫はこの二つの理由により、韓王を欺いて、韓、秦の間を裂き、はては二国を戦わせることによって、楚の安全を謀る策を進言したのである。

楚王はすぐさま陳軫の策を容れ、為しうることのすべてをなした。

楚の使者は、韓に到着した。車馬の数、夥しい贈り物等々は、韓王を満足させるに十分であった。

――不穀《わたし》の国は小国ではありますが、大国（韓）に殉ずる所存であります。すでに不穀のあらゆる兵を進発させましたゆえ、貴国は後顧の憂いなく存分に秦と戦われますように。

韓の宣恵王は使者の口上を大いに嘉《よみ》し、公仲の秦への出立をとりやめさせた。

公仲は愕然として、

――何ということをおっしゃいますか。大王は、虚実を逆に考えておられますぞ。実力で、わが韓を攻めようとしているのは秦であります。虚言で、わが韓を救おうとしているのは楚であります。楚の虚言を頼りにして、秦の実力を軽んずるなら、大王は天下の笑い者となりましょう。楚は秦をひたすら怕《おそ》れ、秦の眼をわが韓に向けさせようとしているのです。おそらく縦横家・陳軫の謀略に違いありませぬ。しかも、わが方はすでに秦へ使者を遣わし、臣《わたくし》の訪秦を伝えてあります。これで臣が参りませぬと、秦を欺くことになります。その結果がいかなることになるか。大王はかならずや後悔されることになりましょう。

公仲は必死になって諫《いさ》めたが、宣恵王は聞かなかった。かくて、韓は秦と交わりを絶った。憤った秦は韓を攻めた。

周の赧《たん》王元年（前三一四）、韓は岸門《がんもん》（河南省許昌市北）において秦に大敗し、太子倉《そう》を人質に出して、ようやく秦の怒りをといた。楚の救援軍はついに現われなかった。三晋は前途多難。とりわけ韓が最悪の状態にあった。

隗《かい》による趙王への直訴云々に、

「趙王のことはよくわかったが、おぬしの喪中が明けるまで待てるものなのか否か。その点が心配だ」

房が新たな気がかりに触れた。

「そのときは、またそのときのこと。わたしは天の意志を感じる。わが国における二つの害は一掃されたのだ」

二害とは、太子平と宰相・子之である。

「そのとおり。意志のあるところ、道は拓《ひら》けるのだ」

建が言い、三人は互いに微笑みあった。

内庭で、躰を鍛える涯の声が轟いた。

三

喪中の身ながら、隗は毎日のように房と建の相談に乗った。祖国の非常事態は、隗に喪を許してはくれないのである。

斉将・匡章《きょうしょう》による過酷な軍政は、相変わらずであった。房と建は、民の要望を聞いては匡章に談じ込み、鼻で笑われながらも一定の成果を得た。

「貴殿はそうやって一笑にふすが、諸侯が征斉に成功したあかつきに、そうやって笑っていられるものかどうか。ここは善政を敷いて、匡将軍は立派な方でした、とわれわれに言わせた方がよくはないか」

建は強気で匡章を脅したりした。そのじつ、諸侯に斉を攻める余裕のなくなったことをだれよりも知っていた。

楚は秦の宰相・張儀《ちょうぎ》のために酷い目に遭わされ、韓、魏は秦に押されっぱなしである。燕が頼みとしたい趙もまた、秦に攻められて藺《りん》城（山西省離石県西）をぬかれ、その将・趙荘《ちょうそう》が擒《とりこ》になった。

隗は、楚に対する張儀の非道な手口を房から聞いた。房は、楚から流れてきた楚人から聞いたのである。

縦横家・張儀は、魏の人である。若いころ、蘇秦《そしん》と肩を並べて鬼谷《きこく》先生のもとで学んだ。蘇秦は、

——張儀にはかなわぬ。

と、つねづね語っていた。

張儀は学を終えると、諸国を遊説して歩いた。楚の宰相と酒を呑んでいたときに、たまたま宰相の宝である璧《へき》がなくなった。

——張儀は貧乏です。品行にもとかくの噂があります。盗んだのはやつに違いありませぬ。

宰相の家来たちからあらぬ疑いをかけられ、張儀は捕らえられて笞《むち》で数百回も打たれた。身に覚えがないから、張儀はいかに打たれようと罪を認めなかった。

釈放された張儀に、妻が、

——あなたがなまじ書を読んだり、遊説したりするから、こんな辱めを受けるのです。

と、言った。すると、張儀は、

——わしの舌はまだあるかね。

と、口を大きく開けてみせた。

——ええ、ありますわ。

——それなら大丈夫だ。

張儀は、笑って答えた。

縦横家・張儀は、舌三寸に生命《いのち》を懸けていた。楚に対する怨みを胸に刻んだのは、この一件からである。

張儀はそののち、生国・魏を撹乱《かくらん》し、秦と魏、秦と韓の連衡のために駆けずり回った。蘇秦の合従の策を打ち破り、秦と六国（燕、韓、魏、趙、斉、楚）のそれぞれとを個別に同盟させる連衡の策の完遂が、張儀の終生の大事業となった。

周の愼靚《しんせい》王四年（前三一七）、魏から秦の宰相に戻った張儀は、ひそかに楚に狙いを定めた。秦の恵文《けいぶん》王が征斉を決意したことから、張儀の宿望を果たすときがやって来た。秦が斉を討つには、楚が目の上の瘤となる。合従した斉、楚二国を対手《あいて》にするのは、秦でも骨が折れた。

――どうしたものか。

――楚を欺き、斉、楚二国の合従を潰すに如《し》くはございませぬ。臣《わたくし》におまかせください。

恵文王から相談を受けた張儀は、二つ返事で引き受けた。楚を斉から引き離せば、楚一国、斉一国の攻略は至難ではない。

周の赧《たん》王二年（前三一三）、張儀は楚の地を踏んだ。楚の懐王は、秦の宰相・張儀がやって来たというので、このうえなく丁重にもてなしたうえ、

――かような田舎によくぞ来られた。このたびは、いかなるご用向きか。

と、訊《たず》ねた。

――されば、大王（楚王）に、広大な土地を献ずるよき話を持って参りました。

張儀は、甘い言葉でもちかけた。楚王が斉との合従の盟約を断つなら、商《しょう》・於《お》（ともに陝西省、楚との国境に近い）の地六百里四方を献じるほか、秦の公女も進呈しようと申し出たのである。

懐王は悦び、臣下もみな慶賀した。ひとり縦横家・陳軫《ちんしん》だけが弔《くやみ》を述べたから、懐王は憤ってその理由《わけ》を質《ただ》した。

――商・於の地は得られず、秦は斉と同盟するからであります。強国同士が合体して、わが楚の禍《わざわい》にならぬことがありましょうや。

陳軫が答えた。

張儀の申し出は、楚に斉が、斉に楚がついているから出てきたである。いまかりに楚が斉との盟約を断てば、楚は孤立する。そんな楚に商《しょう》・於《お》の地を差し出すほど、秦は信義に篤い国ではない。秦は豺狼の国である。張儀は帰秦したら、かならず掌《てのひら》を返す。これが陳軫の考えであった。

——では、どうせよと。

——表向きは、斉と絶交したと見せかけるのです。張儀には人をつけましょう。わが国に商・於の地の入るのがたしかになった段階で、斉と交わりを断っても遅くはありませぬ。それまでは、ひそかに斉との同盟を保っておくことは、当を得た謀《はかりごと》と申せましょう。

——もうよい。貴殿は、寡人《わたし》が商・於の地を手にするのを見るであろう。

懐王は聞かなかった。韓、秦の連衡をたくみに防いだ陳軫の手際を知りながら、陳軫をさがらせたのは、張儀の申し出に有頂天になっていたからである。

懐王は、斉との交わりを断った。

張儀は、楚の目付役の一将を伴って秦に帰国すると、車から墜《お》ちて怪我したふりをし、九旬も参朝しなかった。

楚王はこれを聞いて、

——張儀は、寡人の斉との断交がいまだ不十分とみて、約束を履行しないのであろう。

とわざわざ勇士を斉へ遣わして、斉王を罵らせた。

斉王は憤って楚と国交を断絶し、秦との交りを回復させた。張儀の策はものの見事になった。

張儀はこの成果を見届けると、ようやく公の場に姿を現わした。楚の目付役に向かって、

――長らくお待たせしたようで恐縮です。わたしに六里の領邑があります。約定どおり、この地を差し上げます。

と、恭しく告げたものである。陳軫の予言は的中したのである。

――何を申される。わたしが受けた命は、商・於の地六百里でした。六里とは、われらを愚弄なさるか。

楚将は憤激して、帰国した。報告をうけた懐王も激怒した。

――おのれ、張儀。騙《だま》したな。

と、すぐさま出兵を命じた。

陳軫が、

――こうなっては、秦を攻めるより、逆に土地を削って秦に与え、秦と同盟して斉を攻めた方がよろしいでしょう。秦へ差し出すわが地を、斉から取り戻すのです。そうでもしないと、わが国の将来はきわめて殆《あや》ういものとなりましょう。

と諫めても、張儀憎しに凝り固まった懐王は聞く耳をもたなかった。

逸《はや》りの逸っての出兵は、しかしながら、楚に惨敗をもたらした。

秦、斉聯《れん》軍の前に、将軍・屈匄《くつかい》は戦死し、甲士八万がなすところなく斃《たお》れた。楚は丹陽《たんよう》（河南省浙川県西）と漢中（陝西省漢中市を中心とする一帯）の地を強奪された。

逆上した懐王は、国内の兵をことごとく擁して報復の戦をしかけた。秦の地・藍田《らんでん》（陝西省藍田県付近）まで押し出したが、またもや大敗した。

韓は楚軍敗北の報に接すると、前年の怨みを霽らすべく魏と示し合わせて、楚の北方の鄧《とう》（湖北省襄樊市《じょうはんし》）を侵した。楚は慌てて敗残の兵をまとめて引き返し、秦へ二城を割譲して和睦を請わねばならなかった。

隗《かい》は、

（陳軫という説客が的確な忠告をなしたにもかかわらず、なぜ楚王は坂道から転がり落ちるように国を破滅の淵に導いたか）

と大国・楚が張儀一人に操られ、痛恨の敗北を強いられた因を考えた。

そこには、楚の懐王が暗愚であったとするだけでは解けない謎があった。燕がかつてその害を被り、いままた楚も然り。隗は肌に粟を生ずるほど、縦横家の怖さを識った。

（それでも、わが国は縦横家を必要とするか）

かつて、隗は名将、名軍師を必要とするか否かで迷った。そのときですら、縦横家を必要とすることに迷いはなかった。いま、隗は、縦横家に疎ましさしか感じない。

（韓、魏も、楚も凋落の一途をたどるであろう。惧《おそ》るべし、縦横家。秦の跫音《あしおと》がさらに高まった）

隗は、秦国内の各地を歩いている。民をひたすら兵と農に駆り立てる秦の政《まつりごと》には、暗黒と恐怖しかなかった。それゆえに、秦は最強の国であった。

斉による燕占領から、二年が過ぎていった。この間、隗がいくら銀花の悲しげな俤《おもかげ》を追っても、再会は実現しそうにもなかった。

ある夜、隗は夢を見た。夢のなかで、銀花と愉しく語らっていた。

——そろそろ立ってはどうか、と荘子がおっしゃっています。

銀花は怨ずるでなく責めるでなく、そう言って微笑んだ。

夢から覚めて、隗はしばらく放心の態《てい》で横になっていた。たったいま銀花と別れたかのような実感がある。

「機が熟したとみるべきであろうか。三年の喪が二年になった。父は許してくれるであろう」

隗は房と建に、趙へ発つことを告げた。

「いよいよ斉兵を追い出すときが来たか」

房は、泪《なみだ》ぐんだ。毎日の匡章との折衝で、くたびれ果てているのである。

「隗よ、いかにして趙王に会う」

建が危ぶんだ。

燕国内では賢者の筆頭で通る隗だが、諸国にはまるで知られていない。

「うむ。趙の先代からの重臣に、肥義《ひぎ》という人物がいる。その性、高潔と聞く。肥義どのに取り次ぎを頼んでみるつもりだ」

「趙王は幼くして位に即いたというから、いまだ若いのであろうな」

房が訊く。

「即位ののち、すでに十三、四年は経っていようが、いまだ三十路《みそじ》のはるか手前か」

隗は答えた。

「若い王だな。それだけに、われらの願いに心を割いてくれるかもしれぬ」

と、建。

「わたしも、そこのところに期待したい」

隗は、口を真一文字に結んだ。

春にはまだ早く、寒風が吹きすさぶあいにくの日となった。隗は薊《けい》城をあとにした。傍らの涯は、つねと変わらぬ冷静と寡黙で馬を馭《ぎょ》している。

これで三度目の他国である。一度は遊学のため、二度目は銀花を探すため、そしてこのたびは趙王に会うため。隗の首尾如何《いかん》に燕の将来がかかっていた。

隗より始めよ

一

趙都《ちょう》・邯鄲《かんたん》まで、中山国《ちゅうざん》を通過する道をとった。

中山は、燕《えん》と趙に囲まれた夷狄《いてき》の国である。異民族の国はたいがい北辺にあるが、この中山国は中原に位置する特異な存在であった。

その風俗にも独特なものがあり、胡服騎射《こふくきしゃ》、つまり乗馬に適した胡服を着用し、馬上から弓を射るなどは、とうてい中原諸国の将兵には真似のできぬ芸当である。

中山の都・顧《こ》(河北省定県)は、燕の国境からおそろしく近かった。このたびは物見遊山の旅ではないから、一目散に中山を通り過ぎ、先を急いだ。

(このところ、四季の移り変わりに目をとめることも、めっきり少なくなった。すべてにおいて余裕がない。このたびは、首尾よく運ぶであろうか。うまく運べば、銀花《ぎんか》の帰国がかなうやもしれぬ)

隗《かい》は、ともすれば落ち着かぬ気持ちをもてあました。

趙都・邯鄲に到着するや、すぐさま肥義《ひぎ》を訪れた。大仰に言うなら、隗の一挙手一投足に燕の将来がかかっている。逡巡している暇《いとま》はなかった。

肥義の家屋敷は侘《わ》びしい佇《たたず》まいであった。

（噂どおり廉潔の人らしい。この人なら、亡国の名もなき士の話を聞いてくれるかもしれぬ……）

隗は、ほのかな期待をもった。むろん、趙国の重臣が簡単に会ってくれるはずもなく、うまくいくなどと思わぬ方が賢明なのである。隗は揺れる気持ちのまま、取り次ぎを依頼した。

ところが、意外にも、あっさりと内に通された。簡素な一室で待っていると、肥義はすぐにも現われた。およそいかなる勿体もつけぬ人柄らしかった。

肥義は美髯《びぜん》の持ち主であった。親しみのこもる肥義の応接に、隗は初対面のような気がしなかった。

隗が語り出すと、肥義は長い髯をしごきながら黙って耳を傾けた。おざなりな態度ではなかった。しかも、肥義は、笑みすら泛《う》かべて隗の申し出を快諾した。隗は、肥義の大量にうたれた。

「道中、貴殿への面会がかなわぬときはどうしたものか、いろいろ案じたのでした」

「はっは。歳をとりますと、多少は人を見る目ができるようです。貴殿の祖国を想うお気持ちには、当方も感じ入りました。わが趙は秦にたびたび侵され、斉とは何かと争いがたえませぬ。その点、燕は地の利を生かし、これまで巧みに争いごとを避けてこられたのです。燕王の乱心で斉の侵攻を許したのは、はなはだ残念なことでした。貴殿の焦慮は、わがことのように解ります」

肥義は雄弁というのではない。どちらかといえば、訥々と語るのだが、その温かい情が隗の心に静かに染みこんできた。隗は、肥義の真心をおしいただいた。

三日後、肥義の尽力で趙王に会うことができた。その日、隗が緊張の面持ちで参内すると、すぐにも武霊王に呼ばれた。

想像したとおり、趙王はいまだ二十路《ふたそじ》を過ぎること四、五年であった。色白の顔に黝々《くろぐろ》とした髯《ひげ》。躰つきは逞しく、全身から迸《ほとばし》る精気は他者を畏怖せしめるに十分である。

「燕の公子が韓都に潜《ひそ》んでいることは知っていた」

武霊王はいきなり話の核心に触れた。単刀直入が、趙王の信条らしかった。

「さようでございましたか。このたびの嘆願の儀は、われらの公子のために大王の……」

「もうよい。その話は聞いた。寡人《わたし》は、そこもとの依頼の件は至当と思う。できうるかぎりの援助を惜しまぬつもりだ」

「ありがたき幸せに存じます」

隗は、再拝稽首して謝した。

「寡人は、そこもとの用意周到にうたれた」

「と、おっしゃいますと」

「過日、斉の刺客が燕公子を襲った」

「な、何ですと」

隗の声が大きくなる。

「待て、待て。続きがある。某という勇士が返り討ちにしたのだ。勇士の名は何といったか」

武霊王が肥義を顧みる。

「徐風《じょふう》とか申したようです」

肥義が答えた。

「そうであった。その徐風が、心の臓一突きで刺客を仕留めた。寡人は、そういう武勇譚が好きでな。はっはっは」

武霊王は、豪快に呵《わら》った。

「そのようなことが……」

これまでも、徐風からごくたまに音信があった。隗が知らぬからには、この事件は最近のことに違いなかった。

(あの徐風どのが、わが国を救った)

隗はかつて感じたように、いまも自分を取り巻く人々との間に強い縁《えにし》を感じる。

「寡人は、燕公子の傍らに徐風をおいたそこもとの深慮を嘉《よみ》するのだ。徐風なかりせば、いまごろ燕公子の生命《いのち》はない」

「よほど危うかったのでありましょうか」

「うむ。徐風は、あわやという場面に飛び込んだというぞ」

「さようでございましたか。されど、なぜ斉の刺客と特定しえたのでありましょうか」

「もっともな問いだ。むろん、燕公子も徐風も、斉の刺客と知る由もない。寡人が知っているのは、わが国の秀《すぐ》れた間諜のゆえだ。はっはっは」

その態度物腰に、武霊王の強い意志の力が伝わってくる。

(この若き王は、わが公子の仮寓にまで間諜を配していたのであろうか。ああ、わが燕は何から何まで遅れている)

隗は心中、呻くばかりである。

「ゆえに、寡人は、そこもとがいずれこの地にやって来ると読んでいた。いま、燕が頼れるのは、わが国しかあるまいからな」

隗はこれを聞いて、

（肥義どのが簡単に会ってくれたのも、わたしの来趙を予想していたからなのか。ああ、政《まつりごと》は恐ろしい。だが、この王にも肥義どのにも、実《じつ》がある）

と、いまのところ、武霊王には敵しえないことを寤《さと》った。

「仰せのとおりにございます」

隗は答えた。

「では、この件は寡人にまかせよ。そこもとは、この地にしばらく留まるがよい。燕公子をわが都に招いたあと、燕へ乗り込んでもらおう。斉への脅しも、寡人がやる。悪いようにはせぬから案ずるには及ばぬ。燕とは末永くつきあいたいものだ」

話し終わると、武霊王はすぐさま次の謁見者を呼んだ。

隗は退出すると、肥義と話し合い、燕公子職《しょく》を韓都から趙都・邯鄲に迎えることにした。その役割を担うに涯《がい》ほどの適任者はいない。涯が徐風よりさらに豪の者と知って、肥義はどんぐり眼をさらに大きくした。

涯はおのれに課された重大な使命にも、昂《たかぶ》りをみせない。

「では、行ってまいります」

と一言したのち、風のように南へ馬車を趨《はし》らせていった。

隗は燕都にも使いを走らせ、房、建の両人にこのことを伝えさせた。

徐風の家は代々が武人である。

父親は、かつて斉が燕の喪につけいって十城を攻め取ったとき、一城に拠《よ》って烈しく抵抗したことで名を挙げた。

徐風は親の七光りで太子平《へい》の側近になったが、元来が曲がったことの嫌いな性ゆえ、太子平の素行に苦しまされた。命令された以上は好悪にかかわらず実行するのが武人の務めであるが、あまりに陋劣《ろうれつ》な命《めい》が続いて、ほとほと嫌気がさした。

（こんなつまらぬ主人に仕えて、一生を終わるのか）

人知れず嘆いていたところで、郭隗に会った。

徐風にとり、隗は不思議な人物であった。およそ、これまで出会った人間とは異なっていた。完成された人格、つまり聖人というのではない。何でもかんでも知っている博識、つまり大学者というのでもない。他人をひれ伏させる威厳、つまり覇者というのでもない。にもかかわらず、隗には他人《ひと》の琴線に響く何かがあった。

（何なのだろう。あのひたむきさ。求道者……。そうかもしれない。隗どのは求道者なのだ）

郭隗との出会いが徐風の転機となった。

太子平を見限ったことに、一抹の後ろめたさはある。されど、ここ韓都に着き、公子職の護衛を務めるようになってからは、考えを変えた。同腹の兄弟ではあるが、弟は兄とは違って、純な心の持ち主であった。学問を好み、学んだ知識を実際の暮らしに生かそうとする真摯《しんし》さを併せもっていた。

（隗どのは、燕の将来をこの公子に託された。先見の明というべきであろう）

徐風は、生命《いのち》にかえて公子を守ろうと決意した。

燕から韓に入ってきたさまざまな噂は、太子党と宰相党の次元の低い争いであった。それが内乱になり、長期の内戦になり、斉の侵攻を許し、燕は滅亡の事態に立ち至った。

（かりに、わしが太子のもとに留まっていたら……）

自分の立場からして、太子軍の先頭にたって落命していたに相違ない。生命は惜しまぬが、犬死にしなくてすんだという思いはある。

韓都からはごくたまに使いを出して、隗に状況を報じた。隗からもごくたまに遣いがやって来た。斉軍によって燕全土が占領されたのちは、

——わが国の中心は公子となりましょう。公子暗殺の機会が増えるものと危疑《きぎ》されます。くれぐれも護衛にぬかりなきよう。

と、危険を知らせる伝言が多くなった。

徐風は、防備に神経をとがらせた。公子の仮寓は四囲の塀あくまで高く、安全な部類ではあるが、乗り越えようと思えばいくらでも手立てはある。

徐風は毎晩、不寝番を立てるようにした。ところが、それでも安心できない。不寝番本人が眠り込まぬともかぎらない。

徐風は夜になると、内庭のところどころに紐を張り、小さな銅鉄器を幾つも吊り下げるようにした。賊が忍び入って紐に引っかかれば、銅鉄器同士が当たって音が出る。徐風なりの工夫であ

った。

「斉はわが国土を奪った。もはや、わたしがいようといまいと、痛痒を感じぬはずだ」

公子職は、身辺を警戒する気はまったくない。

「しかしながら、郭隗どのには深い考えがおありなのでしょう」

徐風は、こればかりは新しい主人に随《したが》わなかった。

刺客がかならず来るとは決まっていない。来るかもしれない刺客を待つのは、骨が折れる。徐々に緊張は弛んだ。不寝番はいつしか眠り込むのが任務となり、気づいた徐風が叱りとばしても、三日と続かない。

公子職も、これ見よがしに妓女と騒いでみせた。

徐風自身も、韓都の鄙《ひな》びた一角に隠遁する亡国の公子に刺客が送り込まれるとは想像しにくい市井の日常にひたっている。

——徐風どの、そういうときが一番殆《あや》ういのではありませぬか。

徐風がすっかり気の弛んだとき、隗の心配する声が聞こえたような気がした。

(何としたことだ。わしは、生命《いのち》に代えて公子を守るとおのれに誓ったではないか)

徐風が、ふたたび緊張感を取りもどした某日であった。

朝から厚い黝《くろ》雲が垂れ込め、陰鬱な空気があたりに満ちていた。深更、月の光はまったく遮ぎられ、漆黒の闇に犬の遠吠えだけが妙にうるさかった。

風はなく、冷たい空気が生きとし生けるものを凍らせるかのように一帯を掃いた。

(わしが刺客なら、こんな日に立つ)

そう考えつつも、日頃の疲れがある。ふと、徐風は睡《ねむ》りに落ちた。

どれくらい眠ったかからわからない。起きよう起きようとする意識はたえずあったが、躰が眠りを求めてやまなかった。

銅鉄の打ち合う甲高い音が、一度だけ聞こえた。

(何だ。あの音は。前にも聞いたことがある……)

眠ったまま考え、また深い眠りにおちた。

熟睡暫時。

意識と肉体の相克に肉体が勝利した瞬間、ふと意識が戻った。

「しまった」

徐風は跳ね起きた。

すばやく身支度を整え、匕首《ひしゅ》を握ると、暗がりの中を太子の室へ奔《はし》った。

すでに何度も暗闇で試した路である。一歩、二歩、三歩……。きっかり歩数どおりで、太子の室に至った。

賊の侵入は確かである。室の扉が開け放されている。

徐風は足音を殺し、室内に入った。

耳を澄ますと、かすかに息づかいがする。

(公子のか。すると、間に合った……)

動きをとめて、窺う。息づかいのほかは、物音ひとつしない。

徐風は、そろりと太子の寝台に近づいた。全神経を集中する。

真っ暗闇のなか、何かが動く気配がかすかにした。

徐風は一歩、また一歩と接近する。

ふと、衣擦《きぬず》れの音がした。

心眼が、寝台の傍らに立つ黝《くろ》い影をとらえた――。

徐風は、匕首を右手に宙を飛んだ。

闇中の影に、一突きくれる。

「うっ」

手応えはあった。対手はもがく。

徐風はさらに力をこめ、貫かんばかりに押し込んだ。

賊は唸り声をあげると、崩れ落ちた。

「な、何とした」

目覚めた公子職が、上擦った叫び声をあげた。

「お静かに。賊は片づけました。しばらくお待ちを」

徐風は二度三度大きな吐息をつくと、明かりを点けた。

見知らぬ男が横たわり、断末魔の苦痛に呻いていた。

「し、刺客か」

公子職が驚愕の声で訊く。

「そのようです。ご覧なされ。やつは右の手に匕首を握っております」

まさに危機一髪だったのである。

邸内を検めると、不寝番は寝首を掻かれて絶命していた。

刺客は塀を乗り越えて侵入し、徐風の張り巡らした紐の一本を引っかけた。結局、これが命取りになった。

「備えあれば患えなしというが、真であった。そなたには礼の言いようもない。わたしの不明を詫びねばならぬ」

公子職はみずからの用心の足らなさを恥じ、徐風に謝した。

「滅相もございませぬ。これもみな、郭隗どのの深謀遠慮のたまものと申せましょう」

徐風は謙遜したが、過半はそのとおりだと思っている。公子護衛は隗から与えられた任務であり、再三、隗から注意するようにとの指示を受けていたからである。

(この調子では、第二、第三の刺客が登場せぬともかぎらぬ)

徐風はさらに警戒を強めたが、いくばくもしないうちにその必要はなくなった。

その日、何となくざわついた周囲の気配に外を眺め、懐かしい仲間の姿を目にとめた。ひときわ魁偉《かいい》な大男・郭涯《かくがい》であった。

二

公子職《しょく》は、颯爽《さっそう》と武霊《ぶれい》王の前に登場した。

若き獅子たちは楽しそうに語り合ったが、武霊王に一日の長があったのは、経験の差の然《し》らしめるところであろう。公子職が晴れがましい場に出たのは、数年ぶりのことである。

この対話ののち、武霊王は速やかに諸侯に燕公子擁立を告げた。とりわけ、斉に対しては、燕からの撤退を強硬に申し入れた。武霊王は、隗との約束を果たしたのである。

諸侯からは折り返し、異存ない旨の回答が陸続として届いた。あとは斉の出方次第であるが、斉としても、一国で諸侯を相手にできる力はない。

武霊王は重臣・楽池《がくち》に全権を委ね、燕公子職の燕入国にあたっての輔佐を命じた。

(趙王のなすことは、つねに素早く無駄がない)

隗は感心しながら、観察している。自身も早々に帰国して、公子職の燕入りまでに斉軍を撤退させ、城内を清めて公子を迎えたいとする意欲を強めた。

そんなわけで、隗は、肝心の公子職とはあまり話ができなかったが、互いの目を見つめ合うだけで、これまでの苦労は十分に察せられた。

「貴殿には大変なご苦労をかけた」

「勿体ないお言葉を賜りました」

「わたしは変わったか」

「いいえ。前にお会いしたときのままでございます」

そう答えたものの、公子職は明らかに窶《やつ》れていた。

(長い不自由な暮らしでは、無理もない。いまだお若いゆえ、近いうちにはご回復されよう)

いたわしいとは思うが、燕の民の苦境を知るには、公子のこれまでの痛苦は無益ではないのである。

(下々のことを知らずして、いかに仁君の道を歩めようか)

と。

「帰国後、相談にのってくれるであろうか」

公子職は、その特徴の寂しげな眼で隗を視《み》たが、その眸《め》のなかには小さく燃える希望の灯《ひ》がみとめられた。

「またまた勿体ないお言葉をいただきました。悦んでお手伝いいたす所存であります」

すでに、新たな国づくりを進めるべく、それぞれが重要な役割を担って動き出している。隗は、公子職とはこの程度の話しかできなかった。

隗と徐風の再会も慌ただしいものとなった。隗は余分な話をいっさいしなかったし、徐風もまた、おのれのことを大して話さなかった。手柄を誇るでもない。

刺客の件も、

「危機一髪ではありましたが、皆が無事であったのは天の助けと申せましょう」

と、簡単に終わらせた。

(ふつうなら誇るところだが)

隗は、徐風のゆかしい態度に感じ入った。

燕帰国にあたり、隗は参朝して武霊王にあいさつした。

「大王から頂戴いたしましたご厚恩、燕の民は終生忘れぬでありましょう」

感謝の念を述べると、思わず泪《なみだ》が頰を伝った。

「そこもとは感じたであろうが、君主として期すべきはまずもって民の安寧であり、国の安全だ。寡人は、これでしばらく東からの脅威はないと考える。つまり、燕からの侵略だ。寡人はそこもとの忠義に感銘して、応援を惜しまなかったが、いま言った含みがないではない。政事とはそんなものではないかな。寡人は東への備えをほどほどにし、西は豺狼の秦ゆえ、北方に狙いを定めようと考えている。それには、遠大なる計があるのだ。そこもとにも、燕復興の計が待ちかまえていよう。いずれの計が早期に成るか。寡人かそこもとか。互いに愉しみにしていようではないか。はっはっは」

武霊王は別れにあたっても、からりとしていた。

隗は、肥義にも丁重に礼を述べた。

「輔車相依《ほしゃあいよ》るといいます。隣国同士が助け合うのは、当たり前であります。しかしながら、わたしは、貴殿の廉潔な性を気高いと感じたのです」

肥義はそう言うと、答礼した。

（いずれ、この趙は大国となろう）

隗は確信した。

「さあ、涯よ。帰ろう。房、建の両人が待っている」

隗が声をかけると、

「宋には寄られませぬか」

と、涯が訊いた。

「方向が正反対ではないか。銀花にはもうしばらく辛抱してもらおう」

「それでは、銀花さまがあまりにお気の毒です。あれから何年経ちましょう」

涯が憮然として呟いた。

「五年ほどであろうか」

「それは荘子の屋敷でお会いしてからです。遊学のために出郷してからですと、九年になりますぞ」

「そうか。九年にもなるか」

さすがに黙り込む隗を尻目に、涯はどんどん馬車を奔らせた。往路とは異なり、復路は道々が輝いて見えた。


あらためて仰ぎ見る薊《けい》城は、斉の臨淄《りんし》城に負けぬほど大きかった。

隗は、このときほど故国の城を誇りに感じたことはない。内部に斉兵がいても、もはや何の恐れも要らないのである。

（二度と他国兵をこの城内に入れることがあってはならぬ）

入城するや否や、隗と涯は緊迫した空気を肌に感じた。

「何事でしょう。ただごとではありませぬ」

「うむ。どうしたというのか」

そこここで、燕の民と斉兵が睨み合っている。朗報を耳にした燕の民が斉兵を追い出そうとしているのは、一目瞭然であった。

「暴に訴えなくても、斉兵は帰還するしかないのだ。ともあれ帰宅を急ごう。房、建の二人から事情が聞けるであろう」

家に着いて呼びにやると、二人とも慌てふためいて駆けつけた。

「隗よ、いいところに帰ってくれた。助かった」

まだ寒い季節に、房は汗をかいていた。

「かなり危うい情勢とみたが」

隗が受ける。

「うむ。燕の民は解放間近と聞いてこらえきれず、蜂起に及ぼうとしている」

建も蒼い顔をしている。

「また血が流れたのか」

「否。そこまではいっていない。衆は、仇を討ちたい一心なのだ。好きなことをされたまま帰してたまるかとな。気持ちがわかるだけに、なかなか止められぬ」

房は、衆を抑えられないおのれを恥じている。

「匡章《きょうしょう》は何と言っている」

「やつも逆上ぎみだ。この地に留まるのが、自分の任務。燕人が逆らうかぎり、血祭りにあげるのみと吼《ほ》えている。帰還命令は届いていないようだ」

と、建。

「では、わたしが匡章に会おう」

隗は立ち上がった。

「何ぞいい手立てがあるのか」

房がつられて立ち上がる。

「いいや。わたしには縦横家のような舌はない。ただ、事を分けて話せば、相手もわかるのではないか」

「事を分ける……。どういうことだ」

建も立ち上がった。

「すでに、われらには、趙国ほか各国の支援がある。もうしばらくしたら、趙兵の護衛つきで、われらの公子が帰国する。その折りにまだ斉兵が燕に居座っていたなら、各国が征斉に踏み切るであろうし、燕の民の報復が始まるかもしれぬ。こんなふうに諭してみようかと思う」

「なるほど。斉将・匡章が愚かでなければ、退かねばならぬところだ」

房が頷いた。

「されど、やつに命令違反する度胸があるか」

建が訝る。

「ないかもしれぬが、生命《いのち》は惜しかろう」

「わかった。案内しよう」

房が先に立って、匡章のもとに出向いた。

隗、建とつづき、涯がゆるゆる後ろから蹤《つ》いていく。師に万一のことがあれば、前面に出る心積もりである。

斉将・匡章は血走った眼で、四人を迎えた。

いまや燕人を力で押さえ込めず、さりとて少しでも退く姿勢を見せれば、燕人から何をされるかわからぬ恐れがある。眠れる夜をすごしているとみえ、おそろしく不機嫌であった。

「郭隗と申します。お願いの儀があって参上いたしました」

「そのほうが燕国一の賢者という男か。はじめて会うな。そのほうは喪中と聞くが」

匡章は、隗の肚《はら》の内を探るように隗を睨《ね》めまわす。

「この時節では、喪に服すことも難しゅう存じます」

「ふうむ。で、願いとは何だ」

匡章の視線は落ち着きなく、隗から房へ、房から建へ、建から涯へと彷徨《さまよ》う。

隗は諸情勢を述べると、

「いまならば、われらにて燕の民を抑えることは可能であります。されど、わが公子帰国のあかつきには、民の一斉蜂起を押さえ込むことは至難であります」

と、告げた。

「そのほうは、何を言いたい。われらが、武器をもたぬ敵に後ろを見せるとでも思うか。それに、わしは撤退の命《めい》を受けてはおらぬ」

匡章の態度が、わずかに変化をみせた。

「存じております。されど、敵味方にかかわらず、いたずらに血を流さぬのが将としての務めではありませぬか」

隗は、さらに押す。

「どうせよというのだ」

追われる者には、いかなる場合にも怯《ひる》みがある。どのように居丈高《いたけだか》になっても、隠せない。この場面の匡章がそうであった。

「ご麾下《きか》の勢を一所に集結していただきます」

隗の凛然《りんぜん》たる気魄《きはく》が、匡章を呑み込みはじめた。

「それで」

「遅くとも、わが公子帰国までに撤退を開始していただきます」

「何度言ったら、わかるのだ。わしは撤退の命《めい》を……」

「命は、それまでに届きましょう」

「ちっ。どうしてそんなことがわかる。何ぞ、そのほうはわが斉から手がかりを得ているとでも言うか」

「いいえ。しかしながら、わかるのです。斉国にも先の読める優れた臣がおみえになりましょう」

「秀《すぐ》れた臣なら、先をどう読むというのだ」

匡章の声は小さくなった。いつの間にか、隗に組み伏せられている。

「燕占領の味方の将兵を見殺しにはしないということです」

片や、いまだ燕を占領している斉軍の最高司令官。片や、一介の市井の賢人。勝負にならぬ対決は、しかしながら、断然、隗の方に傾いていた。

「ううむ。そのほうは虚言《うそ》をつくようには見えぬな……。わかった。われらはこの国で狼藉《ろうぜき》のかぎりをつくした。恥の上塗りは避けねばな」

匡章の辯明《べんめい》は、小声になった。

斉軍は武装して、薊城南門前に集結した。二年前に、太子平が子之によって破られた地点である。古来、撤退ほど難しいものはない。斉軍兵は悲壮な顔つきで、遠巻きにする燕の衆に対峙した。

房、建両人の奔走で、燕人は武器を手にしなかった。ただ斉軍を見守るだけであるが、民の数がしだいに増えて大群衆となった。

斉兵は戦陣を敷き、戈《か》を構えた。

それを見て、燕人は哄笑した。久しぶりの腹の底からの笑いであった。

——斉兵は、武器を持たぬ燕の衆を懼《おそ》れた。

ちょうどそのとき、まるで機を窺っていたかのように、斉王からの使いが到着した。撤退の命であった。

斉軍は撤退を開始した。

「郭隗どの、貴殿はまさしくこの国一の賢者であった」

匡章はそう言うと、殿軍《しんがり》を指揮して、去っていった。

燕の民は城内を綺麗に掃き清めた。四日後、公子職が帰国を果たした。

周の赧《たん》王三年（前三一二）、歓呼の声で迎えられた公子職は燕王の位に即《つ》いた。燕の生んだ名君・昭《しょう》王がこの人である。

三

新しい国づくりが、大きな渦となって燕の人々を巻き込んでいった。

隗はいつしか、その中心にいた。仕事は次から次へと湧き上がった。食をとる暇もない。

（とうてい人が足らぬ。いまこそ、それぞれの分野を託する賢臣が要る）

隗は人材の不足をつくづく感じた。隗や房《ぼう》、建《けん》らだけで一国を動かすのは、わずか数人で長城を造るようなものであった。

昭王は、民の期待にそむかなかった。持てる力のあるだけを燕の復興に注いで倦《う》むところを知らなかった。

――無理をなさるとお躰にさわる。

人々は、自分たちのことを棚上げして心配した。

希望は、人々の顔貌《かお》から憂いをぬぐい取った。薊城内は日々に明るさを増した。燕の民は失ったものを諦め、祖国の復興へと気持ちを切りかえた。

そんな折り、昭王から呼び出しがかかった。隗が急いで参上すると、昭王は近くに寄れと手招きした。

「きょうは、孤《わたし》の積年の思いを語りたい」

昭王は、常にない厳しい面持ちで口を開いた。

――本日から臣下に対するあらゆる遠慮を捨てる。

そんな強い意志が全身に現われていた。

「いかなるお話でございましょうか。承りとう存じます」

隗は、

(臣下に遠慮して、いかに王道を進みえようか。それでこそ、明君)

と、昭王の変貌を歓迎した。

「うむ。孤は、この国に昔日の栄光を取りもどしたいと考えている。同時に、斉に報復したいともな。斉はわが内乱に乗じて、わが国を急襲した。わが民が嘗《な》めた限りなき苦汁はとうてい忘れられるものではない。民は殺され、傷つけられ、財産を奪われ、女たちは陵辱された。わが燕は小国にして、斉に比べ兵力は格段に劣る。報復なぞ、およびもつかぬことかもしれぬ。されど、先王（燕王噲《かい》）の恥辱を雪《すす》ぎたいとする孤の念は、深まるばかりだ。幾多の賢士を招いて、政《まつりごと》をともにし、道を切り拓《ひら》く……。そののち、国をあげて斉に復仇することはかなわぬものであろうか」

昭王は、思いの丈《たけ》を語った。

（あのひ弱に見えた公子に、このような怨念の炎が燃え盛っていようとは。この卓越せる王に戦はふさわしくない。されど、報復せねば、燕王としての立場はないのかもしれぬ）

一方で、斉に復仇したなら、また斉に仕返しされるだけだとの醒めた思いがある。他方で、主君の願いに応えるのが臣下の務めだとの熱い思いがある。隗は、相反する二つの思いに惑った。

（要は、わたしが王に何を望むかにつきるのであろう。孟子の説く王道政事を望むのか……。否、これを実現することは無理だ。では、荘子の説く無為自然の道か……。この道をとることは可能だが、そのかわり燕の民は救われぬ。荘子は、民を救うなぞと思いあがるな、と言われたが……）

隗は、元来が儒家である。それが道家と法家の考えを聞いて、儒家一辺倒では立ちゆかぬことを知った。

儒家は、名君や仁君を前提として政を語り、政に臨む。さいわい昭王は明君への道を着実に歩んでいるが、昭王の世子が明君とは限らない。そうなれば次の代で、昭王の苦労して築きあげたもろもろはすべて毀《こわ》れる。儒家の考えは、経世済民策としては不完全というほかはないのである。

（燕の政を孟子の説く王道にかぎりなく近づけ、その達しない部分を法家の考えで埋めたい……。さりながら、安易な折衷ではいずれの成果も得られぬ惧《おそ》れがある。いずれをとるべきか。いましばらくは、王のご意向を尊重すべきであろう。報復の虚しいことを知っていただくのは、もう少しあとでもよい）

隗は、王道を説く孟子が斉王の傍らにいながら、斉軍による燕蹂躙を許した事実に儒家の破綻を見た。

――君主として期すべきはまずもって民の安寧であり、国の安全だ。

隗は、そう明言した趙の武霊王を思い泛《う》かべる。復仇するしないはともあれ、まずは富国が急務なのである。

「臣《わたくし》の考えを申し上げましょう。帝たる者にはかならず良き師がつき、王たる者には良き友がつき、覇たる者には良き臣のついているのが一般でございます。ところが、国を滅ぼす者には奴《ど》僕《ぼく》しかいないものであります。大王（昭王）はただいま、幾多の賢士を招いて、とおっしゃいました。賢者を招くにあたっては、古来、法がございました。要らざる誇りを捨てて師に仕え、北面して（師を上席に座らせて）教えを受けるようにすれば、自分に百倍する者がやって参りましょう。こちらから小走りの礼（目上、年上の人に対する礼）をとり、相手よりあとで憩い、まず問い、そののち黙して教えを聞くようにすれば、自分に十倍する者が、また先方の小走りの礼に、こちらも小走りの礼を返すなら、自分と同等の者が、また脇息《きょうそく》にもたれかかったり、杖に寄りかかったり、流し目で見たり指さして使うようにするなら、雑役の小者がやって参るのでございます。さらに、思うさま打ち据えたり、大声で叱りとばしたりするなら、奴僕の徒しかやって参りませぬ。これらに鑑《かんが》み、大王が広く国中の賢者をお選びになり、その門を一つひとつ訪ねられますなら、燕王賢者を求むの声は天下に聞こえ、心ある士があまねく燕にやって参ることでございましょう」

長広舌となった。昭王はじっと耳を傾けて、感慨深げである。

「なるほど。面白い。では、孤はだれを訪《おとな》えばよいのか」

「臣は、こんな話を聞いております。古の君主で、千金をはたいて、千里を走る名馬を求めた方がございました。三年経っても、入手できませぬ。すると、宮廷の取り次ぎ役の某《ぼう》が、わたしが買って参りましょう、と申し出たのです。君主は、某に千金を預けて旅立たせました。三月後、某は千里の馬を見つけたのですが、訪ねるとすでに死んでいたのです。某は死馬の首を半分の五百金で購い、帰国して君主に報告しました。君主は激怒して、死んだ馬を五百金で買うとは何たることか、と某を叱りつけました。某は平然と答えたものです。死馬を大金で購われる王さまのことゆえ、生きた名馬ならどれだけの値でも買ってくださるに違いない、と天下の人々が自慢の馬をわが国に持ち込むに決まっております、と。某の予言どおり、一年も経たぬうちに、千里の名馬が三頭も集まったのでございます。さて、いま、大王が心から士を招きたいとお考えでございますなら、まずこの臣、隗よりお取り立てになってください（これが〈まず隗より始めよ〉の語源である）。臣は無名であります。臣より秀れた天下の士たちは、郭隗とは何者だと問い、次には名もない郭隗ですら取り立てられたのだ、自分たちであればもっと重く取り立てられるであろう、と千里の道を厭わず陸続とわが燕にやって参りましょう」

隗は、またしても長広舌をふるった。

じつは、このときの隗の心境はなかなかに複雑であった。隗自身が人材の不足に困りぬいている。優秀な士が集まれば集まるほど、燕の隆盛に向かうとの信念が述べさせた策ではあったが、おのれは昭王によって十分に取り立てられている。それをなお取り立てよというからには、昭王はますますのことをしなければならない。これが隗には心苦しいのである。

しかも、この策は一見、自薦以外のなにものでもなかった。

――わたしを出世させれば、よきことが起こりましょう。

と、自惚《うぬぼ》れているようなものである。出世に凝り固まったわけでもない隗には、これまた心苦しいのである。

しかしながら、この策は、かならずしも安易な自己売り込みではなかった。そうでもしなければ、燕王が天下の賢士を求めていることが外に伝わらず、伝わらなければ賢士はやって来ない。五百金で死馬を買った某が、結果が出るまで辛かったように、隗自身も天下の賢者が燕にやって来るまで耐えねばならない。

かりに、天下の諸賢が集まらなかった場合には、隗は虚言を弄したと非難される。この意味で、〈まず隗より始めよ〉の賢士招来策は、かならずや将来そうなるであろうとの洞察力と揺るぎのない自信なくしては口にできない受難覚悟の策であった。

「孤は、そなたをいま以上に取り立てることに何ら異存はない。これから、そなたを師と呼ぼう。慧智《けいち》の士が続々とわが燕に参集するなら、いかなることに対しても躊躇するものではない」

傾聴していた昭王は、力強く答えた。隗の苦衷を知ってか知らずか、隗を信じきったさわやかな表情である。

「ありがたいお言葉を賜りました」

「されど……」

昭王は言葉をきると、隗を見て微笑んだ。

「されど何でございましょう……」

「うむ。師が無名なのは認めるにしても、師より秀《すぐ》れた士が世の中にいるのかとな」

「勿体ないお言葉でございます。天下は広うございますゆえ」

「さよう。広い。では、師に一切を任せよう。ところで、銀花は息災か」

唐突な問いであった。

虚を衝《つ》かれた隗は、しばし返答を忘れた。ややあって、われに還った隗が経緯《いきさつ》を説明すると、昭王はいつもの哀しげな眸《め》になった。

「それでは、孤が命懸けで銀花を守った意味がない。宋へ迎えを遣わしてはどうか」

物言いは穏やかであるが、命令であった。

「畏《かしこ》まりました」

隗は、恐懼《きょうく》して答えた。

（王の命《めい》がなかったら、銀花の迎えはいつになっていたであろう……）

国事に精力をとられ、銀花の迎えを一日刻みで遅らせていたことにあらためて気づかされた。

翌日、涯が宋へ向けて発った。満面を綻ばせた涯は、宋まで一気に突っ走りそうである。隗は城外を出ること十数里、涯を見送った。

「荘子にくれぐれもよろしく伝えてくれ。隗は、虧盈益謙《きえいえきけん》を片時も忘れてはおりませぬとな」

「承知しました。銀花さまには何と」

涯が、真面目くさって訊いた。

「ううむ。難しい問いだ……」

「先生に答えられない問いなぞ、ございますまい」

涯が冗談めかして、隗を苛める。

「とはいえ、難問である。そなたに任せよう」

「それでは、銀花さまが歎かれます」

「では、道中、食べ物やら飲み物やらに気をつけるようにと」

隗は苦し紛れに答えた。

「ああ、先生は経世済民の策に秀でられていても、女心を知りませぬ」

涯は、話にならぬと首を振った。

涯の馬車は一路、南へ去っていく。隗は見えなくなるまで見送った。


それからというもの、隗は、卿となった房《ぼう》や建《けん》らと、賢士を集める具体策を練った。〈まず隗より始めよ〉の賢士招来策を実行するには、薊城では諸国から遠すぎて噂が伝わりにくい。

「国境近くの小城を修築して下都《かと》（副都）とし、他国の侵略に備えるとともに、その地に他国人を驚愕させるような高台を構築してはどうか」

侃々諤々《かんかんがくがく》の話のさなか、建が気宇壮大なことを言い出した。

北易水と中易水に囲まれた地（河北省易県）に小城がある。これを大々的に修建して副都となし、その近辺に他国人の目を牽《ひ》く高台を造ったらどうかというのである。

「国境に下都を造るというのは秀逸な考えだ。諸国の侵略を下都で防ぎ、ついで上都、つまり燕都・薊《けい》で防ぐ二段構えとなりうる」

隗が評した。

「ついでに、下都を諸国の都の及ばぬ大きな都城にして、燕いまだ死なずを他国に誇示してはどうか」

建が、さらに大きなことを言った。

「斉に散々痛めつけられたわれらだ。そんな費用や労力がどこから出てくる」

房が反対した。

「いや、われらの国土は奥行きが深い。全土を蹂躙されたとはいえ、被害甚大は薊城ほか数城なのだ。わたしは、燕下都修築は可能だし、やるべきだと思う。われらがその費用を惜しまなかったなら、民の懐は膨らむ。民の暮らしに余裕が出れば、昔日の繁栄に近づける」

隗は、斉侵攻による被害の実態をすでに把握していた。

「なるほど。下都建築で燕人が一丸となれば、禍《わざわ》いを転じて福《さいわ》いとなすことも可能か」

房が賛成に転じた。

「南易水のほとり、燕長城の傍らに高台を建てる案も悪くはなかろう」

建は両手で高台の形をつくった。

「高台を建てて何とする」

と、房。

「その上に黄金を置くのだ。はるか彼方からでも、黄金色が望見できるではないか」

「黄金台か……」

隗は、黄金色に輝く高台を眺めるかのように目を細めた。

「そうとも。黄金台だ。燕王が郭隗のために黄金台を造ったとなると、わしにも建てよと諸国から賢士が集まることはまず間違いない」

建が、隗と房の二人を交互に見た。

「ふうむ。何とも壮大なる構想を物語るものかな。賢士のみならず雑魚《ざこ》も大勢、集まってこような」

房の雑魚の一言で、大笑いとなった。たしかに、自薦他薦、さまざまな人士の集まってくることが想像された。

「他国人に知らせるに、いい方途だ。早速、王に諮《はか》ろう」

隗がその場の話をまとめた。

「ところで、涯から一報入ったらしいな。いよいよ燕国一の美女のご帰還か」

建が、隗を揶揄《からか》った。

「……」

隗は取り合わない。

「これ、建よ。隗の気持ちを察してやらぬと。亡き太子の無理強いが惹き起こしたあの逃走劇から、じつに六年も経つのだ」

房がたしなめる。

「ろ、六年だと。六年も燕国一の美女を待たせたのか。この国第一の賢者のやることは、わしにはわからぬな」

「だから、賢者なのだ。おぬしにわかる程度では、賢者にはなれぬ」

房が一蹴した。一同また大笑いとなった。

隗は、黙然として来し方を思う。

(六年ではないのだ。その前に三年の遊学がある。九年も待たせたのだ……)

しばらく前に、涯から宋を出立する旨の報が入っていた。もう道中の半ばをこえているに違いなかった。

隗にとり、九年は無駄ではなかった。ただ、銀花の身を思うと、あまりに長すぎる光陰であったと言わねばならなかった。

(過ぎ去った時間を元に戻せるものなら)

だが、隗は考え直す。

(明日のことすらわからぬのが人の生だ。ふたりとも生命《いのち》ながらえ、再会できるだけでも恵まれている)

隗の身内に、銀花に会える喜びが静かに、しかし力強くこみあげてきた。

帰る者、去る者、来たる者

一

虫の声が聞こえるようになった。

銀花《ぎんか》は北の空を眺めている。いつものとおりだが、胸裏は相当に異なっていた。

――燕《えん》は、ついに斉《せい》軍を撤退させた。戦わずしての成果だから見事なものだ。このぶんでは、燕からの迎えはいつきても不思議はない。

荘子《そうし》に言われてからというもの、銀花の振る舞いが一変した。どのように隠しても、上の空の受け答えに現われてしまう。その都度、宋家の人々に冷やかされた。

荘子の言うことは、滅多に外れたことがないから、銀花は隗《かい》の迎えをひたすら待った。一日経てば、落胆し、翌日にはまた期待に頬を染め、また失望しの日々となった。

ところが、一旬経ち、二旬経っても、迎えの馬車はやって来なかった。

(どうしてこんなに遅いのでしょう。涯《がい》に頼めるはずです。まさか、わたしをお見捨てになったのでは……)

銀花とて、人の世の半分は女が占めていることを知る。疑い、否み、また疑い、また否みの毎日となって、食が細った。帰国が近づいて、かえって心の平衡を失ったのである。

荘子は、銀花の泣きはらした目を見るたびに、哀しそうに首を振った。何も言わないのは、言えないからであろう。

その日、早暁から降りはじめた雨は戟《はげ》しさを増した。

昼ごろに至って豪雨沛然《はいぜん》。夜のように昏《くら》くなった。稲妻が天空を裂き、雷鳴が大地をたたきつけて、人々を恐怖におとしいれた。

荘子ひとりが泰然《たいぜん》自若《じじゃく》として、草鞋を編んでいる。銀花も座って手を動かしはするが、まるで捗《はかど》らない。

突如、落雷があった。凄まじい轟音に、銀花はたまらずその場に突っ伏した。落雷はよほど近いようであった。

「雷に大水。戦に病。天は人を叱っているのかもしれぬ。こんな日に旅をする者はおらぬな」

荘子の慰めであった。銀花は小さく頷く。雷電がまた周囲を震わせた。

ちょうど、そのときである。篠突く雨をものともせず、荘家に馬車を乗り入れた豪の者がいる。

「ここに来るときは、なぜか雨に祟られる」

悠々たる振る舞いは、荘家の人々を啞然とさせた。抱えられるようにして邸内に入った客人は、ずぶ濡れになった躰を拭く。おそろしく大きな男であった。

「おや、あなたは、いつぞや郭隗先生と一緒に来られたお弟子さん」

「さようです。郭涯《かくがい》です」

この一言が巻き起こした嵐は、それからのちも荘家の語りぐさとなった。まるで、討ち入りでもあったかのように大歓声があがった。

「これはめでたい」

「早く銀花さんに」

「先生にも」

口々に叫ぶ大きな声が、荘子の居間兼作業場にも伝わってきた。

銀花は躰を起こし、全身を耳にした。荘子はなおも泰然としている。

「このひどい雨のなかを……。おそらく郭涯どのの到着だ。あの仁には誠がある」

これを聞いて、銀花はよろめきながら立ち上がり、また座った。躰は慄《ふる》え、ただ潤む眸が一心に入り口を瞶《みつ》めている。表の方に駆けていきたい気持ちをこらえているのである。

そこへ、門人が飛び込んできて、涯の到着を告げた。銀花の目から滂沱《ぼうだ》として泪《なみだ》が零《こぼ》れおちた。

時をおかず、涯が魁梧《かいご》な姿を現わした。

「主人の命《めい》により、銀花さまをお迎えに参上つかまつりました」

涯の堂々たるあいさつに、荘子は目を細めた。

「お役目とはいえ、貴殿は東奔西走、休む暇がありませぬな」

涯をねぎらう。

「主人は故国復興に全力を傾注しておりますれば、出国もかなわず。わたしを差し遣わした次第でございます。なお、主人から、虧盈益謙《きえいえきけん》をつねに念頭におくことを先生にお伝えするようにとのことでございました」

「しかと、拝聴いたしました」

涯の心のこもった礼に、荘子もまた答礼した。

銀花は、溢れる泪を拭おうともせず、このやり取りを眺めている。

（わたしは、この日の来ることをいつもいつも待っていたのです）

銀花は心のなかで何度も呟いた。


銀花にとり、涯は兄ともよぶべき存在であった。

隗には恥ずかしくて甘えられなくても、涯には甘えることができた。涯は隗の弟子である。涯に甘えるなどということはありえない話だが、幼かった銀花はただいちばん親しみやすい人に甘えたのである。

九年経っても、銀花の意識はそのままであった。兄に甘える銀花と当惑する涯とで、燕都までの道中はちぐはぐなやり取りに終始した。

銀花は絶え間なく喋《しゃべ》った。涯は、黙然として聞いている。銀花は涯の口を無理にこじあけ、隗の身の周りの細々したことまでを聞き出した。

銀花は義父となるべき人の死を聞いて泣き、太子軍と宰相軍の内戦、斉軍による悪逆非道の話には懼然《くぜん》とし、公子職の燕帰国と即位には歓声をあげた。

「わたしが燕にとどまっていたら、どうなっていたのでしょう」

「無事ではすみますまい」

「では、亡くなった太子さまにお礼を申さねばなりませぬ」

「あの太子が斉軍の侵略をもたらしたのです。礼を述べる必要がどこにありましょう」

「それもそうですね」

二人の話はあらゆる方面にわたった。道家と儒家の考えの相違といった話題にも及んだ。荘子の薫陶を得ること六年。その影響は、銀花本人の考える以上に深く心身に染みこんでいる。

「狐不楷《こふかい》を知っていますか」

その話は、銀花のこの問いからはじまった。

「古の聖人・堯《ぎょう》から帝位を譲られたことを恥じ、みずからを川に沈めた隠者と聞いています」

なぜ問うのかをたしかめることなく、涯はひたすら前方を凝視しつつ、答える。

「では、務光《むこう》を知っていますか」

「殷《いん》の湯《とう》王から位を譲られたことを恥じ、盧《ろ》水にみずからを投じた賢人と聞いています」

「伯夷《はくい》と叔斉《しゅくせい》を知っていますか」

「伯夷、叔斉両人は、殷の紂《ちゅう》王を討伐しようとする周の武《ぶ》王を諫《いさ》めて聞かれず、周の粟《ぞく》は食らわずと、首陽《しゅよう》山に隠棲して餓死した賢者と聞いています」

「では、箕子《きし》はどうですか」

「殷の紂王を諫めて聞かれず、紂王の暴をさけるために狂をよそおった賢人と聞いています」

「何でも知っているのですね」

「わたしごとき、先生に比すれば、なにほどのことがありましょう」

涯は、眉一つ動かさずに答える。

「楚の国の人にして、狂をよそおって宮仕えを避けた賢人と聞いています」

「胥余《しょよ》を知っていますか」

「務光が殷の湯王からの譲位を避けるべく入水《じゅすい》した話を聞き、譲位がわが身におよぶことを懼《おそ》れ、自裁した賢人と聞いています」

「では、紀他《きた》を知っていますか」

「殷の人にして、君主を諫めて聞かれず、石を負ってみずからを川に沈めた賢者と聞いています」

「では、申徒狄《しんとてき》はどうですか」

「何でも知っているのですね」

「わたしごとき、先生に比すれば、なにほどのことがありましょう」

最前と同じ言葉が行き交った。銀花は、思わず涯を見た。涯は、無表情に前方を眺めている。

「わたしが、なぜこれらのひとたちのことを問《たず》ねたか、わかりますか」

銀花の狙いは、その先にある。涯は黙って促した。

「荘子はおっしゃいました。外界の事象を思いどおりにしようとする者は、真の聖人ではない。ことさらに親愛の情をもとうとする者は、真の仁者ではない。悠久の流れに時間のくぎりを刻もうとする者は、真の賢者ではない。利害にとらわれて、利と害が一であることに気づかない者は、真の君子ではない。名声のためにおのれを失う者は、真の士人ではない。わが身を滅して真の生を失う者は、いたずらに他人《ひと》に使われるだけで、他人の主とはなれない者である。名高い清廉な人たち、たとえば狐不偕、務光、伯夷、叔斉、箕子、胥余、紀他、申徒狄などといった人たちは、他人の仕事をみずからの仕事とし、他人の楽しみをみずからの楽しみとして、他人に振り回されて生きた人というべきだ。みずからの楽しみを生きた人ではないのだ、と。あなたはどう思いますか」

銀花は荘子の教えを述べて、涯の応《こた》えを待った。

涯は口を緘《かん》して、前方を見ているばかりである。

「あなたの考えを聞かせてくださいな」

銀花は再度、問う。どういう答えが飛び出してくるか、格別の興味があった。

「考えと言われても、何もありませぬ」

涯の答えはにべもない。

「そんなはずはありませぬ。あなたは、狐不楷、務光、伯夷、叔斉、箕子、胥余、紀他、申徒狄という人たちと同じになろうとしているのではありませぬか」

あなたと言ったが、本当は隗を指している。銀花は、隗に聖人になってもらいたくはないのである。

(日々を一緒に、あの荘家で暮らしたように生きられればどんなにいいことか)

銀花には、それ以上の大それた望みはない。

「わたしは、そんな畏《おそ》れ多いことを考えたこともございませぬ」

涯は、ことさら抗っているふうでもない。

「あなたは、荘子の説かれる真人に惹《ひ》かれませぬか」

「真人とは何のことでしょう」

「生を悦《よろこ》ぶことを知らず、死を憎むことも知らない。生を享《う》けたからといって嬉しがるでもなく、死に赴くからといって忌むのでもない。悠然として去り、悠然として来たる……。その始まりを知らず、その終わりを知らず。与えられた生命《いのち》を引き受け、返すときも未練を残さない。荘子は、真人の境地をこのように説かれました。あなたは、このような境地をどう思いますか。惹かれませぬか」

「よくわかりませぬ」

「でも、あなたは隗さまと諸国を遊学したのです。さまざまなことを聞き、学んだはずです。あなたは何を得たのですか」

銀花はもう一歩、涯に迫った。

「とくには何も」

「そんなはずはありませぬ。では、一体、あなたは何のために諸国を歩いたのですか」

「師を守るためです」

「それだけですか」

「それだけです」

「ほかにないのですか」

「ないです」

銀花は愕《おどろ》き呆れて、またもや涯を見た。

(荘子のお弟子さんのなかに、ただ師を守るだけと言われた方はいたろうか……。この涯なる人物はどういう人なのか)

銀花は、自分に対していつも優しい涯のことを、本当は何一つ知らなかったのだとはじめて気づいた。

「では、師に生命《いのち》を差し出せと命じられたら、あなたは何とします」

「命じられる前に捧げます」

「まあ」

銀花は、しばし考え込んだ。銀花の知らぬ世界が、隗と涯の間にはある。それは悔しいけれど、銀花の入ることのかなわぬ世界であった。

銀花の問いがぶしつけすぎたことも、たまにあった。

「あなたはなぜ妻《めと》を娶らないのですか」

「仕事にさしつかえます」

「師を守る仕事ですか」

「さようです」

「好きな女の人はいないのですか」

「ありましたが、死にました」

「まあ。許してください。失礼なことを訊きました」

「かまいませぬ」

涯の表情に変化はなかった。

こんな話以外のときは、旅は愉快であり、順調であった。銀花の行く手には希望が満ちていた。

はるか彼方に蒼い水の流れが望見された。陽をあびて水面《みなも》が照り輝いている。その後ろにどっしりと控えるのは、故国の長城であった。香りまでが、新鮮に感じられる。

「ああ、易水《えきすい》が見えます。とうとう帰ってきたのですね」

「さようです」

銀花の感慨をよそに、涯は淡如《たんじょ》としている。銀花は、青くどこまでも続く帯、易水を見つめつづけた。

二

孟軻《もうか》（孟子《もうし》）は、うんざりしていた。

大夫・陳賈《ちんか》が目の前に座っている。取り澄ました慇懃無礼《いんぎんぶれい》な物腰。教えを請いにきたはずが、底意地の悪さがほの見えた。

「先生、周公《しゅう》（旦《たん》）とはいかなる人でありましょうや」

あいさつを交わすと、陳賈はいきなり質してきたものである。

「古《いにしえ》の聖人です」

「周公は、兄の管叔《かんしゅく》に殷の子孫を監督させたところ、管叔は殷・紂《ちゅう》王の子の武庚《ぶこう》と一緒になって周に叛いたといいます。このようなことは本当にあったのでしょうか」

「ありました」

「では、周公は管叔が謀叛《むほん》するかもしれないと知りつつも、殷を監督させたのでありましょうか」

「いや、そうではありませぬ」

「そうしますと、周公のような聖人でも、過ちがあるということになりますね」

陳賈は、わざと怪訝そうな顔をつくった。

（ああ、なんじ、佞臣《ねいしん》よ。いかほど悪をなせばやむのだ）

孟軻は、陳賈の訪問の意図を解した。それは正鵠《せいこく》を射ていた。じつは、陳賈が孟子を訪問するにあたって、斉王と次のような話を交わしていたのである。


燕占領を強行した宣王はこと志と異なり、燕からの撤退を余儀なくされた。孟子の忠告をことごとく斥けた結果がこれであるから、

――寡人《わたし》は、孟子に対して何とも弁解できぬ。いまさら何の面目があって、孟子に見《まみ》えよう。

と、愧《は》じた。

すると、嬖臣《へいしん》・陳賈が、

――ご心配なさいますな。わたしが、孟子に大王のお立場をとくと辯明《べんめい》してまいります。周公の故事を使いましょう。

と、媚《こ》びて言った。

――どうするのだ。

――孟子とて、反駁《はんばく》できぬ論にございます。まず大王にお訊《たず》ねしましょう。大王は、ご自身と周公とをお比べになって、いずれが仁者であり、智者であるとお考えでしょうか。

――これこれ。何を申す。周公は古の聖人なるぞ。

宣王がたしなめた。陳賈はたじろぐことなく、

――周公は、兄の管叔に殷の監督をさせました。ところが、管叔は殷の遺民を率いて謀叛したのです。周公が管叔の叛くのを予見しつつ、監督をまかせたのなら、不仁であります。もし予見していなかったのなら、不智であります。つまり、周公ですら、仁と智において完全ではなかったと申せます。さすれば、大王におかれましても、このたびの燕のことはやむをえなかったと申せるではございませぬか。わたしはこの論にて、孟子の批判を封ずるでありましょう。

と、大見得を切った。

さて、孟軻は居ずまいを正すと、

「周公は弟で、管叔は兄にあたります。弟が兄を信じたのです。過《あやま》ちかもしれませぬが、無理からぬことと申せましょう。それに、昔の君子は過ちがあれば、すぐに改めたものです。いまの君子は過ちがあっても、逆に押し通そうとします。昔の君子の過ちは、ちょうど日月の蝕《しょく》のようなものでした。少しも隠し立てしませぬから、人々は過ちのあったことを知ります。けれども、すぐに過ちを改めましたから、ちょうど日月の蝕が元に戻り、光がもどるように、人々は悦んで君子を仰ぎ見たのです。いまの君子は過ちを無理矢理、押し通すばかりか、あれこれ理屈をつけて枉《ま》がった辯明までしてします」

と、陳賈の謬見《びょうけん》に鉄槌をくだした。

（なんじ、奸臣よ。わが前から消えよ）

陳賈は一言も反論できず、立ち去った。

斉による討燕および燕占領策の失敗以降、孟軻の宣王に対する幻滅は日増しに膨らんだ。やがて、一つの事件が宣王との隙《げき》を決定的にした。

某日、孟軻は参内しようと衣服を調《ととの》えていた。ちょうどそのとき、斉王の使者がやってきて、

――師を訪れるつもりであったのが、風邪をひいて外出がままならぬ。師にご来朝いただけるなら、寡人も朝議に出るゆえ、お目にかかれる。何とかお越しいただけぬか。

との宣王の言葉を伝えた。

「あいにくと、わたしも病につき、参内いたしかねるのです」

孟軻は、即座に断った。

これまでも、召されて参朝することを徹底して拒んできた。孟軻は、宣王の師をもって任じている。王道を説くおのれは、弟子たる宣王に呼びつけられて参内するわけにはいかないのである。

翌日、孟軻は大夫・東郭《とうかく》氏の屋敷に出向き、その喪を弔おうとした。

「昨日のことがあります。きょう弔問に出られるのはよろしくありませぬ」

弟子の公孫丑《こうそんちゅう》が心配して言った。

「そうは思わぬ。昨日は病であった。それが幸いに直ったのだ。弔問にでかけて悪かろうはずがない」

孟軻は、顧慮をいっさい払わなかった。

ところが、そのあとで、宣王の使者が医師をつれて病気見舞いにやって来た。宣王は、孟軻の病を額面どおりに受け取ったのである。

「師は、昨日、病のため参内できませぬでした。本日、やや回復いたしましたので、参内せねばならぬと申して、たったいま出かけたところです。病み上がりゆえ、足元が覚束ないようすでありましたが……」

困惑した留守居の孟仲子《もうちゅうし》が、含みをもたせて取り繕った。いざとなれば、孟子は気分が悪くなって中途で引き返したと言えるようにである。

宣王の使いが帰ると、孟仲子はすぐさま数人を外に走らせ、道のところどころで師を待ち受けさせた。その一人が、東郭氏邸から帰ってくる孟軻に首尾よく会い、

「ご帰宅の前に、なにとぞ速やかに参内なさってください」

と、孟仲子の言葉を伝えた。

孟軻は判断に迷った。

(このまま帰宅すれば、弟子が虚言《うそ》をついたことになる。さりとて参内するわけにはいかぬ。参内の途中で気分が悪くなったとするしかなかろう)

やむなく孟軻は大夫・景丑《けいちゅう》の邸宅を訪ね、泊めてもらうことにした。

景丑は孟軻から事情を聞くと、渋い顔つきになった。

「少し言わせていただきましょう。家の内では父と子の間柄、家の外では君と臣の間柄、この二つが人間の守るべき最も大切な道です。父子の間では恩愛が主となり、君臣の間では敬恭が主となります。ところで、王はあなたを尊敬されておられますが、あなたは王に対してどうなのでしょうか。いささか心許ないように見受けられます」

景丑は孟軻の尊大を許し難いと感じたらしい。歯に衣着せない物言いとなった。

「何を言われる。この国では、王と仁義の道を話し合う者はおらぬではありませぬか。まさか仁義の道を善からぬこととしているのではありますまい。人々は心のなかで、この王は仁義をともに語るに足りぬと考えているのではありませぬか。それならば、これほど不敬なことはありませぬ。他方、わたしは堯舜《ぎようしゆん》の道以外、王の前で話したことはないのです。さすれば、わたしほど王を敬っている者は、ほかには一人もいないことになりませぬか」

孟軻の声がいささか甲高くなった。

景丑は、それでも怯みをみせなかった。

「あなたは、こむずかしいことをおっしゃる。礼経に言うではありませぬか。父に呼ばれたら、子はすぐさま返事をして立て。君に召されたら、馬車の支度も待たずに、すぐさま駆けつけよ、と。あなたは参内するべく用意されていた。そこへ、王のお召しがあった。ふつうなら、そのまますぐに参内するところです。それなのに、あなたはかえって参内を取りやめてしまわれた。なぜですか。わたしの知る礼経のあり方とはおそろしく違うことを申し上げたかったのです」

景丑の反論は理詰めであった。

理詰めでくる論者には、理詰めで返すのが孟軻の流儀である。

「天下には、このうえなく尊いものが三つあります。爵位、年齢、道徳の三です。宮廷では爵位が一番尊ばれ、世間では年齢が最も尊ばれ、君主をたすけ民を統《す》べるにおいては道徳が一番尊ばれます。いま三つのうちの一つで残る二つを、つまり爵位でもって、どうして年齢と道徳を兼ね備える者を侮ることができましょうか」

孟軻は、王という爵位で、年齢と道徳を兼ね備えたこの孟軻という人間を侮ってはならぬ、と反論を開始したのである。孟軻はさらに言い募った。

「昔から大いなる功業をあげようとする君主には、かならず召さざる所の臣がありました。諮《はか》ることがあれば、君主から出向いて諮る。それくらい徳を尊び、道を重んずるのでなければ、一緒に大事をなすに足りないからです。殷の湯《とう》王は、はじめ伊尹《いいん》を師として教えを受け、そののち宰相に引きあげて臣としました。湯王は伊尹のおかげで、労せずして王者となれたのです。この国の桓《かん》公と管仲《かんちゅう》の間柄もまた同じでした。桓公は、はじめ管仲を師としていろいろ教えを受け、しかるのちに宰相として政を任せたのです。桓公は労せずして覇者となりました」

景丑は俯いた。

――孟子は大変な議論好きである。孟子と議論しても、勝ち目はない。かならず負かされる。

との孟子評を思い出したのである。

「いま、天下の諸侯を見るに、その領地は似たようなものであり、その徳も似かよっています。傑出した者は一人としていないといって過言ではありませぬ。それはなぜなのでしょうか。諸侯が自分より劣る人物を臣とすることを好み、自分より優れた人物を臣とすることを好まないからです。湯王は伊尹を、桓公は管仲を、決して自分の方から呼びつけることはありませぬでした。覇者を援《たす》けた管仲ですら呼びつけられなかったというのに、王者を助けようとするわたしを呼びつけていいものでしょうか」

景丑はかすかに頷いた。これで、勝負は決した。

しかし、弟子たちはこの話を伝え聞いて、

「今回かぎりは、景丑どのが正しいのではないか。病でもないのに、病と虚言《うそ》を口実にしたことから、この問題は生じた」

「はじめから、師は王に対して、自分は召さざる所の臣よりも上にある、と宣言なされればよかったのだ」

と、ひそひそ声で話し合った。いちように師の対処に不満だったのである。

孟軻と宣王の間に生まれた隙は、修復不能となった。孟軻は斉を去ることにし、その旨を告げた。

すると、すぐさま宣王が孟軻を訪れた。

別れとなると、孟子を手放すのが惜しくなったのであろう。

宣王にとり、孟子の仁義の道はとうてい実現できぬ夢物語であったろうが、それでも、宣王の頭には、

——力を以て仁を仮《か》る者は覇《は》たり（兵力で天下をとり、表面《うわべ》だけ仁者をよそおうのは覇者である）。

——徳を以て仁を行なう者は王たり（徳により仁政を行なう者は真の王者である）。

——恒産《こうさん》なければ、因《よ》りて恒心《こうしん》なし（安定した財産、生業があって、はじめて常に変わらない正しい心を保てる。政に携わる者はまずもって民に恒産を与えねばならない）。

——民を視《み》ること傷《いた》めるが如《ごと》し（周の文王は民をいたわり、あたかも傷つける人を見るかのように心をくばった）。

——惻隠《そくいん》の心は仁の端なり（憐れみの心は、仁という大道の端《はじめ》である）。

——人の性の善なるは、猶《なお》水の下《ひく》きに就《つ》くがごとし（人間の本性が善なることは、ちょうど水

が高い方から低い方へ流れるのと同じだ）。

といった孟子の教えが刻み込まれていた。

「先生は、寡人《わたし》を見捨てて帰国されるという。はなはだ残念と言わねばならぬ。今後、この斉にお越しの節には、またお目にかかれるであろうか」

宣王は、言葉を選びながら言った。宣王にも、王としての誇りがあった。

（大王よ、なぜわたしに、この国に残れとおっしゃらないのですか）

孟軻としても、未練はあった。斉王以外に期待できる王は、ほかに見あたらないのである。けれども、孟軻はあくまでも浩然の気を有する益荒男《ますらお》であった。

「大王がそうお望みであれば、そのようにいたすでありましょう」

短かい答えを返すにとどめた。

孟軻は来斉のときと同様、車を何十乗も連らね、従者を何百人も引き連れて、臨淄《りんし》城をあとにした。出立直前、宣王から待遇に関する新たな条件提示がなされたが、孟軻はますます失望を感じたばかりであった。

孟軻は臨淄に近い昼《ちゅう》なる邑落で三泊した。偉大な師たる自分を呼び戻す宣王の使いの到来をひそかに期待したからであるが、使者は来なかった。

孟軻は宣王のことをきっぱり諦め、斉を立ち去った。

三

燕《えん》の昭《しょう》王は隗の献策を受けると、〈まず隗より始めよ〉の賢人招来策をすぐにも実行に移した。隗を正式に師として迎え、隗のために新たに館を建てた。郭建《かくけん》創案の燕下都《かと》（河北省易県）修築と高台建築、および高台に黄金を置くことにも賛同した。

昭王は隗に贈るべく、黄金台の建設を急がせた。隗のこれまでの労苦に報いるためであり、

——燕王、諸国の賢士を求む。

を周知するに、これほど効ある手立てはないとみなしたためでもある。

これを受けて、建《けん》と徐風《じょふう》が繕修功作の長と副に任命された。建が設計、資材の手配、人の手配といった厄介な役割を引き受け、徐風が現場監督という分担になった。燕国は、いまや唸りをあげて建設に動き出した。

ところで、〈まず隗より始めよ〉の策は、いわば外向けのそれに終始した。というのも、隗は、

——大王よ、この策は他国に伝われば、それで十分に用が足りるのでございます。

と新たな館に住むことも、黄金台を贈られることも、固辞したからである。昭王がどのように勧めても受けなかった。昭王の師となることも辞退した。隗の態度は、従前と少しも変わることはなかった。昭王は隗のこの恭謙な態度を嘉《よみ》し、無理強いしなかった。あらためて隗を上卿《じょうけい》に据えた。昭王自身も、隗という人物を熟知していた。人々は隗を褒め、慕うようになった。


束の間の夏。炎天下——。

この北国も真夏になると、肌を灼く陽射しに耐え難いほどになる。

徐風は、酷暑に逆らうかのように兵を指揮し、民を指揮している。その目は工事の進捗に遅れはないか、資材の供給に乱れはないか、兵や民に不満はないかなど、時に厳しく、時に優しく周

囲に注がれていた。

下都建設に関わる現場の長を命じられた徐風は、慣れぬ仕事に大汗をかいている。暑いばかりではないのである。

（わしは武人。こういう仕事は性に合わぬ）

徐風は、しかしながら、武人ゆえに与えられた業務を確実にこなしていた。命じられた仕事は何が何でもやりとげるのが、この男である。隗の推薦を受け、昭王が命じたかぎりはやるしかなかった。

易水のほとり、下都は早くもその全貌を現わそうとしていた。易水とは、三本の川である。南易水があり、中、北易水があった。いずれも、河水（黄河）に注ぐ清冽《せいれつ》な流れであった。

下都建設の現場は、中易水と北易水に挟まれた要害の地にあり、南易水の北岸、燕長城の内側には、すでに黄金台が高く誇らかに屹立《きつりつ》していた。

（わしは、戦において敵を殺傷するのを務めとしてきた。こんな仕事は……）

当初、迷惑に感じたが、徐風のもとにはこの方面を得意とする大勢の部下が張りついたから、ただ任せておけばよいことに気づいた。隗が徐風を推したのも、ただに徐風の清廉な性に期待したからである。

燕国内は、この大きな繕修功作に沸き立った。

——新しい王さまは、われらへの支払いを惜しまぬそうな。

燕の民は、次男や三男をどんどん易水方面に送り込んだから、高台の建築は順調に仕上がった。

いま、顔を西南に向けるだけで、黄金色のまばゆい光を目にすることができる。黄金台は郭隗の抜擢と燕の復興を祝うかのように、華やかな光彩を放ちつづけている。

下都の修築も、黄金台の建築と並行して着実に進んだ。下都は、おそらくいかなる国の都にも負けぬ広さと堅固さを持つはずである。東西の長さがおよそ二十里（八粁《キロ》、一華里はおよそ四百米《メートル》）、南北の幅がおよそ十里（四粁）もあるほぼ長方形の巨大な城であった。

下都城の中ほどに南北方向の城墻《じょうしょう》を造り、東城と西城に分けた。東西両城の城墻の間に運糧河を配し、中易水につながる構造とした。城の外周は北易水、中易水から導いた護城河とし、二重の防御壁とした。

東城が内城にあたる。運糧河から東に幅の広い水路を伸ばし、東城を南北に分けた。しかも、東城の北寄りに東西方向に走る隔墻を設けて、東城北部を最後の砦とした。

東城北部には、いくつかの宮殿を配置した。土を高大な丘のように盛りあげ、それぞれの基台とした。ひときわ大きな基台は武陽台と名づけられ、武陽台を中心に多くの豪壮な宮殿が建つ手筈になっていた。

東城西北部が王室墓地で、城内に墓地を造るのは、敵に侵略を許した場合、城外に墓地があると、荒らされるからである。北部には、このほか製鉄、骨器、兵器などの製造工房を置いた。燕は武器の生産に鉄を使うなど、諸国より進んでいる面があった。

東城西部と南部は、製鉄、鋳銭、兵器、陶器などの製造工房のほかは、住宅区である。西城は、東城防衛のための軍営地であった。

徐風がたまたま隗の訪れを受けたとき、ほぼ基礎工事は仕上がり、いよいよ建物の工作にかかろうかという段階に達していた。

「貴殿は、戦はおろかこの方面にも才がおありだ」

隗にねぎらわれて、日頃の苦労が報われた。徐風は、隗に褒められるだけで満足なのである。

隗は下都建設の進捗のありさまをつぶさに視《み》、帰薊《けい》するにあたって、

「将来やって来るかもしれぬ、あるいはやって来てほしい賢者の名です。貴殿がこの地にいる折りに、一人でも燕入りし、貴殿の丁重なもてなしに接するならば、その人物は燕に対して好感想をいだくことでしょう」

と言って、幾人かの賢士の名前を残していった。

徐風はそれらの人々の名を脳裡に刻み、燕長城守備隊の長に伝えておいた。韓《かん》、魏《ぎ》、趙《ちょう》方面から燕入りするには、南易水を渡河し、長城の門をくぐり抜けなければならない。長城の守備隊長は、通行人のすべてを把握できるのである。

九旬もしないうちに、その賢者の一人が現われた。守備隊長からの通報に、徐風は隗の敏慧《びんけい》にまた驚かされた。

（やはり隗どのは、並みの人ではないのだ）

徐風が待ちかまえていると、長城守備隊の兵士数人の護衛する馬車が下都修築の現場に着いた。徐風は、顔中髯で埋もれたその男を恭しく迎えた。名を鄒衍《すうえん》という。

——この方は、二人といない大学者です。

徐風は隗が鄒衍の名をあげたとき、そう付け加えたことを思い出した。鄒衍は徐風から格別な出迎えを受け、大きな黒目を一層大きくしてあいさつを返した。

――わしの名は燕でもかほどに知られておるのか。

単純に愕《おどろ》き、単純に悦んでいた。

「わが上卿《じょうけい》（郭隗）は、先生のご来燕を一日千秋の思いでお待ちしていたのでございます」

徐風は諂《へつら》いを知らない。本当のことを言ったにすぎないが、これが相手を狂喜させた。

「そうか。隗どのとは、斉都・臨淄《りんし》で親しくおつきあいしたのじゃ。あのころから、徒者《ただもの》ではないと見ていたが、いやはやおそろしく出世したものじゃ」

鄒衍は、彼方の黄金台の煌《きら》めきにしばらく眼をやっていた。

「われらが王は、先生のお越しを歓んで迎るでありましょう。ともあれ、長旅にお疲れでございましょう。わが仮寓にて、しばらくお憩《やす》みください」

「おお。それはかたじけない」

鄒衍は徐風が気に入ったか、護衛の燕兵に休憩することを告げた。

なにほどのこともできないが、徐風なりに心をつくしてもてなすと、

「燕王は、よき臣をお持ちじゃ」

と、鄒衍は真底、感心したようであった。

「わが上卿は、先生を二人といない大学者であると申しておりました。臨淄では、わが上卿といかなる話をなさったのでありましょうか」

徐風は目の前の鄒衍より、隗のことをもっとよく知りたいのである。

「あのとき、隗どのは、ありとあらゆる稷下《しょくか》の学士の説を真剣に学んでいたゆえ、わしと無駄話をする閑《ひま》はなかった。わしが、ただわしの説を述べただけでな。隗どのは黙って聞いていた。一

度だけ、大いにわしに反論したことがあったがね」

鄒衍の口調は懐かしそうになった。

鄒衍は斉の人。儒術をもって諸侯に説いたが、ちっとも受け入れられない。そのうち、諸侯がおしなべて淫逸奢侈《いんいつしゃし》に流れていることに気づいた。

（徳を尊《たっと》ぶこと、詩経大雅《しきょうたいが》に言うではないか、これをわが身に修め、ひいては庶民に及ぶと。いまの諸侯にそんな者は一人もおらぬ）

衍《えん》はそこで、陰陽二元の消長変化を深く観察し、五徳終始の説を創り出した。同じころ、もう一つ、大九州説も創出した。五徳終始の説が時間を軸にした説なら、大九州説は空間を軸とした説といえる。

しかも、衍は二説を形成するにあたり、推《すい》の方法論を用いた。まず小事を考究してある結論に至り、それをもとに大きく推論を拡げ、ついには無限の大事に及ぼすのである。たとえば、時間を軸にした場合、まず現在を述べて太古の黄《こう》帝にまで至る。これらはみな、世の学者が述べているところであり、たいていは世の盛衰を論ずるものである。

ここから衍は、独自の論を展開する。吉凶の兆しや法令制度を記し、さらに推論して大きく拡げ、天地未生以前の渾沌として、根源を考究しようにもとうてい果たせぬ時代にまで溯るのである。

衍が五徳終始の説および大九州説を引っさげて再登場すると、王侯、大臣たちはみなその稀有《けう》な学説に薙《な》ぎ倒された。

――何かよく解らぬが、大変な説のようである。

諸侯は、衍を尊崇するに至った。斉王は衍を重んじ、魏の恵王は衍を魏都の郊外に出迎え、上客として遇したのである。

衍が、燕王が賢者を求めているとの風の便りを聞いたのは、いつごろのことであったか。

――何でも燕では、郭隗という無名の学者が抜擢され、燕王朝の上卿となったそうです。新しい館やら黄金台やらが郭隗に贈られたといいますよ。

――何です。その黄金台というのは。

――燕の国境に、文字どおり黄金台が築かれたのです。台上に黄金がいっぱい置かれていましてね。黄金が陽の光を浴びて照り映えるさまは、じつに荘厳きわまりないといいますよ。

――しかし、どうしてまた。

――燕王は天下の賢者をお求めです。真の賢者なら、第二、第三の黄金台を与えるというのでしょう。

人々の語り合うのが、衍の耳に入った。

(郭隗なら知っている。まだ若い男だった。真面目で、犀利《さいり》な風貌《ふうぼう》をしていた。あのころ、他人の説を傾聴していたのは、他日、飛躍するためであったのか。そういえば、あのときだけ、あの男はわしに鋭い問いを発した……)

衍は、五徳終始の説を郭隗に教えたときのことを思い出した。

――そういうわけで、天と地が分かれてからこのかた、木火土金水の五行の徳が順次、推移するに随《したが》い、それぞれに適した王朝が生まれ、その兆しとなる瑞応《ずいおう》が生じたものなのじゃ。

茫漠として摑みどころのないのが、衍の説の特徴である。たいがいの者は勝手が違って度肝を抜かれるのだが、隗はかえっていたく興味をひかれた様子であった。

――もう少し詳しくお説きいただけませぬか。

昂奮の口ぶりで頼んだものである。

――うむ。こういうことじゃ。およそ帝王が出現しようとするときは、天はかならず瑞兆を人々に示すのじゃよ。黄帝のときは、大螾《おおみみず》や大螻《おおけら》が現われた。黄帝は、土気が勝つと言った。どれも、土にいるものじゃからな。だから、黄帝の王朝では黄色を尊び、事にあたっては土に則《のっと》ったのじゃ。土の色は黄じゃ。禹《う》のときは、草木が秋や冬になっても枯れなかった。禹は、木気が勝つと言った。なにせ枯れぬのじゃからな。だから、夏《か》王朝では青色を尊び、事にあたっては木に則《のっと》ったのじゃ。木の色は青じゃ。

――土徳がきて、次に木徳というわけですね。

――さようじゃ。

このとき、衍は隗の高い志に気づいた。これまで、たいがいの者は、五徳終始の説を聞くと、つまらぬと言うか、わからぬと言うかしたものであった。隗が目顔で続きをうながした。

――さて、湯《とう》王のときは、金刃が水中から出現した。湯王は、金気が勝つと言った。なにせ剣が水から現われたのじゃからな。だから、殷《いん》王朝では白色を尊び、事にあたっては金に則《のっと》ったのじゃ。金の色は白じゃ。次の文《ぶん》王のときは、赤い烏が丹書（赤い文書）を銜《くわ》えて周社にとまった。文王は、火気が勝つと言った。なにせ赤い烏に丹書じゃからな。だから、周王朝では赤色を尊び、事にあたっては火に則《のっと》ったのじゃ。火の色は赤じゃ。

——金徳がきて、次に火徳がきたわけですね。

——さようじゃ。そこでじゃ、将来、火に取って代わるものといえば、水しか考えられぬ。じじつ、天は、水気が勝つような兆しを見せている。水気が勝てば、水徳の王朝では黒色を尊び、事にあたっては水に則《のっと》らねばならぬ。水は昏《くら》い低所に集まるゆえ、水の色は黒じゃ。しかれども、水気がやって来てもそれを知らねば、その気は土に移ってしまうじゃろうな。

衍が刻苦して、古からの陰陽説と五行説を合体し、新たに工夫をこらした五徳終始の説の骨子がこれであった。この説の目新しさは、ひとえに火徳から水徳への移行を必然の流れとして世に示したことにある。

いまや、周王朝はあってなきがごとしの衰退ぶりである。つまり火徳の衰えは久しいのである。では、天は水徳の瑞兆を現わそうとしているのであろうか。あるいは、すでに現わしているのであろうか。かりにそうだとして、だれが瑞兆を認めるのか。だれが水に則るにふさわしい方途を授けるのか。さらには、次の水徳の王朝とはいずれの国なのか。

この問いの答えは、この世にただひとり鄒衍に収束していく。衍が諸侯に破格の扱いで迎えられた理由がここにあった。

だが、隗は衍の五徳終始の説を聞いても、大して讃歎の色を見せなかった。つまり、火徳から水徳への移行に重きをおかぬのであった。

——わたしが考えますに、天下統一にもっとも近いのは秦でありましょう。その秦と水徳を結びつける事柄には事欠きませぬ。渭《い》水もあれば河水（黄河）もあります。しかし、七雄中の弱国であるわが燕も、易水ほか水徳に関わる事柄がないではありませぬ。趙も然り。斉も然り。つまり、あなたの説から次の水徳の王朝がこれこれの国であると導き出すことはできませぬ。

隗の口調には、曖昧な論を許さぬ潔癖さがあった。

――なかなか言うてくれるのう。しかし、水徳とは水の流ればかりではない。わしには水徳の王朝がわかっているのじゃよ。ただ、それを言うと、わしの存在する理由がなくなるからな。諸侯に、次の王朝を樹《た》てるのはあなたかもしれぬ、と言っておれば、わしの声誉は安泰なのじゃよ。はっはっは。

衍は隗の烈しい一面に触れて、隗を刮目《かつもく》して見る気になった。

――わたしはかえって、あなたが談天衍《だんてんえん》、とこの国の人々に呼ばれていることに惹《ひ》かれるのです。あなたは奇想天外なことばかり説いていらっしゃいますが、天を談ずると噂されるところを見ますと、天象について明るいのではありませぬか。

衍は、驚愕を隠すのに苦労した。

みずからの真骨頂は、仁義、節倹を説き、君臣、上下、六親（父母兄弟妻子）の行なうべき道を説くことにあった。五徳終始の説も大九州説もいわばこけおどしである。この二説で諸侯の関心を引きつけ、やがて仁義、節倹を説く。つまり、衍の結論はごく平凡なものでしかなかった。けれども、衍は、考究の合間に四時の移り変わりの観察を怠らず、それによって、いつの間にか天象をみる眼を得た。これは、衍の説く平凡な結論をはるかに上回る真理を内包していた。

良賈《りょうこ》は深く蔵《ぞう》して虚《むな》しきが若し（よい商人は奥深く品物を隠して、店先には大したものがない。賢者はその学徳を隠して見せびらかさない）という。その反対をよそおう衍であるが、深く蔵して虚しきを徹底しているものが一つだけあった。それが天象をみる眼であった。衍は、これを隗に見破られたのである。

——否。わしは、さ、さようなことには明るくない。

衍は、慌てて講義を打ちきった。

（こればかりは、仁君以外に教える気はない）

それからの衍は、隗に注目した。

燕から来た若い男は、寝食を惜しんで勉学に励んでいた。何ら自己主張することなく、温柔《おとな》しく、しかし、深い決意を秘めて。衍の脳裡に郭隗の名が深く刻まれたのであった。

その郭隗が故国において破格の出世をとげ、しかも、燕王は郭隗以上の賢士を求めること急であるという。

（斉によって打撃を受けた燕じゃ。賢士はいくらでもほしかろう。どれ、行って、あの若い男を援《たす》けてやるか）

衍は、飄然と燕に向けて旅立ったのである。

徐風は、薊城へ向かう鄒衍を見送った。

「隗どのは、わしのすべてを知らぬのじゃ。今度ばかりは隗どのも、わしの才にひれ伏すであろう」

鄒衍は、自信満々に言い放った。

燕兵士数人に守られて、鄒衍の乗る馬車は北へ去っていく。徐風はすぐさま使いを先回りさせ、鄒衍来燕を隗に伝えた。

（あの鄒衍なる自信の固まりのような学者も、何らかの助けにはなる。とても、隗どの以上の賢者には見えなかったが。隗どのといえば、さきごろ、晴れて銀花どのを夫人に迎えられ、さぞかし安んじられたことであろう。好漢・郭涯が嬉し泣きに泣いたというから、あの男らしい。されど、人は、あの男の真の悲しみを知るまい）

徐風は、またおのれの仕事に還っていった。

国の基は農にあり

一

燕《えん》の昭《しょう》王は、ひさしぶりに独りきりになった。国内北辺を巡視し、帰薊《けい》したばかりであった。入れ違いに、夫人と太子は南易水のほとり、黄金台の見物にでかけたから、いまひとりである。昭王は、快い虚脱の状態にある。

「女《むすめ》有りて車を同《とも》にす。顔《かんばせ》は舜華《しゅんか》の如し」

ふと、公子（職）のころ、韓都・新鄭《しんてい》で憶えた歌が口をついて出、頬を赧《あか》らめた。一国の王が口にすべき歌ではない。あのころに比して、頬も少し丸みを帯びたようである。

日々、難題が持ち込まれ、その都度、郭隗《かくかい》に諮って断を下してきた。十中、十謬《あやま》りがなかったとはいわないが、おおむね隗の判断に間違いはなかった。

（あの地位につけば、並みの者なら少しは慢心するものだが……）

謹厳な隗の貌《かお》を思い泛かべた。

ふと、昭王は声をたてて笑った。さきごろ、銀花《ぎんか》を娶《めと》って相好をくずした隗の姿が眼前を通りすぎたからである。隗の笑顔は、まさに見物《みもの》であった。日頃、笑みとは無縁の隗ゆえに、よけい人々の笑いを誘った。

（孤《わたし》が、隗夫人・銀花とともに宋へ遁《に》げたことがあったのだ。いま、孤があるのは兄〔太子平〕の非命による。兄がもう少し思慮にとんでいたなら、わが国の禍は避けられた。そのかわり、孤はあの韓都の巷隠《こういん》の暮らしをいまだに続けていたであろう……。人は、孤の胸に燃えさかる斉への怨みを知らぬ。だが、斉がわが民になした暴虐の数々をいかに忘れえよう。上卿〔郭隗〕は、斉への復仇に反対のようだが）

近習の一人が、郭隗からの知らせを伝えた。

――鄒衍《すうえん》が、いましばらくで入城します。二人といない大学者であります。魏王は郊外にて鄒衍を出迎えたといいます。ついては、大王も……。

鄒衍を賓客として待遇してほしいというのである。

「さようか。〈まず隗より始めよ〉の賢人招致の策は、早速にも功を奏したようだな。上卿がそこまで言うのなら、鄒衍なる人物はよほどの賢者らしい」

昭王は、身支度を調えるべく立ち上がった。この日も独りきりというわけにはいかなかったようである。

昭王は郊外に出、鄒衍の到着を待った。

鄒衍の馬車がやって来ると、先導して入城し、宮殿前からは昭王みずからが箒《ほうき》で道を清めつつ、鄒衍を案内した。

鄒衍は威風あたりを払いながら、昭王のあとを歩み、宮殿内では南面して座した。上席に座ったのである。

相互のあいさつのあと、昭王は鄒衍の遠路の旅をねぎらい、

「孤は先生のご尊顔を拝しまして、まことに慶びにたえないのであります。なにとぞ、先生のお弟子の座に列《つら》なることをお許しいただき、親しく謦咳《けいがい》に接したく存じます」

と、隗の用意した科白《せりふ》を並べた。

「勿体ないお言葉を賜りました。わたくしは、ただいまの大王（昭王）の謙虚なお人柄に接し、燕に明君ありを実感したのでございます。上卿とは昵懇《じっこん》の間柄、わたくしは、大王に持てるかぎりの知識をお授けするでありましょう」

鄒衍は得意満面を髯で隠し、鷹揚に答礼した。

昭王は待遇に最善をつくしたから、鄒衍は満足して、昭王を弟子として迎え、日を定めて何回かの講義を行なうことを約した。

その第一回の日には、昭王をはじめ燕朝の主立った者が参列した。広場は、鄒衍への期待で溢れんばかりとなった。鄒衍は大いに張り切って、得意の大九州説を披露した。

「儒者の言う中国とは、全天下（世界）の八十一分の一の大きさでしかないのじゃ。中国はこれを名づけて、赤県神州《せきけんしんしゅう》と呼んでおる。赤県神州のなかには九つの州がある。かの禹《う》が定めた冀《き》州、兗《えん》州、青《せい》州、徐《じょ》州、揚《よう》州、荊《けい》州、豫《よ》州、雍《よう》州、梁《りょう》州の九つがこれであるが、これは本来の州には入らない。赤県神州のような州がほかに八つあって、都合九州になるのじゃ。これら九州の周りを小海が取り巻き、一つの大陸を構成する。民や禽獣は他の大陸へ行き来することはできない。他の大陸というのは、こんな大陸がほかにもあって、全部で九つになるのじゃ。一大陸九州で九大陸じゃから、都合八十一州じゃ。いずれの大陸も小海が取り巻き、その外側を大海が取

り巻いておる。これが天と地の境じゃ。ゆえに赤県神州は全天下の八十一分の一にしかならないのじゃ」

鄒衍は一気に捲し立てると、どうだと言わんばかりに集まった人々を眺め回した。

どの顔も茫然自失の態《てい》で思考を停止していた。いつもこうなのである。鄒衍は髯をしごいて、人々の反応を楽しんでいる。

「八十一分の一の赤県神州のなかで、孤らは、やれ七雄だ、やれ合従の策だ、やれ連衡の策だと右往左往しているにすぎないのですか……。孤らを見て、他の八十州の民は何と言いましょう」

昭王は、みずからに語りかけるように言った。隗から鄒衍の説は聞いていたが、その壮大さはたしかに仰天に値した。

「そこですじゃ。わたくしは、七雄は何という無益なことで尊い血を流すものか、と失望を禁じえないのですじゃ。後日、わが五徳終始の説をお教えしますが、天はすでに新しい王朝到来の瑞兆を現わしているのでありますぞ」

これを言うと、その場にいた全員から大きな嘆声がもれた。これもいつものことである。

「本日は大変為になるお話を拝聴いたしました。先生の次のご講義の日が待たれます」

昭王がその場を締めくくった。半ばは本音である。鄒衍は絶賛を浴びつつ、第一回の講義を終えた。

「いかがでございました」

後日、隗に問われた昭王は、

「いやいや、なかなかのものであった。しかし、あの人は九州をいかにして知ったのであろう。

孤は、赤県神州はおろか、わが国内のことすらよく知らない。まさかあの仁《じん》は他の八つの州へ行ったわけでもなかろうに」

と言って、不審そうに眉を寄せた。

「いかなる人も当座は呑まれ、あとで、はてなという気になるようでございます」

隗はそう言って、哂《わら》った。


隗が鄒衍をひそかに訪ねたのは、鄒衍が第三回の講義を終えた直後である。鄒衍とは、薊入城の際にあいさつしたきりであった。

「貴殿の多忙ぶりは、わしの耳にも入っておる。人がとうてい足らぬようじゃな」

衍は隗の訪れに、髯に埋もれた顔を綻ばせた。

「さようです。先生に司田（農を司る）の役割を担っていただければ、というのがわたしの願いです」

「おやおや。なぜ、わしが農か」

衍が試すように、隗を見る。

「先生の天象をみる目に期待してのことです」

「臨淄滞在の折りにも貴殿はそう言われたが、なんぞ根拠でもあるのか」

「先生の五徳終始の説は、古《いにしえ》の五行相剋《そうこく》の説を踏まえておられます。木は土に剋《か》ち、土は水に剋ち、水は火に剋ち、火は金に剋ち、金は木に剋つ……。先生はいつぞや斉で、五行相剋は正しいけれども、一つの正しさにすぎぬ、とおっしゃったことがありました。そのとき、先生がふと口にされた陰陽主運の説とは、四時（季）の変遷と古の五行相生《そうじょう》の説との合体ではなかろうかと推したのです。春夏秋冬の移り変わりと、木は火を生じ、火は土を生じ、土は金を生じ、金は水を生じ、水は木を生ずの五行相生の説との合一……。先生は陰陽主運の説で、森羅万象の謎を解こうとされたのではありませぬか。そのためには四季を凝視する必要があり、それによって天象をみる眼を得られたと……」

「わしのような者に、森羅万象の謎をどうして解くことができよう。わしの陰陽主運の説は未完じゃ。この地で暇を得て、何とか完成したいと念じてはおるが」

「では、先生の秘匿される天象をみる眼は、永遠《とこしえ》に隠されたままなのでありましょうか」

隗の誘導はたくみであった。諾と答えれば、衍に天象をみる眼はある。否と答えても、天象をみる眼はある。

——一体、それは何のことだ。

と答えてはじめて隠せるものを、案の定、

「然るべき仁君に見《まみ》えたらな」

と、衍は語るに落ちた。

「燕王では、不足ですか」

「否。そうとは言わぬ。わしは、いま燕のすべてを観察しておるところじゃ」

衍は、髯をしごいておのれの優越する立場を楽しんでいる。

隗はその場をその程度でうちきり、昭王に進言して、鄒の待遇をさらに引きあげることにした。昭王は薊城の西、碣石《けつせき》山の頂きに碣石館《けつせきかん》を築き、衍に進呈した。

ぎりだ。

――郭隗さまには新しい館と黄金台。いままた鄒衍さまには碣石館が与えられた。羨ましいかぎりだ。

――されど、郭隗さまは、本当は新しい館も黄金台も辞退されて、お仕事に邁進されておられる。鄒衍さまは碣石館を与えられて、どうするおつもりか。

人々は噂し合った。これが嫌でも衍の耳に入る。

隗がふたたび衍を訪れると、明らかに衍は落ち着かぬ風情であった。

「黄金台は釣り餌だったのじゃな」

衍は、無念そうに問いかけた。

「わたしに黄金は向きませぬゆえ、お返ししたのです」

虚言は嫌いである。隗は、正直に経緯《いきさつ》を話した。黄金台を贈られたが辞退し、いま黄金台は燕復興の象徴となっていることを。

「はっはっは。さようであったか。この鄒衍、貴殿には負け申したわい。されば、わしの知るかぎり、何でもお話しするとしよう。だが、その前に、わしの問いに答えてもらおうかの」

衍は、はじめて本気になった。

「何なりと」

動に対する静。隗はあくまで謙虚である。

「おぬし、富国強兵がのぞみか」

「当面は、富国をのぞんでおります」

「のちに強兵を付け加えるか」

「そこのところで、仁義の道にきりかえられぬものかと志しています」

隗の答弁は、いささか苦しい。

「それはちと難しいのう。できぬとはいわぬが、無理とみた方が賢明ではないかな」

「そうかもしれませぬ」

隗としては、昭王に期待するよりない。いまのところ、燕の民を裏切らぬ明君ぶりを示す昭王であるが、富国がなったのち、強兵に奔《はし》るのは目に見えていた。

「富国強兵ののち、どうしようというのか。斉を伐ちたいのか」

「王は、それを望んでおられます」

「わしは斉人ゆえ、気分のいい話ではないな。かりに討斉がなったあかつきには、斉人がふたたび征燕に立ち上がるだけのこととは思わぬか」

「わたしの恐れも、まさにその点にあります」

「一体、どれだけ人間の血を流したら、満足するのじゃ」

「わたしも、日々、それを思います」

二人の思うところは、咫尺《しせき》の間よりさらに近かった。この一瞬、二人の賢者は互いの心にふれたのである。

「されば、貴殿の思い描く富国の策とはいかなるものじゃ」

衍が核心に踏み込む。隗は息をととのえた。

「わたしには、貴殿を喫驚させる大いなる計はありませぬ。一国の富国を図るには、いま生まれた赤子が而立《じりつ》（三十歳）に達する長い歳月をもってしても、まだ不足でありましょう。その間、孟子をはじめ儒者が力説してきたように、井田制の公田にのみ税をかけ、私田に税をかけぬようにすれば、民は悦んで働くでありましょうし、民の居宅に対して、定められた税のほかには賦役の税やら地税やらをかけぬようにすれば、民はおのれの国を愛するようになりましょう。関所では税をとらず、市場では店の税をとっても貨物の税をとらぬようにすれば、商人は悦び、わが国で商いせんものと他国から多くの商人が集まってくることでしょう。総じて、民の悦ぶことをなせば、わが国に入る税は減ります。そこで、民の負担を増さずに、かつ国の収入を増やすための手立てを考えねばなりませぬ。わたしは、秦を巡遊した折り、同国の実情をつぶさに調べました。民をして農に打ち込ませるために、また開墾を進めるために、さまざまな工夫がこらされていました。わたしは、同国の什伍《じゅうご》の法を好みませぬ。戦の賞罰を敵の首で計算することも好みませぬ。しかし、分家分財、私闘の禁、農織奨励はわが国に適用してもかまわぬと考えます。ただし、わたしは人間としての表情をもたぬ秦人のように、わが燕人を強いたくはないのです」

隗は一呼吸おいた。

「うむ。続けてくれるか」

衍が先を促す。

「さて、つねに隘路となるのは、わが国の地勢であります。わが燕は哀しいかな、五穀の実る年もあれば、まったく実らぬ年もあるという寒地にあります。食糧の十全な確保なくして富国はありえず、五穀が実ったり、実らなかったりでは、他の六雄に伍しうるはずもありませぬ。この北国の地では、あの稷下《しょくか》学士の説を適用しようにも、あまりに制約が多いのです」

これが、諸国遊学時代からの隗の悩みであった。燕は、辺地ゆえに戦乱から免れてきたが、辺地ゆえに戦乱に脆《もろ》い体質をもつ。

「ううむ」

衍は、呻《うめ》いた。

「先生、なにとぞ、わが燕のためによりよき手立てをご教示ください」

隗は、再拝して稽首した。

「あの男、何といったかな。燕下都建設の監督の長……。そうそう、徐風どのじゃ。わしは、あの男に言ったものじゃ。今度ばかりは隗どのも、わしの才にひれ伏すであろうとな。よろしい。教えて進ぜる」

いささか大仰という難点はあるが、衍は存外、真摯《しんし》であった。

（ついに、この大学者の秘す真理に触れられるか）

隗は緊張して、衍の次の言の葉を待った。

「わしの陰陽主運の説は、いまだ陽の目を見ない。されど、おおむねの構成はこうなのじゃ。天地のいまだ現われざるとき、馮々翼々《ひょうひょうよくよく》、洞々濁々《どうどうしょくしょく》（いずれも形なく透明なる相貌）としていたものじゃ。やがて、渾沌《こんとん》のなかから気が生じ、陽の気は上昇して天となり、陰の気は下降して地を成した。陰陽の二気は同根じゃ。互いに引き合い、互いに交合するのじゃ。天では太《たい》陰《いん》（月）が生じ、木星、火星、土星、金星、水星をはじめとする星辰《せいしん》を成した。地では木火土金水の五気が生じた。この五行（気）は森羅万象を解くに、はなはだ至便じゃ。色彩、方位、四時（季）、惑星、等々を説くに、およそ間然するところがないが、わしの五徳終始の説では、争いがたえぬ。五行相生が望ましいと考え、これを四時の変遷と関連させることにしたのじゃ」

衍はここでいったん切ると、

――燧《すい》を鑽《き》りて火を改《あらた》む（年初に木を擦《こす》りあわせて新しく神火をつくる）。

と、論語に関わる四時の火を説きはじめた。

「春には楡《にれ》と柳《やなぎ》から火をとり、夏には棗《なつめ》と杏《あんず》、季夏（晩夏）には桑《くわ》と拓《やまぐわ》、秋には柞《ははそ》と楢《なら》、冬には槐《えんじゅ》と檀《まゆみ》から火をとる。これぞ四季の循環の象徴じゃ。楡柳の色は青、春はこれ木、木の色は青、ゆえに春には楡柳を用いるのじゃ。同様に、棗杏の色は赤、夏はこれ火、火の色は赤、ゆえに夏には棗杏を用いる。桑拓の色は黄、季夏はこれ土、土の色は黄、ゆえに季夏には桑拓を用いる。柞楢の色は白、秋はこれ金、金の色は白、ゆえに秋には柞楢を用いる。槐檀の色は黒、冬はこれ水、水の色は黒、ゆえに冬には槐檀を用いるのじゃ。こうして、わしは四時をじっくり観察し、崇高なる天の営みにいたく感歎した。その間、いつしか、わしは天象を観るに明るくなった……。さて、隗どの。わしの見るところ、天は燕に憐れみを垂れたもうたのじゃ。天体のありさま、風、雨、雪、木々の色、地の色、肌に触れる暑さ寒さの感触等々を観《み》るに、明らかに気温はほんのわずかながら上昇しておる。この寒地においても、今後、五穀は育つ。これは間違いない」

衍は、およそ隗の想像しえぬ驚異の事実を語った。

「気温が上昇している……」

「さようじゃ。五穀は育つ。ところで、なぜ、斉が強くなったか、わかるかの。五穀を植えるに適した地と適さぬ地がおのずからあるものじゃ。斉は全土を調べつくして、五穀を植えるに適した地と適さぬ地を峻別した。そればかりではない。どの土には、どの菜が適しているのか、またどの樹木がふさわしいかなど、すべてを調べあげたのじゃよ」

「全土を……」

隗は息を呑んだ。

（そうであったのか）

斉の強さの秘訣は、かつての斉人の地味で真面目な仕事の積み重ねにあったのである。

「かつて、斉では言われたものじゃ。山や沼地で火の用心をしないのは、国を貧しくするもとじゃとな。水を適切に引かぬことも然り。五穀を適した地に植えぬのも然り。それもこれも調べることにつきる。しかして、そののち、方策はかならず見つかるものじゃ。隗どの、実行あるのみじゃぞ」

「先生、まことに至言を頂戴いたしました。このご恩、終生忘れぬでありましょう」

「うむ」

「いま、ふと、この役にふさわしい者を思いつきました。その者ならば、かならずやこの調査を成し遂げるでありましょう」

「うむ。では、わしは、司田の役割はご勘弁いただけるのじゃな。わしは、この地で陰陽主運の説を完成させたいのでな。はっはっは」

鄒衍は呵《わら》って、隗をふたたびひれ伏させた。

二

日をおかず、一台の馬車が薊《けい》城北門を走り出、北をめざした。

馬を馭《ぎょ》するのは、すこぶるつきの大兵《だいひょう》。背を丸めて前方を瞶《みつ》めている。郭涯《かくがい》であった。

同乗の銀花は泣きはらした目で、これまた前を見ているが、おそらく何も見えてはいないはずである。心は、遠ざかる燕都の方に吸い寄せられている。

「新妻を僻地に送るなんてことがどうしてできますの」

銀花は何度も同じことを口にする。言わずにはいられない。

涯は困惑している。下手に答えると、さらに烈しい攻撃にさらされるので、緘黙している。

「あなたは、どうして反対しなかったのですか」

銀花の恚《いか》りが涯に向かう。

「弟子は師に随うものです」

「では、師に生命《いのち》を差し出せと命じられたら、あなたは何とします」

「命じられる前に捧げます」

「あらっ。こんな話をしたことがありました。いつでしたか」

「宋から帰国する途中でした」

「そうでした。あのころは希望に満ちていました……」

銀花の夢見るような眸が、彼方を懜乎《ぼうこ》として眺めた。

(隗さまが、わたしの帰還をどんなに喜んでくださったことか。王さまにもお言葉を賜りました……）

婚姻ののちしばらくは夢見心地ですごした。夫はかぎりなく優しかった。清貧を好む夫ゆえに、質素な暮らしを余儀なくされたが、銀花は荘子のもとでそんな日々に慣れている。なにほどの痛みも感じなかった。

某夜、寝物語に隗が述懐した。

——あれはいつのことであったか。夢を見た。そなたと愉しい語らいをしていた。そのとき、そなたは荘子の言葉を伝えてくれた。そろそろ立ってはどうか、と荘子がおっしゃっていますとな。わたしは、いまでもあのときのそなたの微笑《ほほえ》みをまざまざと憶えている。あれは不可思議な夢であった。なぜといって、そのあとすぐにわたしは趙へ発ち、武霊王にお会いした。つまり、いまの燕の復興は、あの夢からはじまるといって過言ではないのだ。

——まあ。

夫に寄り添いながら、銀花は玄妙な天の摂理に深い感動を覚えた。というのも、未来の夫に荘子の言が伝わるように祈願して床についたことをはっきり記憶していたからである。

（天は、わたしの願いを憐れんでくださったのだ）

銀花は幸せを強く感じた。だが、それは長くは続かなかった。夫の凄まじいばかりの日常に直面しなければならなかったのである。隗は、朝から晩まで働きづめであり、来客の絶えることがなかった。

（こんなことでは、主人はいずれ病に倒れてしまいます。主人を援ける賢者が早く現われてくれないものでしょうか）

銀花の必死の願いも今度ばかりは虚しく、自薦他薦の俗物はどっさりやって来たものの、鄒衍以外、賢者はさっぱり姿を見せなかった。

銀花は、陰で夫の仕事を手伝うようになった。夫をほんのわずかでも楽にしたい一心からであったが、荘子に鍛えられたことが大いに役立った。何といっても、読み書きできる能力は得難い。

——ひょっとして、張房や郭建よりも優秀か。

夫は真面目な顔で、銀花を視《み》たものである。それほど、銀花の仕事に遺漏はなかった。荘子の薫陶は六年に及んだ。よんどころない事情だったとはいえ、六年という年月は生半《なまなか》ではない。銀花はいつしか、燕復興を担う貴重な人材の一人となった。

今回の大任も、銀花が認められた証左である。だが、しかしである。その役目はあまりに過酷、あまりに非情であった。

——各地の土壌と水の関わりを徹底して調べよ。川、水路のほか、地下の流れもだ。次には、土および水に対する五穀、蔬菜、果物、桑、麻、樹木、草等々の関わりを調べうるかぎり調べるのだ。とくに邑落ごとに、いまよく育つ五穀は何であるか、かつてよく育った五穀は何であったか等々を確かめよ。狙いはただ一つ、五穀の増産にある。そなたの調査ののち、五穀のとれぬ地においても、新たな試みがなされることになろう。村人というものは、われらの思う以上に多くを知っている。されど、民の行動範囲は狭い。そなたが燕全土を調べ尽くすことによって、新たな面白い組み合わせが可能となろう。前例は斉にある。これは、農を知ったそなたにしかできぬ重要な任務だ。涯を護衛につける。あの男なら、生命《いのち》にかえてそなたを守るであろう。

夫は、つねの優しさをかなぐり捨てた。銀花は、泣く泣く随うしかなかったのである。

「希望……。いまも希望に満ちているではありませぬか」

涯が、ずいぶん間延びした答えを返した。

「まあ。辺地に追いやられて、何の希望ですの」

「この調べの結果、五穀に関わるわが国の憂えがなくなるかもしれませぬ。さすれば、国は富み……」

「兵は強くなり、斉と戦をするのですか。国が富むだけでおわるのでしたら、わたしも反対はしませぬ」

銀花に責められて、涯はまた口を閉ざす。

燕の最北には、山戎の侵略を防衛するための長城が延々と東西に走っていた。内乱と斉の侵攻を許すきっかけとなった長城修築、あの蘇代《そだい》の謀《はかりごと》はこの辺り一帯になされたのであった。

いま、二人は燕国の土壌と水と植生の調査に乗り出したところである。気の遠くなるような大事業であった。燕の領土は七雄中の五位にすぎない。七雄の面積は、楚、趙、斉、秦、燕、魏、韓の順であったが、秦が侵略につぐ侵略で領土を格段に増やした。燕の領土は五番目とはいえ、東は遼東、朝鮮にも及ぶ広大なものである。

――何年かかってもかまわぬ。富国にはどのように少なく見積もっても、三十年や四十年はかかるゆえ。

夫はそう言って、銀花を送り出した。

（燕全土を歩けと簡単におっしゃいますけれど、いったい何年かかるのでしょうか）

仕事をはじめてみると、上卿・郭隗の声誉のほどがよくわかった。銀花は、夫が民にいかに慕われているか、しかも夫のみならず、自分自身の名がいかに民に浸透しているかを知って、驚倒した。

民は、名のある人たちの暗殺やら復讐やら失脚やら悲恋やらの噂話が好きなものである。郭隗夫人の波瀾万丈の半生は尾鰭がついて広まり、太子平からの遁走劇は、宋にて見事に父の仇討ちをした話にまで発展していた。

「あなたさまが、郭隗さまの夫人《おくがた》でいらっしゃいますか。たんとご苦労なされて」

銀花の手を押し戴いて泣き出す女がいた。

「まあ、こんな可愛いお顔をなさって、お父上の仇を刃にかけなさったか」

銀花の顔を穴のあくほど凝《じ》っと視《み》る女もいた。

村から村へ噂の伝わるのは迅《はや》い。いつの間にか、村人はあらゆる準備を整えて銀花を待つようになった。おかげで、仕事は大いに捗った。

なかには、

「郭隗夫人が何だというのだ。偉そうにするな」

と息巻く男やら、卑猥な言葉を投げかける者やら意地悪な民やらがいないではない。そういうときは、涯が飄々と前に出る。それだけで、だれもが態度を豹変させ、協力するようになる。

銀花は、やがて鄒衍の観察がいかに正しかったかを知った。年ごとに、気温がほんのわずかながら上昇していることに気づいていた者は少なくなかった。

——ここは高田でやせ地だが、来年は黍《きび》を植えてみようかと思っているのじゃ。あるいは育つかもしれぬでの。

――ここはおよそ五穀の実らぬ土地であったが、来年、秫《もちあわ》ならどうじゃろかとな。

そんな意見を述べる者たちがいた。

銀花は、土壌が各地によっていかに異なるかも知った。黄土、赤土、黒土といった色ですぐわかる違いから、成分や密度など、想像をはるかにこえる土質の相違があった。むろん、それに付随する植生の相違もである。

民はそれらを知り尽くして、工夫をこらしているが、それらの詳細を集めて考究を深めるなら、土壌と植生とのより適切な関係が見つかりそうである。

銀花は仕事に夢中になった。ふたたび農と深い関わりをもつ人となった銀花は、燕全土を駆けめぐった。

たまに帰薊して、夫に報告した。

――この燕という寒地に、五穀が何の心配もなく稔るようになると考えるだけで、胸が躍る。

夫にそう言われて、銀花は自分の進む方向の間違っていないことを確信した。子どものように喜び、飛び跳ねたものである。

銀花はまだ赤子に恵まれていない。そのころ、銀花に悩みがあるとすれば、わずかにその一点であった。

令支《れいし》（河北省遷安県《せんあんけん》）に着いて、いつもどおりの聞き取りをしていた際、銀花は突如、高熱を発してたおれた。その直前から、おそろしく気分が悪かったが、村人にも予定があろうと、無理をしたのがいけなかった。

目を覚ますと、枕元に村の女が付き添っていた。女は、すぐに涯を呼んだ。涯に詳しいことを聞いて、銀花は駭《おどろ》いた。三日間も眠り続けたという。銀花はあとで村人から、涯が三日間まったく寝ないで室の外に控えていたと聞き、

——あの男なら、生命《いのち》にかえてそなたを守るであろう。

と言った夫の言葉を思い出した。

銀花はいまさらながら、自分の助かったのが奇蹟に近いように思えた。

「ずいぶん心配をかけてしまいました」

銀花は涯に、心から礼を述べた。

「いえ、なに」

涯は、意味不明な言葉を発しただけである。

大事をとって薊に帰り、しばらくの間、静養した。隗は銀花の病を聞いて、

「わたしは、そなたに無茶なことを頼んでしまった。それでなくても、そなたには筆舌に尽くし難い苦労をかけたのに……。当分の間、休み、完全に回復するまで養生するとよい。調べはなったが、その本人が黄泉路《よみじ》に旅立ったでは、わたしの生きるよすがが失くなる」

と、目を潤ませた。

それからの銀花は、夫に甘えられるようになった。

すっかり回復して、ふたたび仕事を再開した。この折り、銀花は涯に、

「一つだけ教えてください。あなたも強兵を望んでいるのですか」

と、訊いた。前々から気になっていたのである。

「望みはしませぬが、先年の斉の暴虐を考えますと、強兵は必要でありましょう」

「でも、諸国がそういう考えでいますと、戦はなくなりませぬ」

「世の中、みなが良い人間になれば、兵は要らぬでしょう。しかし、そんな世の中が来るはずもありませぬ」

「あなたは斉との戦になったら、参じるのですか」

「師の命《めい》があれば……」

「主人は、そんな恐ろしいことを命じるのでしょうか」

「おそらくお命じにはなりますまい」

銀花は、その一言で救われたような気がした。

「あなたは、一方で、富国の策を精力的に進め、他方で強兵をつくらぬなどということができるとお思いですか」

「おそらく師の悩みがそこにあるのでありましょう」

涯は大きな吐息をもらした。銀花は、夫のつらい立場を実感した。

燕復興が着実に進んでいるからには、近いうちに強兵策をどうするかの結論を出さなければならないはずである。帰薊すると、銀花は夫にその点を質したが、隗は苦笑を泛《う》かべて首を左右にふるばかりであった。

三

話は少し遡《さかのぼ》る。周の赧《たん》王四年（前三一一）、張儀《ちょうぎ》が燕にやって来た。昭王が即位して、一年になるかならぬかぐらいのころである。

隗は、この名代の縦横家をはじめて見た。

（蘇秦の合従の策を打ち壊し、連衡の策の完遂に血道をあげる男。商・於の地六百里四方を差し上げると言って、楚王を誑《たぶら》かし、果ては六里の領邑をくれてやると強弁した男。わたしは常日頃、わが国にも蘇秦のごとき優れた縦横家が要るか否かで迷ってきた。しかし、この男なら要らぬ）

隗の張儀に対する評は、豺狼以下である。

隗と張儀の関係といえば、昔、隗が秦を巡遊した折り、秦の役人と諍《いさか》いになり、張儀の名を出して、相手を狼狽《ろうばい》させたことがあった。もちろん、隗は張儀を知らないし、張儀も隗に名を使われたことを知らない。

張儀は楚でまたもや離れ業を演じ、その余勢を駆って韓王、斉王、趙王を軒並み脅し、連衡の策に無理矢理、引き込んだのち、最後の仕上げに燕を訪れたのであった。楚での離れ業とはこうである。

秦は楚の黔中《けんちゅう》（湖南省西部）の地を手に入れようとして、武関《ぶかん》の外（商・於の地）との交換を楚に申し入れた。楚の懐《かい》王は、張儀に煮え湯を呑まされている。

——土地の交換はしない。張儀を引き渡してくれれば、黔中の地は差し上げる。

と、秦に申し入れた。

秦の恵文王《けいぶん》は内心、張儀を楚にやってもよいと考えたが、口には出せない。張儀はこれを見抜いて、みずから行くと言った。

じつは、張儀は楚王の復讐心を和らげる秘策をすでに用意していた。張儀は楚の上官大夫・靳《きん》尚《しょう》と親交があり、靳尚は楚王夫人の鄭袖《ていしゅう》に取り入っている。この線からふたたび懐王を懐柔できると確信していたのである。

楚都・郢《えい》に到着するや、張儀は予想したとおり、いかなる抗弁も赦されず、牢に放り込まれた。だが、ここからが張儀の独擅場《どくせんじょう》である。張儀の意が靳尚に伝わり、靳尚が鄭袖に告げる。

――秦王は張儀を救うために、秦の美人を楚王へ贈るに違いありませぬ。楚王は秦に逆らうのはまずいと、おそらく秦の姫君を大切になさいます。さすれば、あなたさまは斥けられます。

これを聞いて、鄭袖は夜昼なく夫たる楚王に懇願した。

――黔中の地を秦へ譲ってもいないのに、秦は張儀をわが国に渡しました。秦がそれほど王さまを重んじておりますのに、いま、王さまが返礼もなさらないうちに張儀を殺せば、どうなりましょう。きっと秦王は激怒して、わが国を攻めて参ります。秦の兵士に切りきざまれたくありませぬゆえ、わたしども母と子が、江南《こうなん》(長江の南)の地へ移ることをお許しくださいませ。

これに参った懐王は張儀を許した。すかさず張儀は、

――いま、秦と楚は国境を接し、地形からしても親しくすべきであります。ついては、秦の太子を人質に差し出しますから、楚も太子を人質にお出しください。秦は和親のしるしに秦の王女を大王に差し上げ、万戸の邑を化粧料としておつけします。さすれば、末永く兄弟の国として、

おつきあいいただけるでありましょう。

と、熱弁をふるって懐王を籠絡した。

張儀がしてやったりと得意顔で楚を去ったあと、斉へ使者として行っていた楚を代表する詩人・屈原《くつげん》が帰国して、ことの顚末《てんまつ》を聞き、懐王を諫めて言った。

——なにゆえ、張儀の首を刎《は》ねなかったのですか。

と。

——寡人《わたし》は、どうかしていたのだ。

張儀への骨髄に徹する恨みを思い出した懐王は、すぐさま人をやって張儀のあとを追わせたが、はや逃げおおせたあとであった。


さて、張儀は畏《おそ》れるふうもみせず、燕の昭王の前に進み出ると、得意の舌を振るった。

「大王がいちばん親しくしておられるのは、趙でありましょう。しかし、趙を信用してよいものでしょうか。少しく史を紐解いてみますに、かつて、趙 襄子《ちょうじょうし》は姉を代《だい》の国王の妻としました。代を併呑する下心があったからであります。句注山《こうちゅう》（山西省雁門山）の砦で代王と会見した趙襄子は、金の酒器をつくらせ、その柄を長くして凶器とするように謀《はか》ったのでした。宴が酣《たけなわ》になったころを見計らい、かねて打ち合わせのとおり、料理人をして代王に酒をつがせるふりをさせ、その酒器にて撃ち殺させたのであります。趙襄子の姉はこれを聞き、笄《こうがい》を摩《と》いでみずからを刺して死にました。いまでも摩笄《まけい》という山があるのがその証左であり、歴代の趙王が、かの趙襄子のごとく暴虐無道であったことは、周知の事実であります。大王は、それでも趙王を恃《たの》むのであありましょうか」

まさに立て板に水。面憎いが、張儀は名うての縦横家の片鱗を見せた。

だが、隗の見るところ、張儀は秦の威光を笠に着て、態度も言葉遣いも謙虚さに欠けた。趙の残虐無比を力説し、その趙ですら、いまでは秦の郡県のごとくになりさがっていると吹聴してやまない。

（わが国が言うことを聞かぬなら、秦は趙を駆り立てて、いくらでも燕を攻めることができると脅す。秦王はこんな男を重用するか）

悔しいことには、燕は復興の真っ直中にあった。張儀の強要を撥《は》ねつける力はない。

――どうしたものか。

そんな面持ちで、昭王が隗を見た。

「貴殿が趙王の前でいかなる説を述べられたかは、おおむね想像できるような気がします。楚と秦は兄弟の国となり、韓および魏は東藩《とうはん》の臣と称して秦に仕え、斉は魚塩の産地を差し出して、秦と誼《よしみ》を結んだ。この情勢でいったい趙一国に何ができるか、などと恫喝なさったのでありましょう」

弱国の臣の分を超える発言であったろう。張儀は憮然として、隗を睨みつけた。隗は涼しい眸で受けとめる。

「孤《わたし》らは僻遠の地に住んでいるゆえ、躰は大きく意気は盛んだが、智慧は赤子並みなのだ。そこもとのお教えに随うとしよう」

危ないとみた昭王があとを引き取り、恒《こう》山（河北省常山）の麓の五城を秦に献ずることを約束した。

「いま飛ぶ鳥を落とす勢いの貴殿も、お仕えする主君に生殺与奪の権を握られていることに変わりはありませぬ。かりに貴殿の主君に万一のことがあったら、貴殿はどうなさるおつもりか。秦には、すでに商鞅《しょうおう》の例があります」

隗は、張儀に餞《はなむけ》の言葉を与えた。

商鞅は、おのれの信ずる法制を無慈悲に押し進め、秦の富国強兵に絶大な貢献をしたが、あまりにやりすぎて怨まれた。打ち殺されたのちに、死骸を車裂《くるまざ》きにされたのである。

張儀に思い当たるふしがあったのか、反論はなかった。すでの連衡の策達成という大きな果実を得ている。

——弱国・燕の上卿ごときが何をほざく。

傲岸不遜の態度で、隗を黙殺した。

張儀は帰国の途についたが、秦都・咸陽《かんよう》に着かぬうちに恵文王の死を伝え聞き、嫌な気がした。郭隗の餞がずしりと胸に落ちた。

その後の張儀には、ふたたび栄光は訪れなかった。即位した武《ぶ》王は、太子のころから張儀を嫌った。これを知る群臣が張儀批判を憚《はばか》らなくなった。

——張儀は信義に欠ける男です。左に右に国を売り、わが身のことしか考えてはおりませぬ。あの男をふたたび重用するなら、わが国は天下の物笑いとなりましょう。

とあしざまに言い、張儀の反論を封じた。

諸侯は、武王と張儀との隙《げき》を聞いて、さっさと連衡の策を捨て、合従の策に戻った。

進退谷《きわ》まった張儀は、魏に逃げ、一年余の間、魏の宰相を務め、周の赧《たん》王六年（前三〇九）、その地で死んだ。蘇秦《そしん》のように非業の死を遂げなかっただけでも恵まれていた。

縦横家・蘇代《そだい》は、斉都・臨淄《りんし》で退屈に押しつぶされていた。

燕で獅子奮迅の働きをしたのが大昔のように感じられる。斉では、活躍の場をほとんど与えられなかった。

（このままでは、わしは燕を潰した策謀家でおわってしまうわい）

弟の蘇厲《それい》は、斉朝に勤めて満足しきっている。これが代《だい》には面白くない。弟が斉で名をあげたとは、とても思えないのである。

「おまえは、牙や爪を抜かれた獅子のようだな。見かけ倒しではないか」

「わしが動くのは、斉朝で責任のある地位を勝ちとってからの話よ。そう焦ることもあるまい」

代に責められても、厲《れい》は動じない。結局、兄は燕を滅亡に導いただけで、帰斉した。それなりに遇されてはいるが、地位は厲と大してかわらない。つまり、厲は兄をたくみに使嗾《しそう》して、おのれの利を獲《え》たのである。こうなると、兄が斉を攪乱《かくらん》せよと煽ることに疎ましさすら感じる。

「張儀の楚での活躍を聞いたか。徒手空拳、頼るべきものはおのれの舌一枚のみ。楚王を誑《たぶら》かして、あの成果だ。そのついでに、韓を脅し、わが斉を脅し、趙を脅し、燕を脅した。その前には魏を脅してあるから、ついに連衡の策の完成というわけだ」

代は、張儀の活躍が羨ましくて仕方がない。

「また燕にでかけて燕の復興を助け、そののちまた潰したらどうだ。一度ならず二度となれば、兄者も張儀並みの名声を得るぞ」

うるさくなった厲がけしかけた。

「ううむ。そういえば、燕では、郭隗が破格の出世をとげたな。何でも黄金台を贈られたというぞ」

代の細い眼があやしい光を帯び出した。こうなると、とまらないのが代である。

「そんな話だ。郭隗がどんな男か知らぬが、どうせ北の弱国の人間だ。井蛙《せいあ》の類《たぐい》であろう」

「うむ。賢者の噂は高かったがな。郭隗に黄金台一つなら、わしには黄金台の二つや三つが相応だ」

代は、すっかりその気になった。斉王に謁見し、燕へ行って燕王に取り入り、ふたたび燕に騒乱をもたらしたい旨を述べた。

「寡人《わたし》は、そなたの機略にはつねづね甲《かぶと》を脱いでいるのだ。燕での働きは、じつに見事であった。それゆえ、寡人はそなたに対して、できうるかぎりの待遇をしてきたつもりだが。いま燕王はこの寡人への復讐に燃えていよう。燕へ行くとは、素手で虎に向かうようなものではないか」

宣王は危ぶんだが、代は張儀の楚での一件をたとえに出し、宣王の許しを得た。宣王としては、討燕に成功したが、燕占領には失敗した。これがなければ、代をもう少し厚遇していたに違いない。もっとも、代は待遇が不満であったのではなく、無聊《ぶりょう》に倦《あ》いたにすぎない。

数日後、代は早くも臨淄をあとにした。

寒到来を思わせる木枯らしが、木々を薙ぎたおす勢いで吹き荒れた。

「いかにも、わしの出発にふさわしい日和じゃ」

目に砂でも入ったのだろう。代は、瞬きをさかんにした。

「風が黄砂を巻き上げたときも、夏を感じさせる暑い陽射しのときも、同じようなことを言ったぞ。兄者、今度こそ気をつけろ。燕人は兄者を憎んでいるぞ」

弟の忠告に耳をかさず、代は呵々《かか》と笑って、旅立った。

（前のときは、趙都・邯鄲《かんたん》を経て燕都・薊《けい》へ行く道をとった。今回は、魏都・大梁《たいりょう》、韓都・新鄭《しんてい》に寄ってからにするか。逆方向だが、魏、韓両国が秦にどの程度痛めつけられているかを見ておくのも一興）

道中、格別なことはなかった。

韓都に着いて、張儀の死を聞いた。とくに感慨はないが、張儀の評判が悪いのを意外に感じた。韓都にしばらくいたのは、燕入りを急ぐことはなかったからである。

（時が経てば経つほど、燕人のわしへの怨みが薄れるからな）

張儀のように秘策があれば別だが、敵だらけの燕に乗り込むのにやや気後れがした。

周の赧王七年（前三〇八）、韓は秦に宜陽《ぎよう》（河南省宜陽県西）を攻められ、翌年、ついに宜陽を失った。首を斬られること六万。宜陽はその昔、韓の都であった。

（秦によって、この国が最初に滅ぶであろう）

代は韓の状況を見極めたのち、韓都を去って魏都へ向かった。

魏都・大梁に入って、思いもかけぬことに遭遇した。よりによって、代自身が魏兵によって捕らえられたのである。

「何をする。わしは、れっきとした斉臣・蘇代なるぞ」

吸鳴《どな》ったが、何の効もない。代がどのように言い逃れしようと無益だったのは、

――不届きなやつ。こんな男を野放しにしておけば、燕はおろか諸国が被害を受ける。

と、魏が燕のために動いたからであった。

代は、あまりのことに頭を抱えた。だが、そこは抜け目のない縦横家・蘇代のこと、獄吏に賄《まいない》して、弟・蘇厲に急使を走らせた。

（燕から魏にわしの身柄をよこせといってくれれば、おそらくわしは助からぬ。されど、弟が間に合えば、助かるかもしれぬ）

代は観念して、ひたすら厲の到着を待った。

獄中、秦の武王が薨《こう》じたことを聞いた。在位わずかに三年であった。

武王は大変な力持ちで、力試しを好んだ。その縁で、任鄙《じんぴ》、烏獲《うかく》、孟説《もうえつ》といった国内の力持ちたちがみな出世した。某日、武王は孟説と鼎《かなえ》の挙げくらべをして、脛骨《けいこつ》を折り、それがもとで死んだ。孟説は罪せられて、その一族は誅《ちゅう》された。

武王には子がなく、異母弟が立った。これが昭襄《しょうじょう》王である。昭襄王は燕に人質になっていたのが、燕人が送り返したので位に即《つ》くことができた。

（これは、郭隗の秦に対する布石か。いまの燕王は、聖人にかぶれた凡庸な先代とは違うのであろうな）

燕へ行こうにも、この危地を脱するのが先決であるが、蘇厲来魏の報に接することはなかった。

こちらは蘇厲。自信満々で斉を発った兄が、こともあろうに魏都で捕まったと聞いて、皮肉の笑みを泛《う》かべた。

「身のほどを知らぬからだ」

突き放してみたものの、助けを求めてきた兄を放っておくわけにもいかない。早速、斉王に事の詳細を告げて、魏都へ行く許しを得た。

厲の出立の日も代のときと同様、冷たい北風が容赦なく肌を刺し、人々の心を寒々とせしめた。

(兄者はみずからにふさわしい日和と豪語したが、死を誘う無常風《つねなきかぜ》だったわけだ)

道々、急いだつもりが、日数ばかりが虚しく経った。

魏都に到着して様子を探ると、兄はまだ獄中にいる。すぐにも、魏の襄王に会った。作戦は出来上がっている。

「斉が宋の地を手に入れて、涇陽君《けいよう》(秦の昭襄王の弟)に提供しましょうと申し入れましても、秦が受けるとは考えられませぬ。秦として不利になるわけでもありませぬのに、なぜ受けないかと申しますと、斉王とわが兄・蘇代を信用しないからです。いま斉と魏の間は険悪であります。加えて、魏は斉臣・蘇代を捕らえました。斉と魏の間が極めてよくないとなれば、斉が秦を欺こうとしないかぎり、魏を征討したい秦は斉との連繫をくわだてるでしょう。この結果、斉と秦の同盟がなれば、宋の地は容易に手に入り、涇陽君の領有となりますが、これは魏にとって大変な不利となります。魏にとって、宋は斉に対する防波堤のようなものですからな。それゆえ、大王は蘇代を東へ帰す方がよろしいのです。さすれば、秦が斉との連繫を考えることもなく、蘇代を信用することもないのです。つまり、天下に変事はなく、魏は悠々と斉を伐つ態勢をととのえられるというわけであります」

蘇厲も、代に優るとも劣らぬ雄弁の持ち主であった。魏王は、燕のために蘇代を捕らえても、それが惹き起こす不利を聞かされて、蘇代なんぞどうでもよくなった。

蘇代はただちに釈放され、安堵と決まり悪さの入り交じった顔で、弟に会った。

「おまえには借りができた」

代は、とにもかくにも弟に礼を言った。

「兄者もこれに懲りて、斉でおとなしくしていたらどうか」

「否。もう一花咲かせぬうちは斉には帰らぬ」

代は、おのれがいかに厭《いと》われた存在かを悟った。張儀の不評の所以《ゆえん》がはじめて感得された。当分の間、燕を諦めることにし、次の狙いを宋に定めた。厲が魏王の前で宋のことを持ち出したことをきっかけに、

(斉に狙われる宋にとり、わしの役割は小さくはなかろう)

と、考えたのである。

「今度は桀宋の籠絡だ」

宋の康《こう》王の暴虐は世間で知らぬ者はいない。夏《か》の桀《けつ》の悪逆非道は史上、最悪であるが、康王は宋の桀である。

「ふむ。まともな臣がみな逃げ出しているのだ。兄者の来宋は歓迎されるであろうが、桀宋のも

とで生命《いのち》を長らえられるか、あやしいものだ」

代は厲の疑いを無視し、来た道を引き返して、宋へ赴いた。所詮、平凡な暮らしには耐えられぬ男であった。

魯《ろ》酒《しゅ》薄くして邯鄲《かんたん》囲まる

一

短からぬ十数年という光陰は、過ぎ去ってみれば昨日今日のごとくであった。

（あれからずっと走りつづけているのだ）

三年間の遊学から戻った郭隗《かくかい》が銀花《ぎんか》の事件を知って韓《かん》都をめざしたのが、周の愼靚《しんせい》王三年（前三一八）の暮れのことであった。そのころの隗は三十路のやや手前、まだ若かった。昭《しょう》王の即位が周の赧《たん》王三年（前三一二）であり、隗はそれからの十年を祖国復興のために捧げた。

それはみずからの愉しみも、娶った銀花の幸せも犠牲にした過酷な歳月であった。すでに不惑（四十歳）をとうにすぎ、隗の風貌はますます枯淡の味を醸しているが、その胸底は悟りに遠かった。

（黄金台を贈られて、はや十年。来てくれたのは、鄒衍《すうえん》ただ一人）

隗が昭王に進言した〈まず隗より始めよ〉の賢人招来策は、成功したとはいえなかった。たしかに、さまざまな人物が来燕した。儒家、道家、法家、墨家、名家、縦横家等々、いくらか光る人材がないではなかった。

だが、それらの人々に欠けていたのは、この分野においてはだれにも負けぬとする絶対的な意志であった。隗はすでに何人かを採ったが、隗の求める基準に達していた者は、衍《えん》ひとりであった。

隗は失望を禁じえなかったが、それでも衍のおかげで、祖国の農に自信をもつことができた。銀花は隗の予想をはるかに超えるよい仕事をした。国の基は農にあり、隗はこの農をさらに豊かにする策を手中にした。

ただちに、隗はこれを実行に移した。紆余曲折はあるが、収穫を飛躍的に伸ばしたといえるであろう。いまでは、三、四年の飢饉にも耐えられる蓄えがあった。

衍は燕のこの状況を見届けると、陰陽主運の説一巻を残して、去った。隗と銀花は、薊《けい》城の郊外に衍を見送った。

「あのとき、おぬしは心当たりがあるとわしに言ったが、こんな美形をあの全土調査に遣わすとはのう。しかも、上卿夫人じゃから、わしは魂消《たまげ》たよ。はっはっは」

衍は大笑した。隗が微笑で応える。

「わしは、夫人《おくがた》の仕事に大いに満足したのじゃ。若い女の身で、よくもあれだけ細密に調べあげたものじゃ」

衍は、銀花を眩しそうに見た。褒められた銀花は、嫣然《えんぜん》として頰を染める。

「ある種の女性には、われら男が束になってかかっても敵《かな》わぬ特異な才があるようです」

隗が言った。これは本音である。

「特異な才といえば、あの方士どもに才がないとはいわぬが、実にいいかげんなやつらであったな」

ふと思い出したとみえ、衍は吐き棄てるような口調になった。隗には心当たりがある。燕国内における衍のことはたいがい知っていた。

某日、燕、斉海浜の方士たち数人が衍を訪れ、方術をもって挑んできたことがあった。

「わたしどもは方術には多少の自信がありますが、先生のごとくまず小事を考究してある結論に至り、それをもとに大きく推論を拡げ、ついには無限の大事に及ぼすやり方もなければ、天地のなりたちも人の世の行く先も説きえませぬ。なにとぞ先生にお教えをいただきたく……」

と出だしはしごくまともであったが、話していくと、鄒衍のお墨付きをもらったと名乗りたい俗な連中であることがわかった。

「おまえたちに教えることは何もない」

衍はすげなく断った。衍の名声をだしに、自分たちを売り込もうとする輩がけっこう多いのである。

「されど、先生。われらの方術を見くびってはなりませぬぞ」

なかの一人が脅すかのように言い放つと、気合い一声、みずからの姿を消してみせた。声はすれども影も形もない。

そのとき、隗は衍の傍らでたまたま成り行きを見守っていたのだが、これには喫驚《びっくり》した。

(われらが見ている目の前で、おのれの姿を消すなぞ、いかにしてなしうるのか)

隗自身はまやかしの類《たぐい》と見なしたものの、そのからくりまでは見抜けなかった。隗は、衍がどう切り抜けるのかを注視した。

衍は鞭をもってこさせると、いきなり声のするあたりを鞭で打ち出した。悲鳴があがった。衍はいささかの憐憫も与えず、徹底的に打ち据えた。床に長々と伸びた方士の姿が現われた。

「方術は何のためにあるのか。他人を愕《おどろ》かすためか。なんじらは、いままで何のために修行してきたのじゃ。愚か者めが。わしの学は経世済民にあるのじゃ。なんじらの愚かな欲望のためにあるのではない」

衍が喝すると、方士たちは這々《ほうほう》の体《てい》で引きあげていった。衍は去るにあたって、この事件を思い出したのである。

「いまとなっては、あのことも愉しい思い出となりました。先生にはふたたびこの燕に帰られ、わが国のためにお力添えを願いたいものです」

隗は、衍のふたたびの来燕を望んだ。

(得難い人)

そういう思いが強い。

のちに、衍は、趙の名士・平原君《へいげん》趙勝《ちょうしょう》(武霊王《ぶれい》の息《そく》。武霊王を嗣いだ恵文王《けいぶん》の弟)の前で、公孫龍《こうそんりょう》と白馬非馬論の是非を論争している。

平原君は趙の数ある公子のなかでもとりわけ賢く、賓客を好んだ。食客の集まること数千人と桁外れであった。斉の孟嘗君《もうしょう》、魏の信陵君《しんりょう》、楚の春申君《しゅんしん》とともに、戦国の四君子として名高い。

公孫龍は名家として、つまり論理学で頭角を現わし、

——堅き白き石は二なり(堅いは触覚によって得られ、白いは視覚によって得られる。堅いと

白いは別物である。堅いを意識すると、白いはなくなり、白いを意識すると、堅いはなくなる。ゆえに、堅き白き石は、堅い石と白い石の二である）。
——白馬は馬にあらず（白は視覚によって得られ、馬は統覚によって得られる。白馬は白と馬の二である。一に一を加えると、一ではなくなる。ゆえに、白に馬を加えると、馬ではなくなる）。

といった詭弁で、人々を惑乱させた。

さて、衍は公孫龍を前に、

——論というものは、そもそもなんのためにあるのか。意を述べ、その思うところを明らかにし、他人《ひと》をして理解せしめ、他人の迷妄を払うべきであって、迷いをさらに増やすなどはもってのほかと申せましょう。いま、文を煩瑣にし、譬《たと》えを巧みにしてかえって相手を混乱に陥れ、相手の理解を減じようとする貴殿のあり方は、大道を害するものと言わねばなりませぬ。わたしは、そういったことを断じて赦しませぬ。

と、公孫龍を真っ向唐竹《からたけ》割りにした。公孫龍の得意とする論に入る前に、粉砕したのである。一座の人は皆、衍の論を善しとした。衍の気魄は、それだけ衍が道を愛することの証であった。魄は、衍の本質が平凡ともいえる儒家であり、特異な論の底に秘められた真理を求める真摯《しんし》な姿に共感を覚えた。

「かりに再び燕に来ることがあるとしたら、燕、斉間の戦のあとになろうかのう。ところで、魄どの。斉《せい》の薛公《せっこう》（孟嘗君《もうしょうくん》）には気をつけた方がよい。くれぐれも敵にまわさぬようにな」

衍は、最後に忠告を残した。

隗は去りゆく鄒衍を目で追いながら、孟嘗君の名を脳裏に刻んだ。

燕の民の暮らしには、余裕が感じられるようになった。鼓腹撃壌《こふくげきじょう》とまではいかないが、それらしい空気が漂っている。

昔、帝堯《ぎょう》は天下を治めること五十年、おのれの政《まつりごと》がうまくいっているのか否か、たしかめたくなった。周りの者に訊いても、すっきりした答えは得られない。やむなく粗末な服に着替えて、町なかに出た。子どもが歌を唱っていた。

——我が烝民《じょうみん》を立つるは、爾《なんじ》の極《きょく》に匪《あら》ざる莫《な》し。識《し》らず知らず、帝の則《のり》に順《したが》う（皆がこうして暮らしていけるのは、どれもこれも天子さまのおかげ。知らないうちに、天子さまのお手本に順っている）。

帝堯はこれを聞いて、馴染めなかった。子どもらしい歌とは思えなかったのである。

さらに歩むと、老爺が口に食べ物をふくみ、腹鼓（はらつづみ）をうち、壌を撃ちて（足で地をうって拍子をとりながら）歌っていた。

——日出でて作《い》し、日入りて息《いこ》う。井《せい》を鑿《うが》ちて飲み、田を畋《たが》して食らう。帝力《ていりょく》何ぞ我に有らんや（日が出れば野良仕事をし、日が沈めば帰って寝る。井戸を掘って水を飲み、田を耕して食べる。天子さまといっても、われらに何の関係がある）。

帝堯はここに十分な満足を覚えた。無為にして化す。天子さまのおかげなどと感じさせない政《まつりごと》が理想の極致だからである。

隗は、昭王の政事に鼓腹撃壌に迫ろうかという天下泰平を感じたが、他方で、

(さりとて、王は斉に対する復仇を諦めはしないであろう)

と、不安を打ち消せなかった。どこまでいっても、隗の悩みのつきることはないのである。

このころ、隣国・趙《ちょう》の武霊王の噂が何かと伝わるようになった。隗は、武霊王から受けた恩義をかたときも忘れたことはない。昭王即位に力を貸してくれたのは、ひとり武霊王であり、武霊王なかりせば、いまの燕はない。

隗が趙を去るとき、武霊王は、

――寡人《わたし》は東への備えをほどほどにし、西は豺狼《さいろう》の秦ゆえ、北方に狙いを定めようと考えている。それには、遠大なる計があるのだ。そこもとにも、燕復興の計が待ちかまえていよう。いずれの計が早期に成るか、寡人かそこもとか、互いに愉しみにしていようではないか。

と語った。

(壮年になられた趙王は、いよいよ遠大なる計にとりかかられたのだ)

隗は西の方角を眺め、武霊王の壮挙を想った。


趙は西は秦、東は燕と斉、南は魏にそれぞれ国境を接している。武霊王はやむなく北への版図拡幅をめざした。

ところで、北にはいわゆる騎馬民族たる夷狄《いてき》の諸国があって、なかなかに手強い。中原諸国は戦車戦および歩兵戦を得手としたから、機動力にまさる騎馬戦法にはつねに翻弄されてきた。

武霊王の豪《えら》いところは、みずからが北辺の地を探査したことで、この旅により一つの示唆を得た。

──騎馬戦法が苦手なら、騎馬戦法が得手になるようにわれらが変わればよい。と。

武霊王は帰国すると、

──これからは、われらも胡服騎射をなすぞ。

と、宣言した。馬上から弓を射るため、乗馬に適した胡服を着用すべしというのである。これは、しかしながら、拒否、拒絶、峻拒の大合唱で迎えられた。いかに武霊王とて、王の命令ひとつで押し切ることのできぬ場面もあったのである。中原諸国には、漢民族を至上とする牢《ろう》乎《こ》たる中華思想がある。胡服を着ることは、それまでの中原文化の全否定につながるのであった。

武霊王を支えたのは、重臣・肥義《ひぎ》と樓緩《ろうかん》であり、この両人が下の者に説き、武霊王が叔父にあたる公子成《せい》を説得したことで、事態はようやく解決した。

猛反対を受けた胡服を着るべしの命は、ついに趙の国是となり、すぐさま国をあげて胡服騎射に習熟するための鍛錬がはじまった。

武霊王は、趙の東にある中山《ちゅうざん》国に狙いを定めている。趙と燕に挟まれた中山国は、夷狄《いてき》の国であった。中原に位置するこの異民族の小国は、やはり騎馬戦を得意とした。武霊王はまずもって中山を攻めることで、おのれの国の胡服騎射の実力を試そうとしたのである。

隗は、武霊王のこうした噂を耳にして、武霊王の剛毅果断ぶりを爽快に感じた。

(燕では、とてもあのようにはいかぬ)

けれども、隗は武霊王のそんなやり方に一抹の危懼《きく》を覚える。

（とかくやりすぎると乱を招く。過ぎたるは猶《な》お及ばざるがごとしというではないか）

隗には、燕においても胡服騎射を採用すべきか否か、即断できなかった。それをやると、みずからの信ずる道、鄒衍の説く仁義と節倹の道、孟子の説く王道から大きく逸れるような気がする。

燕にとり、この十年は曲がりなりにも平和であった。他国を侵略しなかったし、他国からの侵略もなかった。隗は、内向きの政に専念していればよかった。

他方、諸国間の抗争は、依然として熄《や》むことを知らなかった。秦は相変わらず韓を攻め、魏を攻めていた。

昨年（前三〇三）、斉と韓、魏は楚を攻め、楚は太子を秦に人質に入れて、秦の救援を請うた。張儀《ちょうぎ》に翻弄された懐《かい》王は、楚を回復不能なほどに衰えさせた。韓と魏は、かつて楚に奪《と》られた領土を取り返そうと、楚を攻めたのである。楚は、西の秦、東の斉の二大強国をはじめ諸国から、その後も蚕食されつづけた。

この列強の動きに趙が加わり、趙は中山攻めを本格化させた。

ひとり、燕だけが戦と無縁であった。隗は、ひたすら富国への道を急いだ。戦国の世が燕のみをいつまでも戦乱から遠ざけないことを予感していた。

それから、また何年か経った。諸国間の争いは、ますます烈しさを増した。

周の赧王十四年（前三〇一）、斉の宣《せん》王が卒《しゅっ》した。稷下《しょくか》の学士を育てて、諸子百家の時代の形成に大いに与《あずか》って力のあった王であった。子の湣《びん》王が位に即き、孟嘗君田文《でんぶん》が宰相となった。鄒衍が別れ際、隗に忠告した人物である。

同年、斉は韓、魏とふたたび合従して、楚の方城（長城の名。河南省葉《しよう》県南）を攻め、泚《ひ》水の西、垂沙《すいさ》（河南省唐河《とうが》県西南）で楚軍を破った。韓、魏両国は宛《えん》（河南省南陽市）、葉《しよう》（河南省葉《しよう》県南）以北の地を楚から取り返した。

同年、楚の民の不満は大蜂起となって爆発した。これを鎮圧した楚は、弱体の度を深めた。そののち、懐王は愚かにも秦王の招きに応じて秦へ行き、囚《とら》われの身となった。ひとたびは秦を脱出するも逃げきれず、ふたたび捕らえられて、結局、周の赧王十九年（前二九六）、秦で客死した。張儀によって運命をずたずたにされた懐王は、とうとうはまりこんだ深みから抜け出せなかったのである。

不世出の詩人・屈原《くつげん》がこの懐王に諫言して入れられず、あまつさえ追放されて、ついに汨羅《べきら》の淵に身を投げたのもこのころである。

趙が中山を滅亡に至らせたのも、周の赧王十九年であり、燕もまたこの年、復興以来はじめての試練に遭遇した。かかる意味で、周の赧王十九年は、隗にとって忘れられぬ年となった。

「これでは、魯酒薄くして邯鄲囲まるではないか」

隗は凶報に接し、愕然として声に出した。

楚に献上した魯の酒が薄かった。楚王が憤《おこ》って、魯を攻めた。その機会を利して魏が趙に攻め入り、趙都・邯鄲を囲んだということが、かつてあった。

あるいは、楚に献上した魯の酒は薄かったが、趙の酒は濃かった。楚の酒役人が自分に何も寄越さない趙を恨み、魯と趙の酒を入れ替えて楚王に出した。楚王が趙酒の薄いことを憤って趙に攻め入り、趙都・邯鄲を囲んだということであったかもしれない。

いずれにせよ、趙にとってはとんでもない災難である。だが、こんな理不尽もまれには起きる。隗は、これを言ったのである。

——斉軍、わが国境を侵し、燕下都包囲さる。

これが、隗の受けた報であり、斉軍の将は孟嘗君であった。

孟嘗君は名を文《ぶん》、姓を田《でん》という。田文の父は靖郭《せいかく》君田嬰《でんえい》といい、斉の威《い》王の末子で、宣王の弟にあたる。薛《せつ》（山東省滕《とう》県南）に封じられたので、薛公と呼ばれた。靖郭君は諡《おくりな》である。

田嬰には、男子が四十人余いた。田文の母は身分の低い妾《しょう》であり、しかも、文は五月五日の生まれであった。

——この子を捨てよ。

嬰は、文の母に命じた。母はひそかに文を育て、文が大きくなってから、文の兄弟に取りなしを頼んで、文を父親に会わせた。

——わしは、この子を捨てよと命じなかったか。

嬰が、文の母を叱りつけた。

すると、文は頓首して母に代わって答えた。

——父上が五月生まれの子を捨てよと仰せになったのは、なぜなのですか。

——五月生まれの子は、身の丈が戸の高さに達すると、親を殺すといわれているからじゃ。

——人は生命《いのち》を天から受けるのでしょうか、はたまた戸から受けるのでしょうか。

文に問われて、嬰は答えられなかった。

——生命を天から受けるのであれば、父上が案ずることは何もありませぬ。生命を戸から受けるのであれば、戸を高くすればよろしいのです。だれも達することができぬように。

——わかった。もうその話はするな。

嬰はそう答えて、父の威厳を保った。

そのすぐあと、文が父の閑なときを見計らって、父の前に出た。

——子の子を何といいますか。

——孫だ。

——孫の孫は何といいますか。

——孫の子は曾孫《ひまご》。その子となると、玄孫《やしやご》だ。

——玄孫の孫は何といいますか。

——知らぬな。

そこで、文は言った。

——父上が斉の宰相になられてから、王さまは三代になられます。その間、斉の領土はいっこうに拡がらないのに、父上は万金の富を積まれました。しかも、父上のおそばには賢者がひとりも見られませぬ。父上はなおも富を蓄えられて、呼び方もわからぬ子孫に残そうとしておられますが、国力は日に日に衰えているのです。わたしは、そのことが不思議に思えてなりませぬ。

嬰はようやく文の聡明なことを知り、家事の宰領をまかせて、客人の接待にあたらせた。客人は日をおって増え、田文の名声は知れわたるようになった。田嬰の死後、田文があとを嗣《つ》いだ。孟嘗君は諡である。

孟嘗君は、どんな出の者でも快く食客に迎えたから、一時は食客は数千人にのぼった。孟嘗君の名が全国に轟いたのは周の赧王十四年（前三〇一）、泚《ひ》水の西、垂沙《すいさ》で楚軍を破ったあの戦からである。

ここに、斉、楚、韓、魏四国の合従がなった。これは秦にとって脅威である。秦は斉との和親を画策し、涇陽《けいよう》君を斉へ人質に出して、孟嘗君を秦の宰相に迎えることにした。

秦は豺狼の国ゆえに、孟嘗君はいったん秦の申し入れを断ったが、自分が秦の宰相になれば斉にとってはなはだ益がある。ついに、秦入りを承諾し、宰相の地位に就いた。これが、周の赧王十六年（前二九九）のことである。

一方、趙の武霊王は、これを聞いてすぐさま妨害策をほどこした。斉、楚、韓、魏四国の合従がなったうえに、秦がその仲間入りをすれば、趙の立場は極めて殆《あや》うくなる。

武霊王は謀臣の樓緩《ろうかん》を秦へ、仇郝《きゅうかく》を宋へそれぞれ派遣した。秦と宋のためには、斉との同盟よりも、秦、宋、趙が連衡して斉にあたった方が有利である、と説かせるためであった。

翌周の赧王十七年（前二九八）、樓緩は秦王の前で弁を振るった。

――孟嘗君は、なるほど賢士であります。されど、斉の一族であることをお忘れになってはいけませぬ。孟嘗君が秦の宰相として辣腕《らつわん》をふるったなら、その結果は秦に不利、斉に有利となって現われますぞ。

これを聞いて、秦の昭 襄《しょうじょう》王は考えなおした。

孟嘗君を罷免して、楼緩を宰相に就けた。孟嘗君との約定を違えたのであるから、このまま孟嘗君を帰国させれば、秦への復讐をたくらむに決まっている。昭襄王は、やむなく孟嘗君を暗殺することにした。

孟嘗君も事態の急変を知って、すぐさま引き連れてきた食客たちと善後策を練った。敵地であるから、おいそれと策を見出せない。結局、昭襄王の寵姫に取りなしを頼むしかなかろうということになった。

——狐白裘《こはくきゅう》をいただけますなら。

これが、孟嘗君の依頼に対する寵姫の返事であった。

狐白裘とは、狐のわきの下の白い毛皮の部分を集めてつくった皮ごろもである。天下に二つとない珍品だが、困ったことには、すでに昭襄王に献上してある。

すると、食客のうち、狗盗《くとう》（狗《いぬ》のように盗みを働く）を生業《なりわい》にしていた男が、

——てまえなら、盗んでこられましょう。

と、進み出た。

日頃はだれからも相手にされぬ男だが、事態は切迫している。孟嘗君は祈るような気持ちで、男にまかせた。

男は、夜に入って仕事にかかった。一同、固唾《かたず》を呑んで待っていると、宝物庫からものの見事に狐白裘を盗み出してきた。孟嘗君はこれを昭襄王の寵姫に贈り、口添えしてもらって抑留をとかれた。

一行はただちに馬車を飛ばし、国境をめざした。函谷関到着が真夜中になった。同関は一番鶏

が鳴かないかぎり、旅人を通さない決まりとなっている。昭襄王の気が変わって、追手が近づいているかもしれず、一同がただ困惑していると、

——てまえがやってみましょう。

と、進み出た者がいる。鶏の鳴きまねがうまいというただそれだけの理由で食客になった男である。平素、だれからも無視されていた男であった。

男が鳴いてみせると、あたりの鶏がつられて一斉に鳴きだした。一行は、辛くも関を逃れ出た。まもなく追手が到着したから、孟嘗君は鶏鳴狗盗《けいめいくとう》によって九死に一生を得たのである。

斉に帰った孟嘗君は、滾《たぎ》りたつ思いをこらえて復讐にとりかかった。

その年、韓、魏と合従して、早くも函谷関に聯《れん》軍を集結させた。このときの三国の攻めは執拗であった。二年というもの、攻めに攻めつづけた。秦は、はじめて防戦一方に追いやられた。

周の赧王十九年（前二九六）、ついに斉、韓、魏の聯軍は、難攻不落の函谷関を抜いた。

秦は和を請い、孟嘗君は受け入れた。長期の遠征ゆえ、そのあたりが撤退の潮時とみたのである。韓は武遂《ぶすい》（山西省垣曲県東南）の地を、魏は河外（黄河の西）および封陵《ほうりょう》（山西省芮《ぜい》城西南）の地を取り返した。

これまで連戦連勝の秦を破った孟嘗君の功は絶大であった。しかも、鶏鳴狗盗の者を他の秀でた客人と同格に扱ったからこそ、土壇場で生命を拾ったのである。だれもが、孟嘗君を絶賛し、また孟嘗君の眼力に讃歎を惜しまなかった。

秦からの帰国の途次、孟嘗君は趙都・邯鄲に立ち寄った。趙が樓緩を秦に送ったことが、このたびの逃走劇やら函谷関攻防戦やらの発端となった。孟嘗君には、趙に対して含むところがあ

る。趙もそれを知って、平原君を孟嘗君の接遇役に起用し、その場は事なきを得た。

ところがである。いまや英雄の斉の孟嘗君を一目見ようと、趙ではいたるところで、見物人による押し合いへし合いの大騒ぎになった。

某県で事件が起きた。たまたま、その県の心ない人々が、

――薛公（孟嘗君）はさぞかし偉丈夫と思っていたが、何のことはない、躰は小さいし、貧相な男ではないか。

と、孟嘗君を笑いものにしたのである。

孟嘗君の矜持《きょうじ》がこれを許さない。瞋恚《しんい》に蒼白となった主人を見て、食客たちが馬車から降り、剣を抜いた。

時ならぬ嵐に襲われたようなものである。数百人が斬り殺された。孟嘗君の一行は、一県をまるまる滅して立ち去った。趙は報復しなかった。報復できなかったというべきかもしれない。

趙の武霊王が謀臣・樓緩を秦に派遣したために、周り回って燕に火の粉が振りかかることになった。憤懣やるかたない孟嘗君率いる斉軍が、ことのついでにその憤怒を燕に向けたからである。

「魯酒薄くして邯鄲囲まる」

隗が思わず叫んだのは、ゆえないことではない。

二

燕下都《かと》が包囲されたということは、長城が破られたことを意味する。

――なぜ。いかにして。

国境防備は、厳重をきわめていたはずである。狼狽《うろた》える燕朝にあって、隗は孟嘗君の意図を冷静に読んでいた。

（秦を破ったあの男に、わが燕は物の数ではないはずだ。趙ですら、あの男の乱暴狼藉に仕返しをしなかった。おそらく、燕は北の隅で温柔《おとな》しくしておれとの警告であろう。さすれば、わが方は敵に勝たずとも、斉軍を国境外へ追い出すことでよしとせねば）

隗は孟嘗君の思惑を昭王に説き、正面から激突するの愚をさけ、敵の補給路を断って撤退させる策を述べた。下都は金城鉄壁との思いがある。時が経てば絶つほど、斉軍は不利になるのである。

だが、同意は得られなかった。相手が斉軍となると、昭王自身がどうにもできぬ意地があった。

「上卿の考えは弱気にすぎる。上卿の尽力により、わが国は見事に復興し、繁栄をとげた。兵力も昔日の比ではない。斉将が孟嘗君であろうと、何を怕《おそ》れることがあろう。下都をよく知る郭建《かくけん》および徐風《じよふう》を将軍に任じ、三軍に進撃を告げて、斉軍の高慢の鼻をへし折るのだ」

昭王は、顔面を真っ赫に紅潮させた。平素にない昭王の哮《たけ》りに、

（これほどまで斉を憎まれておられたのか）

と、隗は進む道の相違を思い知らされた。

隗自身は、斉の燕占領時の暴虐を目《ま》の当たりにしている。昭王は他国にあって、直《じか》には知らない。だが、斉への怨み、憎しみはちょうど立場を逆にしていた。隗と昭王の間の亀裂がはじめて露わになった瞬間であった。

隗はそれ以上の強弁を避けた。荘子が超越したように、孟子が断念のやむなきに至ったように、自分の求める道はいずれ拒絶されざるをえないのである。

出撃前、徐風があいさつに来た。隗は、

「哀しいかな、わたしは兵法に疎いのです。率直に言って、わが軍はどうなのですか」

と、訊ねた。

「すでに、昔の力は取りもどしています。されど、わが軍にはこれといった特質がありませぬ。趙のように胡服騎射を取り入れることもなく、秦兵のように強靭でもなく、斉兵のように孟嘗君のごとき勇将をもつわけでもありませぬ。燕は弱兵との評がいつでもついてまわります。しかも、ここしばらく戦を経験していませぬゆえ、若い兵士にははじめての戦場となります。いまのわが軍では、上卿の策が至当と思われますが、命《めい》は命ゆえ、真正面から斉軍に体当たりする覚悟であります」

徐風の落ち着き払った物腰はさすがであった。

そのあと、張房《ちょうぼう》がやって来た。卿の一人として、昔も今もつねに隗を支える友である。

「建《けん》は、戦の経験が皆無なのだ。大丈夫だろうか」

と、不安を隠そうともしない。

昭王の命は、

――三軍の統率のよろしきを得て、かならずや斉軍を易水に沈めよ。

というものであった。

朝議の場で、房も隗の策に賛同したが、昭王はこの件に関してはいかなる説得も受け入れなかった。

「徐風がいるゆえ、心配することもなかろう」

「斉兵の目的は黄金台にあるのだ、と建は憤っていたが」

「なるほど。黄金台か。さすれば、黄金はもはや無事ではないな」

「否。われらの兵が黄金を下都城内に運びこんだというぞ。間一髪で、間に合ったそうだ」

この話を聞いて、隗は祖国の運がまだ去っていないことを感じた。

「長城守備隊のだれかが賄《まいない》されて、長城の門を開けたのであろうか」

「皆がそう言っている。おぬし、どう思う。わが軍は勝てるか」

房は、不安で仕方がないらしい。

「こればかりは皆目……」

「おぬしでもか」

「わたしだからだ。戦のことはさっぱりわからぬのだ」

燕軍の勝利を祈ること。これが隗にできる唯一のことであった。

主将が郭建で、副将は徐風だが、経験の差から徐風が指揮をとった。建《けん》は、それを条件に引き受けたのである。

「わたしは下都の建設に従事しただけではないか。もともと武人ではない。今回の人選は大いなる誤りである」

建は道々、零してばかりいた。

徐風は頷きながら、じつは何も聞いていない。昭王の緒戦であるから何とか勝ちたいが、如何せん兵は経験不足である。

（わしが死地に飛び込み、敵を長城外に誘い出すしかなかろう）

徐風自身は、死を覚悟している。

徐風の横には、副将・董信《とうしん》が即《つ》かず離れず、随《したが》っている。董信は、徐風の若いころからの腹心であった。

斉軍は、下都城を十重二十重に包囲している。

徐風は斥候を出して、孟嘗君の陣する斉軍の中軍の位置を見極めさせた。

「敵は燕の援軍に備え、防御陣を構えているはずです。そこで、いささかの偽計を試みましょう。董信《とうしん》が先鋒を、将軍が中軍を、わたしが奇襲部隊をそれぞれ率います。董信軍の狙いは、敵の目を惹きつけるにあります。東から堂々と敵の防御陣を突破する構えだけをとるのです」

徐風が策戦を指示した。董信は、すべてを呑み込んだ表情で聞いている。

「うむ」

建は、さすがに必死の面持ちになっている。

「将軍は中軍の指揮ゆえ、董信の先鋒軍の後ろでどっしりとしていてください」

「それだけでよいのか」

「はい。わたしは奇襲部隊を率い、南から敵の中軍の側面を不意に突き、一気に敵を長城外へ押し出します」

「ううむ。一気に長城外へか」

「さようです。斉軍は中軍危うしに、下都城包囲網を解き、わが奇襲部隊の追尾にかかるはずです。そこを董信軍が追撃します」

「斉の中軍が逃げ、わが奇襲部隊が追い、その後ろを斉軍が追い、その後ろを董信軍が追うというのか。それでは、一体どういう展開になろう」

「包囲網を解いた斉軍は、当然ながら殿軍《しんがり》をおきます。この部隊が強力であれば、董信軍の動きはとまります。さすれば、わが奇襲部隊は斉軍に挟撃されて殆《あや》うくなります」

「包囲網を解いた斉軍がわが奇襲部隊を追う前に、なぜ董信軍とわが中軍とで食い止めぬのか」

「一つに、それが敵の主力であること。二つに、戦うよりも敵を長城外に追い出すのが狙いだからです」

「すると、貴殿の奇襲部隊は敵の中軍を国境外に押し出しつつ、敵の主力をも誘き出そうというのか」

「それは危険すぎる。いわば囮《おとり》ではないか」

「そのとおりです」

　建は蒼くなった。

「危険は承知のうえです」

「では、敵の殿軍が強力だったときには、わが中軍が突撃し、董信軍を遮二無二、通させねばならぬな」

建は、呑み込んだようである。

「そのとおりです。ただし、いかなる場合でも、敵の殿軍は最強の兵とみるべきです。将軍は、無理攻めをお避けください。要は、敵を長城の外に追い出しうればよいのです」

徐風は、どのようにうまくいっても、おのれの奇襲部隊の大半を失うと見込んでいた。じつに危うい橋であるが、経験のない建を死地に巻き込みたくはなかったのである。


建は進軍中、徐風からみっちり仕込まれ、おおむねのことを頭に入れた。

臨機応変に動けるか否か、不安はあるが、さいわい先鋒軍を率いる董信《とうしん》は、徐風の腹心の部将として頼りになりそうである。

趙は胡服騎射に切り換えたが、燕は依然として戦車と歩兵の旧式戦法である。斉軍もいまだ戦車主体であるから、これは五分と五分であった。

武器は殷周の時代に比して格段に進んだが、戦車戦法だけは昔とあまり変わらない。四頭立ての戦車に三人が乗る。中央は馭者で、これは戦力にはならない。左の一人が弓を射、右の一人が長い戈《か》を振るう。右の兵士を戎右《じゅうゆう》といい、三人のなかでは主力である。

戦車の前、または後ろには歩兵が七十二人蹤《つ》く。戦車上の三人と合わせて七十五人となる。後方支援の部隊が二十五人いるから、戦車一台につき、百人の構成となる。

一軍には百二十五台の戦車が配備される。つまり一万二千五百人である。三軍で三万七千五百人になる。徐風は先鋒に一軍半、中軍に一軍、奇襲部隊に半軍をあてた。

燕の全戦車量が六百台であるから、昭王としては相当な大軍を斉軍駆逐にあてたのである。もっとも、このころは攻城戦が主となり、野戦が少なくなってきたこともあって、昔にくらべて戦車の数は減ってきている。

薊《けい》から南西に向かって一直線に走り、救援軍は北易水の北岸に到着した。

董信率いる燕の先鋒軍と郭建率いる中軍はそのまま北易水を渡河して下都に向かって前進し、徐風帥《ひき》いる奇襲部隊はここで別れて南進した。

下都城の周りを斉旗がぐるりと取り巻いている。

董信は、しずしずと戦車を斉軍防御陣の前に進めていった。さすが徐風の腹心の部下、敵の大軍を見ても平然としている。建はその後方で中軍を配置させ、ここに燕軍は斉軍と対峙《たいじ》した。

かねての打ち合わせどおり、建は頃合いをみて、

「よし。全軍、突撃せよ」

と、大号令をかけた。

威勢よく鼓声が轟き、董信率いる先鋒軍は、いっせいに吶喊《とっかん》の声をあげた。

戦車が砂塵を巻き上げ、轟音を伴った巨大な嵐が斉軍に襲いかかる。

ところが、迎える斉軍は堅固な防御陣を構えている。難なく燕軍を反《は》ね返した。

「これはいかぬ。退け」

董信の絶叫に、銅鑼《どら》が鳴り響き、燕軍は退却を開始した。

斉軍は、追撃して来ない。偽計を疑っているのであろう。

建は二度、三度と突撃命令を出したものの、その都度、跳ね返されるので、次第に苛立ってきた。

「ええい。情けない。こんなことで王や民に申し開きができるか」

左右を怒鳴り散らした。

名演技というべきであるが、本人はついふりをしていることを忘れ、本気になって怒っていたのである。

四度目の突撃も反《は》ね返されて、

「はて」

と、建が当惑したとき、突如、南の方で鼓声が轟き、凄まじい喊声があがった。

燕旗を翻らせた戦車部隊が、側面から斉軍を衝《つ》いている。

「そうであった。徐風の奇襲を忘れていた。戦場で平常心を保つのは至難の業だな」

建は、五度目の突撃命令を出した。それを受けて董信軍が斉軍に突き入った。


さて、こちら、徐風の奇襲部隊は、先鋒軍の果敢な突貫と退却を手に汗を握りつつ視ていたが、何度も燕軍を反ね返したせいか、斉軍にようやく油断の色が現われた。

「いまぞ、好機」

徐風は、奇襲部隊に進撃を命じた。

戦車が轟音を立てて砂塵を撒き散らすなか、左右に並んだ歩兵部隊が足早に敵陣をめざした。

斉軍は、側面からの攻撃をまったく予測していなかったようである。

それだけ董信軍の突撃が真に迫っていたのであろうし、四度も撃退して、燕軍怕《おそ》れるに足らずと油断したこともあろう。

いきなり中軍を急襲されて、斉軍は大混乱に陥った。燕の奇襲部隊はここを先途と衝きに衝き、攻めに攻めた。

たまらず斉軍が退き出す。

徐風はここでさらに鼓声を轟かせ、ただひたすら斉の中軍を突きたてた。

斉軍は意外な展開に態勢を立て直しえず、ついに長城の外へと押し出された。

徐風の目的はただひとり、孟嘗君である。

「いまぞ。進め、進め」

徐風の戦車は風のように奔り、右に左に敵歩兵を屠《ほふ》り、ひたすら孟嘗君を探し求めた。

董信の率いる先鋒軍は、下都城包囲網を解いて中軍の救援に駆け出す斉兵の動きを見極めると、追撃にかかった。

背を見せる敵を次々に斃《たお》し、大いなる戦果をあげたが、長城を出た途端、たちまち斉の殿軍に阻まれた。

いくら突けども、敵は下がらない。あろうことか、こちらの方が押されだした。

そこへ、郭建の率いる燕の中軍が到着した。

「徐風は、無理攻めを避けろと言っておったが」

「滅相もない。それは、戦に慣れぬ将軍に遠慮してのこと。このままではわが奇襲部隊は全滅します」

「どうすればよい」

「さきほどの手をもう一度、お使いください。わたしは、迂回して奇襲部隊の救援に参ります」

「わかった。突貫のふりをすればいいのだな」

「さようです」

はや、董信は建を残し、みずからの先鋒軍を率いて大きく西へ回る道をとった。

「よし、突撃してすぐにも引き返せ」

建の命に、燕中軍は鯨波《とき》の声をあげ、斉の殿軍にあたるとみせては退き、またあたるとみせて退いた。これを何度も繰り返して、斉の殿軍を引きつけた。


一方、孟嘗君は燕軍の思いがけない抵抗に舌打ちしていた。秦をやりこめた英雄が北の弱国に後れをとったとあっては、名誉に傷がつく。

無理無体に圧《お》され、とうとう長城外に突き出されたが、ふと気づくと何のことはない。追撃して来る燕軍は少数であった。

「何たる向こう見ずなやつらか。わしを知らぬか」

孟嘗君は戦車を回れ右させた。

その動きに、泡を食って逃げに徹していた斉の中軍も合わせる。

眠れる獅子は目覚めた。

「莫迦なやつら。おまえたちは深追いしすぎたのだ」

斉兵の反撃に、燕兵は殺戮《さつりく》されていった。

とうとう燕指揮官の戦車一台きりとなった。しかも、車上にはたった一人しか残っていない。

「おい、戈を捨てよ」

孟嘗君が怒鳴った。敵は応じない。

「わしは斉将・田文である。勇士を殺したくはないのだ。武器を捨てよ。なんじの働きは敵ながら天晴れであった。生命《いのち》を助けてとらすから、武器を捨てよ」

再度の孟嘗君の叱声にも、相手は動かない。彫像のように凍りついている。全身に返り血を浴び、凄惨な姿に殺気がこもる。

「殺しますか」

孟嘗君の食客が訊く。

「否。殺すには惜しい。生擒《いけどり》にせよ」

孟嘗君の食客たちが数台の戦車で、燕の最後の一台を囲んだ。

「降伏せよ。さもなくば、痛い思いをするぞ」

こちらがいかに脅しても、相手は無言を貫いている。

やむなく、力づくでとなったとき、周りで大声があがった。皆が目を転じると、あらたな燕の戦車一台が燕旗を翻し、駆けてくる。

まさに猪突の勢いで、孟嘗君の目の前に飛び込んできた。車上には、これまた一人が残るのみ。全身血にまみれ、肩で息をしている。

「間に合いましたか。死ぬときは一緒ゆえ」

振り絞る声が途中で掠《かす》れた。

「おお」

燕将同士は短い言葉を交わした。

游俠《ゆうきょう》をもってなる孟嘗君は、こういう場面が好きである。

「気に入った。悪いようにはせぬゆえ、なんじたちの生命《いのち》をわしに預けよ」

孟嘗君の偽りのない態度に感応し、燕将二人は武器を捨てた。名を訊ねると、

「徐風」

「董信」

と、それぞれが答えた。

孟嘗君は鷹揚に頷くと、縛めもせずに二人を配下に委ねた。

「戦況はどうじゃ」

と、孟嘗君。

「敵の奇襲部隊はほぼ全滅。迂回してきた燕先鋒軍を蹴散らしました。燕中軍はわが殿軍に阻まれ、なすすべを知らず。わが軍は、悠々と退却しているさなかであります」

部下が答えた。

「されば、この戦、われらの勝ちじゃな。敵の三軍を覆し、敵二将を生擒《いけどり》にしたのだからな」

孟嘗君は言った。

だが、斉軍は燕国境から追い出され、得たものは何もない。両軍の損害も似ていた。

燕軍では、囮になった奇襲部隊の半数ほどを失ったが、董信軍は長城外で蹴散らされたもの

の、戦死者は意外に少なかった。

他方、斉軍では、中軍に損害が出たうえ、下都城包囲網を解いて燕の奇襲部隊を追撃した際、背後から燕の董信軍に追撃されたときの損害が大きかった。

結局、この戦は痛み分けに終わったのである。

三

郭建は小さくなって帰還した。

斉軍を長城の外に突き出し、敵に内応した長城守備隊員の何人かを処刑したのだから、多少誇ってもよさそうなものである。だが、おのれは斉の殿軍に手もなく捻られ、徐風と董信の二将は囚《とら》われの身となった。建が誇る気になれなかったのは、無理もない。

「臣《わたくし》が、斉のあの強力な殿軍を何とか破ったなら、斉軍は総崩れとなって、味方の勝利は間違いなかったのでございます」

建は流涕《りゅうてい》して、おのれの罪を昭王に詫びた。

「何を申す。相手が斉ゆえ、おのれを失った寡人《わたし》に大いなる責めがある。そのほうが罪を感ずる謂われはない」

「勿体ないお言葉を賜りました」

建はふたたび泪《なみだ》して謝した。

「寡人は、上卿にもすまぬと思う。斉を長城外へ追い出すだけなら、これほどの犠牲を出さずしてもよかったのだ。寡人は位に即《つ》いてからというもの、あの宰相・子之《しし》による内乱および斉の侵略で死んだ者を弔い、孤児を慰問し、民とともに苦楽をともにするよう努めてきた。にもかかわらず、いままた轍を踏む謬《あやま》りを犯した。寡人はかならず勝てるときのほかは、耐えねばならぬことを尊い犠牲から学んだ」

昭王は、隗にも詫びた。

「勿体ないお言葉でございます。このたびの犠牲を無駄にせぬ政《まつりごと》をなすことが、死者への何よりの供養となりましょう。徐風と董信の二将は、わが国の何城にも値する傑物。両将はみずからを囮《おとり》にして、斉軍を国外に追い出しました。何としてでも、斉から取り返さねばなりませぬ」

「それだ。何ぞよき手立てがあるか」

「孟嘗君と折衝するに、心当たりの者がおりますれば、お任せいただきとう存じます」

「上卿のことだ。抜かりはあるまい。任せる」

昭王は、無限の信頼をこめて隗に委ねた。

隗の心当たりの者というのは、涯《がい》である。これまで弟子として私事にしか使ってこなかったのは、涯が師の用以外を好まなかったからである。涯にとり、今回は明らかに例外である。

涯にこの話をすると、

「孟嘗君に、何ともちかけたものでしょう」

と、すぐにもその気になった。徐風とは親しいのである。

「燕の城がいくつほしいのか、と訊くのだ。相手が数を明示すればそのとおりにすると答え、相手がいくつ城を出すつもりかと訊けば、燕の全城を差し上げるから二将をお返しいただきたい、と答えよ。孟嘗君は游俠を好む。問いが後者なら、そなたと意気投合するやもしれぬ」

「わかりました。孟嘗君がどうしても返さぬというなら、やつの息の根をとめますか」

ひさしぶりに、涯の常套語が出た。

「そんな無茶だけはしてくれるな。黙って帰ってくるのだ。次の手立てを考える」

「承知しました」

涯は、風のように斉へ発っていった。


その年、民は霖雨に悩まされた。

天の水瓶には底がないのかと思われるほど、毎日、降りつづけた。河水（黄河）は怖いほどに水嵩《みずかさ》を増した。涯は命からがら河水を渡った。斉都・臨淄は二度目である。

斉都の地理はたいがい頭に入っている。涯は、いま斉でもっとも力があるといわれる孟嘗君の屋敷をすぐにも見つけた。下調べなどという悠長な手段とは無縁の男である。見つけるや否やそのまま飛び込み、主人に面会を求めた。

燕からの使いだと言うと、すぐにも通された。至るところに食客の姿を見た。孟嘗君の食客といえば、さまざまなところで手柄を立てている。鼻高々はわからないではないが、いずれも無頼な感じがして、涯にはなじめなかった。隗の弟子として、数多くの賢人に会ってきた涯には、人を見る目がある。

孟嘗君は噂のとおり小さく貧相ではあったが、他人を射竦める眼光は只者《ただもの》ではないことを証していた。涯は、趙の民がなにゆえ孟嘗君を笑いものにできたろうか、と不思議に感じた。

「燕は、なにゆえ貴殿を使わしたのか」

孟嘗君も、涯の場違いを感じとったのであろう。妙な問いを発した。

「游侠と申すべきでありましょうか」

涯も妙な答えを返した。

「ふうむ。燕王と貴殿との関わりは」

「わたしの主人・郭隗は燕の上卿にございます」

「郭隗どの……。あの名高い黄金台のか。そうか、郭隗どのと游侠か……。これは面白い取り合わせだ。では、郭隗どのも、わしのように食客を何千人もお持ちか」

「いいえ。わたし一人でございます」

何千人に対する一人に、周りの者から失笑が漏れた。

「ううむ。されば、郭隗どのとは何人《なんぴと》か」

「燕国一の賢者にございます」

「ほほう。燕国一の賢者とな。いかなる点で賢者なのかな」

「囚われの燕二将の帰国の点で」

「はて。わしは許した憶えはないが」

「許していただけるものと、やって参りました」

「何とも面妖《めんよう》な。わしが許すと思うか」

「さようです」

「では、やってもらおうか」

孟嘗君は、心持ち首を捻った。戸惑っている。相手が不気味なほど落ち着き払っているのも気になるふうである。

「大公（孟嘗君）は、囚われの燕二将と引き替えに燕の城をいくつご所望でありましょうか」

涯は、隗から授かった奥の手を出した。

「城をわれらに譲るというのか。それは面白い。わしから訊こう。燕はいくつの城を出すつもりか」

「燕の全城を差し上げますゆえ、二将をお返しいただきたいのでございます」

「何だと」

その場に突如、緊張が走った。これが縦横家なら鞭打たれるところであろうが、涯は虚言をつく男には見えない。

涯の視線と孟嘗君のそれが絡み合い、火花を散らした。一方は茫洋として摑みどころなく、他方は威厳であたりを薙ぎはらう。

涯は別に意志したわけではないが、

――おまえさんとの距たりはわずかに二、三歩。おまえさんの食客が剣を抜く前に、わたしがおまえさんを摑んで壁にたたきつけたら、おまえさんはどうなる。

そんな不敵さが、涯の顔いっぱいに広がった。

「ううむ。わが手にある二将は燕の全城に匹敵するか」

孟嘗君は唸った。

「さようでございます」

「わしが断れば」

「大公はお断りにはなりますまい」

「なぜわかる」

涯は哂《わら》って、答えなかった。

「貴殿は剣を使うのか」

「いいえ」

「では、弓か」

「いいえ」

「特技があるはずだ。相当に修羅場をくぐっているとみたが」

「買いかぶられては困ります。じつのところ、わたしは弟子であります」

「弟子とな。そうか、貴殿は郭隗どのの弟子なのか。郭隗どのは儒家か」

「さようです」

「では、貴殿も暴を好まぬのだな」

「さようです」

「しかし、游侠を好むのだな」

「なぜか昔からそうなのです」

「はっはっは。郭隗どのは、面白い弟子をお持ちだ」

孟嘗君は、燕の二将の解放を約束した。

数日後、涯は自由になった徐風と董信とともに、斉都を発った。

孟嘗君が食客十数人とともに見送った。

「あの三人を帰すのは、野に虎を放つよりも危ういです。燕はいまに力をつけましょう。殺した方が得策です」

食客の一人が孟嘗君に囁《ささや》いた。

「どうやって殺す。斬り合いになったら、われら全員、鏖《みなごろし》にされるぞ」

「まさか」

「おやおや。おぬしは気づかなかったか。あの郭涯と話をしたとき、わしは殺されるかと一瞬、恐怖を覚えた。いやはや、凄い男がいたものだ。何ならおぬし、挑んでみるか」

孟嘗君は囁き返した。食客もあとには引けない。

「お許しがあれば」

勇んで答えた。

「豪傑同士が剣で殺し合うまでもなかろう。わしの足元に岩がある。これを五歩の距離、いかようにでも動かせたものを勝者としよう。では、まずわが方から」

孟嘗君は力比べを提案した。

ことの因をつくった食客が最初に挑み、掛け声とともに巨大な岩を引っ繰り返したが、二度目は動かなかった。

そのあと、次から次へと力自慢の食客たちが挑んだが、石はびくともしなかった。

「さて、次なるは燕の勇者おふたりだ」

董信は傷が完全に直りきっていない。徐風と涯が挑戦した。

徐風が満身の力を両腕にこめると、石は一回転した。続いてもう一回転。そこで、力つきた。

次は涯の番である。駭《おどろ》いたことには、涯ははじめから岩を持ち上げようとした。

巨大な岩にのしかかると、抱くように岩の下に手を回し、

「ううむ」

と唸りながら、手を組み合わせたのである。これには、孟嘗君ほかが呆れかえった。

やがて、じりじりと起こしにかかるや、

「ええい」

と気合い一声、岩を持ち上げた。腹に乗せ、一歩二歩三歩と蹌踉《よろ》めきながら歩き、五歩を数えると、石を放り出した。さすがに座り込んで、肩で荒い息をしている。

「見事じゃ。だから、わしは言ったろうが」

孟嘗君は手放しで褒めた。並み居る腕に覚えのある食客連は蒼くなって、涯を眺めるばかりである。

三人は孟嘗君にあいさつすると、長居は無用と燕へ向けて駆け去った。

待ち人来たる

一

深更、悪夢に責め苛まれて、蘇代《そだい》は跳ね起きた。

ここしばらく眠れぬ夜を過ごしている。昼間はだれよりもずうずうしく振る舞っているから、代《だい》のそんな姿を想像する者は一人としていない。

（何という王か）

日々、宋《そう》の康《こう》王の異常な振る舞いに接して、戦慄する。康王は、情け容赦なく女や子どもまで生贄《いけにえ》にして憚《はばか》らない。気に入らないことがあると、即座に死を命ずるのだから、仕える方はたまったものではない。だれもが逃げ出したいが、下手に遁《に》げると一族鏖殺《みなごろし》にされる。

（ああ、わしは愚かであった。なにゆえ、こんな悪逆が許されるのか）

燕《えん》一国を破滅に導いた男が呆然、愕然を通りすぎて、竦然《しょうぜん》とした。

皆がびくついている。すると、よけいに康王の機嫌が悪くなる。はたと睨む。だれかが魅入られたように康王の様子を窺う。目が合う。それで、その日の犠牲者が決まる。代は豪放磊落を装いつつ、内心、恐怖に背筋を冷やした。

宋に来て、はや十年余になる。当初は康王をこれほどとは考えなかった。代は、誰もが唾棄《だき》する宋にのこのこやって来たのである。康王に歓待されたのは当たり前であり、それゆえ、宋の過酷な現実から目をそらしていたと言えよう。

いま、十年の歳月を経て、康王の代に対する態度が一般の臣と同列になったにすぎず、なお厚遇されているとはいえ、それは千仞《せんじん》の谷に架けられた丸木橋を渡っているようなものであった。

(魏に捕まってからというもの、ろくなことがない。この王の機嫌を損ねたら、たちまちわしの首は胴を離れるわい)

代は眠れぬまま、必死で次の手立てを考えた。

斉《せい》には期待できない。太子時代の湣《びん》王とは何ら親しくはなかったし、即位してからは会ってもいない。そのうち、湣王が燕の昭《しよう》王に対して、宋を攻めるべく圧力をかけていることを聞いた。

(これだ。わしの活躍の場は燕しかないのだ)

斉が隣国・宋を併呑しようと狙うのは昔からである。康王は桀《けつ》宋と呼ばれるくらい悪名が高い。宋を伐って、斉が諸国から糾弾されることはない。しかしながら、北辺に位置する燕が討宋に乗り出してくるのは解せなかった。

(斉の燕に対する無理強いは、よほどとみるべきであろう)

代は、燕の昭王に書翰を送った。いまや、代も必死である。

——貴国が斉に貢ぎ物を差し出しているとお聞きし、いたく愕《おどろ》いています。燕は、そもそも万乗の大国に列《つら》なるお国。そんなことでは、ご名誉を貶《おと》されるだけではありませぬか。しかもこのたび、斉を援《たす》け、宋を伐つとあらば、民は疲れ、国富の費《つい》えは莫大なものとなりましょう。いったい宋を破り、楚の淮北《わい》（淮水以北の地）を侵し、斉の領土を拡大するなら、ただに斉のみを強くし、貴国には何の益もありませぬ。にもかかわらず、大王が斉を助けて宋を伐たんとされるのは、斉の力を恐れてのことでありましょう。さりながら知者は事にあたって、禍《わざわ》いを転じて福《さいわ》いとなし、敗によって功をなすものであります。

代は、このあと秘中の策を書き記した。

燕は、斉を覇者として奉るふりをする。次に、孟嘗君のためにいまや斉の風下に立たされるようになった秦を見限ると宣言する。これにより、秦王の憂慮を引き出す。

そののち、秦に使者を遣わして告げる。燕が斉を援《たす》けるのは秦が信用できないからで、趙も秦を信用していない。いま秦は人質を燕、趙に送り、燕、趙を味方につけるべきである。さすれば、燕、趙は弊履のごとく斉を棄てるであろう。これを怠ると、斉の覇業はなり、秦は諸侯に伐たれる。怠らなければ、秦は燕、趙とともに国を安らかにできるであろうと。

——大王は、なにゆえ秀《すぐ》れた説客《ぜいかく》を秦に派遣し、秦王を説得なさらないのでありましょうか。秦はかならず燕に味方するでありましょうし、斉はかならず伐たれるでありましょう。秦を引き入れるのは最善の外交にして、斉を伐つのは辱めに報いることゆえ正当な利と申せます。これぞ、真の聖王のなすべき業《わざ》なのでございます。

代は、自分が燕を奈落の底に突き落としたことには触れなかった。突き落とされた方が悪いのである。燕の昭王が公子職《しょく》の時代、代はひそかに謀って刺客を韓都に送らせ、公子職の暗殺をくわだてたことがあった。それすらも、だれも知らないがゆえに、代にとってはなかったことになるのである。

代には、とにもかくにもいまこの時点では、燕は自分を必要とするはずだとの思いがあった。（黄金台を授けられた郭隗は、燕国一の賢者ではないか。これを読んでわしを招かなかったら、燕の将来はないし、賢者とも言えぬ）

代は燕への使者を送り出すと、康王に対して全神経を研ぎすませて接した。忍耐に忍耐を重ねてきたのである。一瞬の油断ですべてをふいにしたくはなかった。

燕の昭王は蘇代の書翰を読んで、

「偽り者めが」

と言ったきり、黙殺した。

隗が読んでみると、なかなか面白い。おのれがなした旧悪にいっさい言及しないところなど、いかにも縦横家《しょうおうか》らしい振る舞いである。隗が張房《ちょうぼう》に渡す。

「優れた説客を秦にというのは、蘇代自身を指して言っているのでございましょうな」

読み終わった房《ぼう》が言った。房が郭建《かくけん》に渡す。

「何をぬけぬけと。縦横家には罪の意識がないのでございましょうか」

これも読み終わった建《けん》が、信じられぬといった面持ちで評した。

「上卿《じょうけい》の考えはいかに」

昭王が訊ねた。いついかなる場合も隗の意見を尊重する昭王である。

「臣《わたくし》は、かねがねわが国に縦横家が要るのか否か、思い悩んできたのでございます。しかしながら、いまこの書翰を読み、蘇代を飼い慣らせば、かなりの使い道があることに気づきました」

「寡人《わたし》も、そう思わぬではない。されど、蘇代は悪人だ」

昭王は手厳しい。

「やつは危険です。おそらく、ふたたびわが国を覆す心算《つもり》なのでありましょう」

建が声高に反対した。

「上卿は、あの悪人を手懐ける自信があるのか」

昭王が問う。

「ございます。あの男の活躍する場は今後、いくらでも出てまいりましょう」

「さようか。かつて、わが国はやつの兄・蘇秦《そしん》の合従の策を容れたのであったが、弟の方は宰相・子之《しし》と組んで、わが国を潰す方向に動いた。一国を転覆させるだけの舌をもつ男ゆえ、うまく使えばわが国に利をもたらすかもしれぬな」

昭王が断をくだした。

「隗よ、本当に大丈夫なのだろうな」

あとで気になったとみえ、建が訊きにきた。

「明君がおられるではないか。しかも、わたしがいて、おぬしがいる。房もいる。何を心配することがある。黄金台を築いてからというもの、一体どれだけの歳月を経たと思うか。やっと二人目なのだ」

黄金台はいまこの瞬間も、南易水のほとりで光り輝いているはずである。蘇代の登場は、名のある人物、一流の人材、真の実力者等々としてはようやく二人目でしかなかった。しかも、求める賢者という像からは、はなはだ遠い。

返辞をしたためた隗は、蘇代の来燕を待った。

蘇代は返書を読んで、郭隗が手強い人物であることを知った。

――宋を守るにあたって燕に策あり。至急、来燕のうえ議されたし。

簡単に書いてある。簡単ではあるが、燕が宋を守るとあるからには、宋を出るにあたってお墨付きをもらったようなものである。

代が康王に訪燕の許しを請うと、康王はしごくあっさりと承諾した。斉による宋侵攻の噂はたびたび流れてきた。斉は、いまや秦を超えるほどに力をつけたから、康王は斉の動きに神経を尖らせている。代は絶妙の時宜に訪燕を希望したことになる。

「かならずや燕を巻き込み、斉の征宋を阻むでありましょう」

代はついに内心の恐怖を悟られることなく、宋を脱出した。

隗は、噂に名高い蘇代をはじめて見て、自分の想像が存外にあたっていたことを見出した。酷薄極まれりといった顔つきに、邪《よこしま》な眼光。弁はたしかにたつが、仁義礼智信を失ったその性は無惨であった。

「遠路はるばるご苦労であった」

昭王が蘇代をねぎらう。ただし、それほど心はこもっていない。

「大王からご返書をいただき、あまりにもかたじけなく、夢見心地でご当地まで参った次第でございます」

蘇代の歯の浮くような答えは、その場の人々の冷笑を誘った。

「かつて、貴殿はわが国に大きな災厄をもたらした。よもやお忘れではござるまい」

建が口火を切った。

「何を言われます。かつて、燕朝にあったとき、わたくしは誠心誠意、お国のために尽くしたのであります」

蘇代は心外にたえない口調で応じた。またまた、周りから失笑がもれた。

「あの内乱の際、わたしは貴殿の屋敷を見張っていたのです。貴殿は、山ほどの荷を馬車に積んで斉へ帰られた。あれほど沢山な荷と一緒の脱出行では、さぞかし苦労なされたことでしょうな」

皮肉をきかせたのは房である。

「昔は昔、いまはいまでございます。わたくしは、いまの燕を思えばこそ、遠路を厭わずに参ったのでございます」

蘇代は、建や房の非難にも全然動じなかった。

「遠路を厭わず、ふたたびわが国を壊滅させようとてか」

建の口吻《くちぶり》がいよいよ荒くなる。

「卿《けい》よ、もうよいではないか。じつは、わが上卿が貴殿を大いに推奨したゆえに招いたのだ」

昭王が諍《いさか》いを封じた。隗の目配せがあったからで、必要不可欠の人材ならば、これ以上責め立てるのは得策ではないのである。

「おお。上卿とは郭隗どののことですな。わたくしは、黄金台伝説を耳にして大変に羨んだものでございました」

蘇代は如才ない。

「あれは伝説ではありませぬ。いまも生きています」

房が、蘇代をやりこめた。

「貴殿を招くにあたって、わが朝ではさまざまな意見がありました。たくみに誘き寄せ、貴殿の首を刎《は》ねよと申す者もおりました」

房を制しつつ、隗が語りはじめる。

「ほほう」

蘇代は警戒の色をみせた。

「しかしながら、秦、斉両大国に伍《ご》すには、貴殿のごとき優れた縦横家に活躍してもらわねばなりませぬ」

「ふむ。ふむ」

蘇代は安心したようである。

「ついては、貴殿がいかに秀《すぐ》れた縦横家であるかを、みずから証されれば、貴殿に対する悪しき評はおのずから消失していくのではありますまいか」

「ううむ。で、いかにして」

蘇代は、難題を持ちかけられるかとまた警戒の色を強くした。

「それは、いずれやって参ります。それまで、ごゆるりとご逗留いただきたいのです」

「ありがたいお言葉です。されど、郭隗どの。秦へ、使者は遣わしませぬか」

蘇代は、明日にでも発つ風情で言った。そもそもの発端は、蘇代の書翰からはじまったのである。

「そのつもりはありませぬ。斉の強請を呑むふりをしているにすぎないのです。討宋には一兵たりとも出すつもりはありませぬ。その旨、宋王に報告され、貴殿の手柄にされるとよいでしょう」

隗は、物静かな態度をくずさなかった。

（いずれ、機会がやって来るまで、逗留に名を借りて蘇代の出燕を禁ずる）

いわば体《てい》のいい軟禁が、蘇代封じ込め策の初手であった。


落ち着かないのは、蘇代の方である。必要な人物とされ、逗留してくれと郭隗に言われたから、いい気になってそうしたが、出番がない。

（秦へは使者を送らず、さりとて、わしの舌を必要とする場面もない。本当にわしを必要としているのか）

不審に思い、注意して見ると、様子がおかしい。自分の目と他人《ひと》の目がよく合う。

（監視されているのか）

そのようでもあるし、そのようでもない。代は、段々、不安になってきた。ひそかに次の国を探そうと動きかかると、かならず牽制が入る。

（これが、郭隗の手か。舌を使えぬ縦横家とは、鳴かない番犬のようなものだ。いずれ、わしは抹殺されるのか……）

気づいたときは、何もかもが遅すぎた。代はまたもや危地にあることを寤《さと》った。だが、そこは縦横家で名を売った代のこと、いかにも無聊《ぶりょう》をよそおい、

「上卿どの、わしの舌が錆びつきますわい」

と郭隗をつかまえては、直訴した。

「そのうち機会がやって参りましょう」

相手は物静かに答えるばかりである。

（よくも、このわしを。機会を見て、かならずこの燕をもう一度引っ繰り返してやる）

代は、憤怒のあまり錯乱しそうになった。けれども、何年も待たされると、どうでもよくなった。いつの間にか、反抗の気力は萎えた。仕事が与えられたのは、じつに七年後だったのである。

周の赧《たん》王二十七年（前二八八）、秦王が西帝と称し、使者を斉に遣わして、斉王を東帝となし、ともに趙を伐とうともちかけた。この年、趙の重臣・李兌《りたい》が斉、楚、韓、魏の各国に働きかけ、討秦に乗り出したことへの報復であった。

秦一国では難しいため、斉の湣《びん》王の虚栄心をくすぐり、東帝に即《つ》けて、征趙をともになそうと計った。湣王はその気になった。帝と呼ばれて悪い気はしなかったのである。

これは、燕にとって一大事であった。趙が伐たれれば、燕は覿面《てきめん》に殆《あや》うくなる。弁が立ち、斉をよく知る蘇代の出番が巡ってきた。

「燕の興廃は、ひとえに貴殿の斉王説得にある」

昭王に煽られて、代は気分よく第二の故郷に帰った。

湣王に謁見した代は、燕における七年の鳴かず飛ばずの憂憤を霽《は》らすべく、弁舌に持てる力のすべてを注ぎ込んだ。

「どうか大王には称号を受け取るだけにして、帝を称することをおやめくださいますように。秦が西帝と称して、天下がみな噪《さわ》がず、驚かないようでありましたなら、そののち大王が東帝を称されても、決して遅くはないのであります」

「それもそうじゃな」

湣王は鷹揚に頷いた。

「さて、天下に二人の帝という事態になりましたならば、天下の諸侯はどちらの帝を選ばれましょうか」

「まず秦であろうな」

「帝号をお捨てになれば、天下は斉に味方しましょうか、それとも秦につきましょうか」

「それは、斉であろう」

「では、趙を伐つのと桀宋を伐つのとでは、どちらが天下に支持されましょうか」

代は、桀宋に十年ほども仕えた。よく宋の康王の事情に通じている。

「それは、桀宋じゃろう。あらゆる者に憎まれておるから」

「されば、大王は帝号をきっぱりとお捨てになることによって、天下の人望をお集めになられませ。桀宋を伐って天下の憂いをお霽《は》らしになられませ。これによって、斉の威光は強まり、大王の名はさらに高まるのでございます。みずからを卑しくする者は、人これを尊ぶと申します。逆に、秦は帝号を称することによって、天下に疎まれ、趙を伐つことによって、天下から憎まれます。大王はいずれを選ばれましょうや」

代はこの論理で、湣王の説得に成功した。

湣王は帝を称することをやめ、王に戻した。秦王もひとり帝を称するのは憚《はばか》られ、やむなく帝称を廃した。討趙の話は消えた。

(帰燕したら、上卿をはじめ百官が目をまるくしてわしを迎えるであろう)

代は有頂天になった。

帰る間際に、弟の蘇厲《それい》に久しぶりに会った。

「兄者、何を血迷った。いまの兄者は、燕朝のただの使い走りではないか」

厲は、いつものように率直である。

「ふむ。斉王説得は命懸けの仕事だわい。使い走りにできるか」

「兄者が前に燕を売ったのはいい。いま宋を売ったのもいい。されど、これからもう一度燕を売らずして、何の兄者だ」

厲は、目を覚ませと言わんばかりである。

「ふむ。そういうおまえはどうだ。ただの斉臣になりさがったではないか」

代は苦し紛れに答えたが、もはやかっての凄まじいばかりの精気は失われていた。それに、弟には生命《いのち》を助けられた借りがある。代は大きな溜め息をつくと、燕へ戻っていった。

二

周の赧王二十年(前二九五)、趙の武霊《ぶれい》王が薨《こう》じたという報せが燕朝内を駆けめぐった。

——餓死というから信じられぬ。

——公子成《せい》と李兌《りたい》の造反という。

——いや、あれははずみというか、やむにやまれぬ成り行きだったらしい。

寄るとさわると、人々は噂しあった。

隗は、武霊王の餓死という凄絶たる最期に打ちのめされた。

——それには、遠大なる計があるのだ。そこもとにも、燕復興の計が待ちかまえていよう。いずれの計が早期に成るか、寡人かそこもとか、互いに愉しみにしていようではないか。

と言って、呵々《かか》と笑った若かったころの武霊王の俤《おもかげ》が思い出された。

（いったい趙に何が起きたというのか。あの重臣・肥義《ひぎ》どのも非命に斃《たお》れたという）

隗は、暗澹として沈んだ。まもなく詳しい事情がもたらされた。それは悲劇以外の何物でもなかった。


趙の武霊王はその四年前（前二九九）、位をまだ幼い王子の何《か》に譲った。これが恵文《けいぶん》王である。武霊王は、みずから主父《しゆほ》（国の主君の父）と号した。太子章《しよう》がいたにもかかわらずにである。章は、武霊王の正夫人の子であった。

武霊王はかつて夢のなかで、一人の乙女が琴を弾き、歌う姿を見た。あまりにも艶《あで》やかな姿が脳裏に焼きついて、片時も忘れられない。某日、酒宴のさなかに、ついその乙女のことを口にすると、臣下の呉広《ごこう》が、

——それは、自分の女《むすめ》の孟姚《もうよう》ではございますまいか。

と言って、王に見《まみ》えさせると、はたしてそのとおりであった。

趙にはこの宿縁に関わる言い伝えが七代前にあり、神託が現実のものとなったと思われた。

武霊王は、孟姚を妾として後宮に入れた。寵愛はひととおりのものではなく、数年の間、後宮を出なかったといわれる。

武霊王の正夫人は韓の公女であったが、やがてこの夫人が亡くなり、武霊王は孟姚を后にした。恵后《けい》という。恵后が王子何《か》を生んだ。

時は移ろい、恵后も亡くなった。武霊王が恵后の思い出のよすがとして、王子何に位を譲ったことから、武霊王の運命の暗転がはじまる。

主父となった武霊王は、内政を恵文王に任せ、みずからは遠大なる計の実行に取りかかった。胡服を着て馬に乗り、士や大夫を従えて、西北の胡族の領地巡遊を敢行し、使者に化けて秦の偵察をしたりした。中山を滅ぼしたのも、主父となって本腰を入れて攻めたからである。

主父は、公子章を安陽君《あんよう》として代《だい》（河北省蔚《い》県）に封じ、田不礼《でんふれい》を安陽君章の輔とした。この二人が謀叛《むほん》をくわだてた。

その年、主父は恵文王と沙宮《さきゅう》（河北省平郷県）へ遊びにいき、二人、別々の離宮に泊まったところを安陽君と田不礼に狙われた。

恵文王のもとに、異母兄の安陽君から使者がやって来、

――主父の命《めい》です。すぐにもわが離宮にお越しください。

と、報じた。安陽君がこのとき沙宮にいるのが奇妙なら、主父の命を安陽君が報ずるというのも奇妙な話であった。

恵文王の側近はすぐさま重臣・肥義《ひぎ》に知らせた。というのも、肥義は相国（宰相）および傅《ふ》（もり役）として恵文王につき、かねてからこのことのあるのを察していたのである。

――いついかなる場合でも王を招く者があれば、わしにまず伝えよ。わしが会って何事もなければ、王にお出ましいただく。

肥義は、恵文王の側近に厳命していた。

さて、肥義は急報を受けて、安陽君の離宮へ駆けつけた。

恵文王を害せんものと待ちかまえていた安陽君と田不礼は、肥義が現われたのを見て、事のやぶれたのを悟った。肥義を血祭りにあげ、戦端をひらいた。

安陽君の離宮を攻める展開となった。急を聞いて、趙都・邯鄲から主父の叔父にあたる公子成と重臣・李兌がかけつけ、四邑の義兵をつのって、安陽君の離宮に攻め入ったことで勝負は決した。両人は田不礼を殺し、叛乱を鎮圧した。

このとき、安陽君は重傷を負って、主父の離宮へ遁《に》げた。

主父は門を開き、安陽君を匿《かくま》った。自身にとってはいずれも息《そく》であり、しかも、長子が幼い弟に臣従している。主父の安陽君への憐れみが、みずからに反《は》ね返った。

公子成と李兌の両人は安陽君を追って、主父の離宮に到着し、包囲した。安陽君を逃がさぬためのやむをえぬ処置であった。

安陽君は傷がもとでまもなく死んだが、公子成と李兌の二人は包囲を解くわけにはいかなかった。はずみとはいえ、主父に弓を引いたのである。包囲を解けば、自分たち一族は主父によって誅戮《ちゅうりく》されるのは必至である。

――王に降れ。遅れて出る者は誅滅する。

両人の呼びかけに、人々は主父を見棄てた。ひとり離宮に残された主父は意外な展開を前に、茫然自失した。

九旬（九十日）後、主父は餓死した。食糧がなくなり、雀の子を探して食べ、飢えをしのぐありさまであったのが、ついにそれすらも食べ尽くしたのである。

隗は、一代の英雄の無惨な死に、人の生死を想った。

ところで、武霊王の死は、燕に思いがけぬ影響を及ぼした。武霊王の燕への置き土産といえた。

「また雑魚《ざこ》が来た。若いから稚魚というべきか」

そう言って笑いながら、房が注進に及んだ。

（黄金台はいまだ伝説にあらずか）

これまでも、どれだけ大勢の士が燕を訪れたことか。一人ひとりの顔を思い出し、隗は懐かしさすら覚える。いまも臣として昭王に仕える者は幾人もいるが、雑魚でなかったのは、鄒衍《すうえん》と蘇代の二人にすぎない。

「その稚魚はいずこから来たか」

「趙だ」

「ほほう。趙か……」

閃くものがある。主父、すなわち武霊王の非業の死を憤る士が趙国にいないはずはないのである。

「どうした。会うか」

「うむ」

隗はいささか胸の高鳴る思いで、その若者と会った。一目見て、直観した。

（法家だな。若いが有能だ）

儒家には、儒家独特の目がある。道家然り、墨家然り。いちばんはっきりしているのは、縦横家であろう。蘇代の隙のない、人を蹴落として愧《は》じることのない目つきが典型である。

次は、法家であった。法家の人間は、百人を救うために一人を殺すことを辞さない。その眼はかぎりなく冷たいが、有能でもある。隗は、その若者に法家の冷ややかな眼の色を見たのである。青年は、劇辛《げきしん》と名乗った。

「主父を餓死させて恬《てん》として恥じない国に、一日たりとも長く居たくはありませぬ」

劇辛は、物怖じしない態度で語った。

いまだ弱冠（二十歳）を少々超えたほどの若さであった。童顔ゆえに、子どもと話をしているのかという錯覚に陥るのだが、どうして話す内容は付け焼き刃ではなかった。どこで仕入れたか、知識は該博である。何より、燕において何が足りず、何をなせば足るかをよく知っていた。

（世の中には逸材がいるものだ。わたしがこの若者の齢のころ、これほど多くの物事を知っていたろうか）

隗もすでに知命（五十歳）の齢を超えている。隗に息《そく》があるなら、この目の前の青年と同じような年齢であろう。隗は劇辛と話をしていて、じつに痛快な感じをうけた。

「さて、貴殿は法家の流儀で、この燕の現実を改めたいとされるのですか」

「上卿は、儒家の流儀で、この燕の復興なされたとお見受けしましたが」

劇辛は、逆に問いでもって応じた。

「儒家ですか……。多くはそうなのかもしれませぬ」

隗は苦笑した。儒家とひとくくりにされていいのか、自分でも判断がつかない。

「もちろん、わたしは法家の流儀でこの燕を改めるつもりです」

「もちろんとおっしゃるのは」

「儒家の諸先生のお考えは、大変に高尚であります。されど、剣をもって斬りかかってくる人間に、仁義や道徳を説いても無意味です。法家にして、それを止めることが可能なのではありませぬか」

「では、貴殿ならいかにして止めるのですか」

「そのような窮地を招かぬように、あらかじめ処置しておくのが法家の流儀です」

劇辛は、薄笑いを泛《う》かべた。

「処置と言われますか」

隗は、劇辛に対する爽快感が早くも失われていくのを覚えた。

「さようです。国内であれば、そういった類《たぐい》の人間は隔離できますし、国外の者であれば、燕国内に入れなければいいのです。むろん、これはたとえばの話で、すべての問題に応用できるというものです」

「お聞きしていると、秦の政《まつりごと》を思い出します」

「ゆえに、秦は強くなったのではありませぬか」

劇辛は、憮然とした表情《かお》で答えた。

「貴殿の理想とするところは、富国強兵なのですか。自国を強くして他国を侵略し、他国の城を何十も奪《と》り、他国の兵を何万人も一挙に殲滅《せんめつ》するのが、それほど大切なことでしょうか」

諭《さと》すような口調になった。

「それでは、さきほどの論に戻るだけでありましょう。上卿は、剣をもって斬りかかってくる人間に、仁義や道徳をお説きになるのですか」

「そのつもりです」

「場合によっては、殺されます」

「そうなったら、やむをえませぬ」

劇辛は、わからぬ男だなという露骨な顔容《かお》つきで、

「上卿は、殺されて本望かもしれませぬが、わたしは燕の民全体のことを考えて申し上げているのです。かつて、斉に蹂躙《じゅうりん》されたことをお忘れですか」

と、斬り込んできた。

隗は、躰のなかを冷風が吹き抜けるような気がした。

「かつて、そのようなことがありました。われらは二度と許さぬように、これまで苦労してきたのです」

「されば、わたしの考えと何の相違がありましょう。あれ以降、他国が燕を侵さなかったのは、燕の国力が回復して手強いとみたからです。燕の仁義、道徳が深まったからではありませぬ」

「すると、貴殿はわれらの努力を認めはするのですね」

「もちろん、認めます。しかし、まだ足りませぬ」

劇辛は、容赦がない。

「燕の民は戦を望んではいませぬ」

「されど、燕王は望んでおられます」

「貴殿自身はどうなのですか」

「わたしの考えは、燕王とともにあります」

「ある日、王が戦は好きだとおっしゃるなら……」

「むろん、わたしは戦が好きです」

「また、ある日、王が戦は嫌いだとおっしゃるなら……」

「むろん、わたしは戦が嫌いです」

「臣として、王に申し上げることはないのですか」

「それは、上卿のお仕事です」

劇辛の双眸には縦横家のもつ邪悪な光はないが、おそるべき倨傲《きょごう》があった。臨機応変に事を処しうる満々たる自信が赫《かがや》き、

——おまえたち儒者とは違うのだ。

と、誇っている。

(この若者はすぐにも王に気に入られ、やがて王とともに斉への復讐を果たすであろう。しかし、そこから何を得るのか。名誉か富か……。夥しい血を流し、果てしのない怨恨を後代に引き継ぐだけではないか。なぜそうまでして……)

隗は、茫《ぼう》として劇辛を見つめ返した。明らかに劇辛は、隗の理解を超える新しい人であった。

(わたしは古い人間になったのだ。早く退場せよと急かされる古色蒼然たる儒者……)

胸のなかが、冷え冷えとしていった。

「貴殿は、燕の民を秦のごときにつくり易《か》えるお心算《つもり》ですか」

「さようです。上卿のご丹精により、燕は諸国に優る国富を蓄えました。政《まつりごと》も上首尾と申せましょう。富国強兵策のうち、富国策は上卿のお手柄であると率直に認めます。しかしながら、強兵策はいまだ手つかずです。わたしが引き受けねばなりますまい」

「燕の民から、明るく幸せに輝く暮らしを奪いとろうというのですか」

「さようです。あとで泣きをみるより、よほどいいではありませぬか。このままでは、秦か斉の餌食となるは必定。強兵策に転じ、侵される前に侵すべきです」

「貴殿は強兵の策をお持ちですか」

「むろんです」

燕入りにあたって、劇辛はありとあらゆる材料を調べつくしてきたようであった。その用意周到ぶりに、隗はますます言うに言われぬ不安を感じた。若いゆえに、その博学には経験の裏づけがない。しかも、隗の不安はそれだけにおさまらなかった。

(この若者には、本質的に憐れみの心がないのではないか)

この思いが、隗を慄然とさせるのである。

「貴殿は兵法に詳しいのですか」

「ひととおり学びました」

「では、貴殿みずからが燕軍を指揮されるお考えですか」

「いいえ。わたし自身は、個々の戦闘に関心はありませぬ。燕兵に十分な装備を与え、みっちり鍛え、そののち斉にあたらせる……。指揮は別人に任せます。わたしには、一国の政全体が任されるべきです」

劇辛は胸を張った。

隗は、劇辛との話を打ち切った。

（おそらく房や建では、劇辛を抑えられまい。討斉を胸に秘める王は、すぐにも劇辛を重用されよう）

黄金台伝説は、三人目の賢者を導いた。この三人目は、ある意味で蘇代よりも危険な人物であった。蘇代は、自分の一存では他国と交渉できぬように枷《かせ》をかけられ、いまでは枷をはずそうともしない。

ところが、劇辛は他人《ひと》に枷をかける立場を望んでいた。加えて、その能力は抜群であった。

（賢明なこの若者は、あの車裂きにあった商鞅が秦でなしたような改革を、この燕で実践するに違いない。いずれ、わが燕は秦のような国に変貌していく。畢竟《ひっきょう》、政とはそのようなものなのか。荘子は、虧盈益謙《きえいえきけん》を忘れるなとおっしゃられたが……）

隗は、劇辛を昭王に引き合わせた。昭王は、若すぎるではないか、といった微笑を隗に送ったが、徐々に劇辛の意見を採りあげるようになった。

――上卿の考えはいかに。

と問うことが少なくなり、劇辛の意見を先に聞くことが多くなったのである。

「一体、どうなっているのだ」

事態の急転に驚愕した郭建《かくけん》が心配して訊ねた。

「仕方がないのだ。王はいかにしても、討斉のお気持ちを抑えられないのであろう」

隗は答えた。

（これが天の命ならば、随《したが》うしかない）

隗は、燕の政におけるおのれの役割が終焉に近づきつつあることを感じとった。これまで、黄金台は一流の人物としては鄒衍しか引き寄せなかった。それが、蘇代が来たのち、劇辛が来、たった一人で燕を変えはじめた。

百官は情勢を見るに敏である。雪崩を打って、劇辛に媚びるようになった。王の寵が隗から劇辛に移ったと見て取ったのである。

そののち、しばらくして、黄金台はさらに一人の大物を招き寄せた。隗はこの人物を見て、燕における自分の役割の完全なる終わりを知った。

三

楽毅《がくき》は、燕の黄金台の話を知っていた。頭の片隅にたえずそのことはあった。しかし、趙の武霊王に認められた毅《き》には、燕は遠い彼方の弱国にすぎなかった。

毅の先祖は楽洋《がくよう》という。百十余年前、楽洋は、魏の文《ぶん》侯の将軍として中山《ちゅうざん》国を攻め取り、霊《れい》寿《じゅ》（河北省霊寿県）に封ぜられた。死んで霊寿に葬られたから、楽洋の子孫は代々その地に住まいした。

中山国は一時、再建されたが、周の赧《たん》王十九年（前二九六）、趙の武霊王によって滅ぼされた。楽氏の末裔に楽毅が出た。中山滅亡のころ、毅はすでに趙に用いられていた。賢士であり、兵法に詳しいとその評は高かった。

武霊王が沙宮の乱に巻き込まれ、餓死するという一大事が出来《しゅったい》すると、毅は真底、憤《おこ》った。

（はずみで主父に弓を引いたのはやむをえぬ。だが、臣は君に事《つか》うるに忠を以てすというではないか。誅殺を懼《おそ》れて、主君を餓死させるとは何たる所業か）

毅は憤然と趙を棄てて、魏へ行った。

おのれの父祖の国であるが、いまや秦に蚕食されて、強盛を誇った文侯のころの面影は跡形もない。魏に見切りをつけた毅は、燕に狙いをつけた。頭の片隅の燕の黄金台が、にわかに大きくなった。

折りも折り、魏から燕へ使者が遣わされることになり、毅はすぐさま願い出て、魏の使者として燕入りした。燕とのつながりは、これがはじめてである。

南易水が指呼《しこ》の間に迫ると、はるか彼方に光り輝く黄金台を見た。それは空の一角を黄金色に染め、天空に気高く伸びていた。

（思い切ったことをしたものだ。わしを招いているかのようではないか）

毅が精気溢れる魁偉《かいい》な姿を現わすと、燕朝の百官は歎声を漏らした。

燕王は賓客として待遇しようとしたが、毅は辞退した。謙遜の意味もあるが、本心は客分の身では存分に腕を振るえないとみた。毅は忠誠を誓って、燕に仕えることにした。燕の昭王は、毅を亜卿《あけい》（卿に次ぐ官）として迎えた。

毅はその性、剛直である。枉《ま》がったことの嫌いな性は、趙での出処進退に如実に現われている。他人の思惑を気にしない。おのれのなしたいことをなすばかりである。

毅は、しばらく温柔《おとな》しくしていた。明君の誉の高い昭王は優れてはいたが、趙の武霊王のごとき蛮勇に欠けた。上卿の郭隗は、黙然と座っていることが多い。

（おのれより秀《すぐ》れた賢人を招くのが、〈まず隗より始めよ〉の策であったのなら、鄒衍、蘇代、劇辛、ついでわたしが来燕したのだ。上卿の役割は終わったとみるべきであろう）

毅は、郭隗をその程度に見なした。

鄒衍は、すでにかなり前に燕を去っていた。蘇代は、いいかげんな弁を振るうだけの人物であって、怕《おそ》れるにたりなかった。残る重臣は劇辛であり、張房であり、郭建であった。部将では、徐風、董信がいて、ほかにこのところ勢を伸ばしているという騎劫《ききよう》がいた。

はじめ、毅は手強いのは房かとみたが、上卿の意見が自分のそれでもある凡骨な人物にすぎなかった。上卿の影が薄くなれば、房の影も薄くなるのは道理であり、事実、薄くなっていた。

建はしばしば頭痛に悩まされ、職責を放棄することが多いという。下都城外の戦の後遺症であった。

（何のことはない。劇辛というつまらぬ若僧だけで、この国はもっている……）

毅は案外な気がした。しかし、毅は兵法の大家である。敵を知らずして、軽々しくは動かない。徹底せずばやまぬのが毅の性である。

（そんなはずはなかろう。斉の蹂躙からこれほどに立ち直った国だ）

毅は、執念《しゆうね》く観察眼を光らせた。

やがて、郭隗がいまだ力を失っていないことに気づいた。郭隗はただ黙っているだけであるが、人々はつねに郭隗を意識していた。駭《おどろ》いたことには、昭王もそうなのであった。

（燕をここまで復興させたのは、上卿の貢献によるものとの評はあたっている。だが、明らかに上卿はその座を劇辛に奪われようとしている……）

劇辛が若いながら、桁違いの実力の持ち主であることもわかった。劇辛は上卿に遠慮して、滅多に口を開かないが、ひとたび述べはじめると、だれもかれもをかならず屈服させた。

（殆《あや》うかな。郭隗、劇辛両人を見誤るとは。それだけ両人が一筋縄ではいかぬという証左か）

毅は燕朝のさまをことごとく胸底におさめた。

燕国内の情勢は、毅にとってははなはだ好都合であった。内政を劇辛に任せることによって、おのれは武事に専念できそうである。燕の国富があれば、強力な軍を育てることは可能であり、また、やりがいのある仕事に相違なかった。様子を窺っていると、それが昭王の望みであることがわかった。毅は、おのが思いの過半は成し遂げられたように感じた。

（あとは、王からの命《めい》を待つばかり）

かくして、毅は徐々に、おのれが兵法にいかに精通しているかを示しはじめた。うっかりを装い、燕軍の訓練を評し、感想を口にした。

——亜卿（楽毅）どのは、趙でも指折りの兵法家だったというが、まさにそのとおりらしい。

噂が広まって昭王の耳にとまり、燕全軍を任されるようになるまで、三旬を要しなかった。

毅は、骨の髄からの武人である。すぐさま趙の武霊王に倣《なら》い、燕における胡服騎射を開始した。趙においては、武霊王ですらその導入に手こずったが、燕ではすんなりいった。諸国は早くも胡服騎射を取り入れており、燕の実施は遅い部類であった。しかも、昭王にはだれも反対できないのである。

(郭隗も反対しなかった。もっとも、あの男は兵法に疎いから、胡服騎射の何たるかにも関心がないのだろう)

毅は、燕兵を強めることに熱中した。

劇辛が秦の手法を模して政事におけるさまざまな制度を改変し、毅を側面から応援した。いまや、毅と劇辛は燕朝という万乗《ばんじょう》の国を統《す》べる車の両輪であった。

「そろそろ、斉に勝てるであろうか」

某日、昭王に訊かれたとき、

「まだまだでございます。斉の力を見くびってはなりませぬ」

と、毅は返辞した。虚言をつかぬことも王に媚びぬことも、毅の性であった。

隗は、燕の変貌を哀しみの眼で見ていた。

若かったころ、諸国を遊学したのは、祖国を諸国の侵略から守る手立てを得るためであった。斉の臨淄《りんし》で稷下《しょくか》の学士のさまざまな学説を学び、祖国でそれを実践した。これという最良の方法があるわけでもなく、試行錯誤の連続であった。妻の銀花にも不自由な思いをさせた。結果として、隗の営為は大きな功をおさめた。

しかしながら、国が富むと、強兵が前面に出てくるのは、隗をもってしても避けられなかった。隗は、それまでに昭王の復讐心を取り除けるものと考えていたが、それは甘い認識であった。

少なくとも、昭王は劇辛から征斉を説かれたのではないし、楽毅からを復仇を慫慂《しょうよう》されたのでもない。明君といわれる昭王自身の判断であるかぎり、隗は諦めざるをえなかった。

某日、隗は房と建を呼び、徐風を招いた。楽毅の下で燕軍強化に励む徐風から意見を聞き、一つの結論を得たいと考えた。

「燕軍のなかで、何がどのように進んでいるのですか」

「軍備を改め、ひたすら戦う兵士を養成しているさなかと申せましょうか」

このところ、他の百官は隗を憐れんだりするが、徐風にはそんな姿勢は微塵もなかった。

「うまく運んでいますか」

「成功しつつあります」

「すべては楽将軍（毅）の考えですか」

「さようです」

「戦になると、楽将軍はいかに振る舞うのでしょう」

「剛毅果断にして、懼《おそ》れるところを知りませぬ。王に対しても、将兵に対しても、民に対しても、むろん敵に対しても……。いずれ斉軍を粉砕するでありましょう」

「わたしには、その点が楽将軍の長所であるとともに、短所であるように見えます」

「そうともいえましょう。某日、訓練を蔑《ないがし》ろにした太子を叱りつけたことがありました。あれは、いささかやりすぎでした」

「太子を叱りつけただと……。太子と将軍の間が不仲になれば、将来に禍根を残すのではない

待ち人来たる

か」

房が案じて言った。

「太子がいいかげんな訓練をされると、兵の士気に影響します。だから、楽将軍は叱ったのであります」

徐風は武人である。楽毅を擁護した。

「剛毅果断の人物が懼れることなく事を運ぶなら、斉侵攻は避けられぬ……」

隗は額に縦皺を刻んだ。徒労感が強まる。

「避けられぬでしょう」

徐風は、簡単に言ってのけた。

「ああ。これまでの苦労は何であったか……」

「結局、世の中は虚しいことの繰り返しか」

建も悲観して言った。頭痛というのは口実で、劇辛との口論を避けているのである。

「隗どの、戦はわれら武人におまかせください。わたしは、隗どのからさまざまな教えを受けました。いまもそれは、わたしのなかで生きております」

徐風は、笑みを泛べた。そこには、退場する人への 餞(はなむけ)にも似た感懐がこめられていた。

「かたじけない」

隗は、呟くように答えた。

周の赧王二十一年（前二九四）、斉の湣(びん)王の同族の田甲(でんこう)が叛(そむ)いた。

湣王は、孟嘗君(もうしょうくん)を妬む側近から、叛乱は孟嘗君の差し金であると吹き込まれ、孟嘗君を疑った。孟嘗君は斉都・臨淄を離れた。やがて、この嫌疑は霽《は》れたが、孟嘗君は宰相を辞して封地の薛《せつ》に引き籠もった。

翌赧王二十二年、韓、魏聯軍《れんぐん》は秦を攻めた。秦は名将・白起《はくき》を用いて、逆に韓、魏聯軍を伊闕《いけつ》(河南省洛陽市南)に破り、首をとること二十四万。韓、魏両国の民は、亡国の予感に戦慄した。

これ以後、韓、魏両国は秦の強圧に抗しきれず、赧王二十五年(前二九〇)、韓は秦に武遂の地二百里を、魏は河東の地四百里をそれぞれ差し出した。時勢は、平安を保つ燕を見逃しそうになかった。

(秦の跫音《あしおと》が一際、大きくなった。劇辛、楽毅の道の方が正当なのかもしれない。孟嘗君のいない斉は攻めやすいであろう)

隗は、怏々《おうおう》として楽しまなかった。

そんな隗を慰めるのは、銀花ひとりである。平坦ならざる道を歩んできた夫婦に静かで稔りのある暮らしを与えたのは、皮肉なことに劇辛、楽毅の台頭であった。二人を離ればなれにさせた波瀾万丈の前半生も、いまとなっては懐かしい昔話に変貌している。

徐風の隗への言葉を伝え聞いた銀花は、

「わたしも、徐風さまと一緒の考えですのよ」

と、夫に語りかけた。

「かたじけない」

隗はそう答えたきりである。すでに諦めたふうがあった。

老聃《ろうたん》のごとく去る

一

隗《かい》は、道家の祖・老聃のことを考えている。

老子《ろうし》は、楚の苦県《こ》（河南省鹿邑県）の厲郷《らい》曲仁里《きょくじん》の人といわれる。名は耳《じ》、字は聃《たん》、姓は李《り》氏といって、周の蔵書庫の記録官であった。

老聃は虚無清静の道を修めたが、その学は才能を隠し、無名でいることをみずからに課した。老聃は長らく周に住んだが、周の徳の衰微とともに立ち去るべきときを悟り、関（函谷関、あるいは散関）に至った。

関令の尹喜《いんき》が、

――あなたは、これから隠遁されようとしておられる。わたしのために、書を著わしてはいただけぬか。

と、頼んだ。

老聃は、道と徳の義を五千余字で述べた。上下二篇の書がそれである。関を出た老聃のその後を見た者はいない。

隗は、祖国の徳の衰退とともに立ち去った老聃に惹《ひ》かれる。

（わたしも、かくありたいものだ）

周の赧《たん》王二十七年（前二八八）、秦王が西帝と称し、斉王を東帝となすことによって、ともに趙を伐とうともちかける事件が起きた。趙が伐たれると、燕は殆《あや》うくなる。隗は蘇代《そだい》を斉へ遣わして斉王を説得させ、うまく禍根を断った。燕での隗の仕事はこれで終わった。

翌赧王二十八年、秦は魏の新垣《しんえん》（山西省垣曲《えんきょく》県）および曲陽《きょくよう》（河南省済源《せいげん》県）を奪った。また一歩、秦が近づいた。

そのころ、宋の荘《そう》家から使いの者がやって来た。銀花が躍りあがって喜び迎えた。顔見知りの弟子であった。だが、伝えられた報せは最悪のものであった。荘子が病に倒れ、回復は覚束ないという。

（なぜ、荘子がわれらに使いを）

隗は沈思し、答えを見出した。

「われらは、荘子の見舞いに発つ。そなたには、大恩ある師ゆえ」

「はい」

銀花は驚きもしなければ、躊躇《ためら》いもしない。夫の心を知る妻である。

隗はまず昭王の許しを得た。事情を話すまでもなく、昭王自身が公子職の時代、銀花を荘子に託して、荘子との縁をもたらしたのである。

「そうか。あの荘子がのう。人は齢には勝てぬものだな。寡人《わたし》にも上卿にも大いなる縁のある人だ。上卿よ、行って、あの偉大なる賢者を見舞うがよい。寡人からも見舞いの品を託そう」

「ありがたきお言葉でございます」

ひさしぶりに、両者の間に温かい情感が流れた。昭王は、ここしばらくの隗への仕打ちに後ろめたいものを感じたのであろう。

「上卿よ、戻ってきてくれるであろうな」

「はい」

「上卿あってのわが燕であるぞ。かならず戻るのじゃぞ」

隗は万感の思いをこめて、再拝稽首した。

「畏《かしこ》まりました」

(王よ、いつまでもつつがなきよう。臣《わたくし》はこの二十余年、全身全霊をこめてお仕えいたしました)

隗は、溢れ出ようとする泪《なみだ》をこらえた。

いくばくかののち、隗の訪宋を聞いて、いまや数少なくなった隗を支持する面々が送別の宴を催した。張房、郭建のほか、徐風、董信らがいた。むろん、涯《がい》もである。

参会者は隗の帰国を信じて疑わず、その場の空気は愉快な気分に満ちた。隗としても、無理に場を湿らす必要もないのである。

酔った徐風と董信が兵法談義をはじめた。それは楽毅《がっき》の進める強兵の策に関連した。二人は大いに論じ合ったが、やがて楽毅を批判していたはずの徐風が擁護にまわり、逆に擁護していたはずの董信が楽毅批判をはじめたから、一同の笑いを誘った。

「万人を納得させる策など、あろうはずもない」

房の哀しい声音が、その場をおさめた。

「功遂げて身退くは、天の道なり」

ふと、隗が感懐をもらした。

「隗よ、いまのは何を言わんとする」

建が、穴の開くほど隗を凝視《みつ》める。

「ふと老子の一節を思い泛《う》かべたのだ」

「何だか、もうおぬしには会えぬような気がするな」

建が探るように隗を見る。

（ああ、おぬしたちこそが真の友であった）

隗は、いつもの柔和な眸《め》でうけとめた。その隗を銀花が観《み》ている。隗は銀花に何も話していないが、銀花は感じとっているようである。涯は例によって何も言わず、早々と身辺の整理をおえた。

「隗どの、楽将軍はまた太子と衝突しました。太子を支えるのは騎劫《ききょう》どの。いまや太子の腰巾《こしぎん》着《ちゃく》です」

このごろでは、太子は向きになって楽毅の号令に従わないという。

「企《つまだ》つ者は立たず、跨《また》ぐ者は行かず。自《みずか》ら見る者は明らかならず、自ら是《ぜ》とする者は彰《あら》われず。自ら伐《ほ》むる者は功《こう》無く、自ら矜《ほこ》る者は長《ひさ》しからず（爪先で立つ者は立ちつづけられず、踏みはだかる者は歩けない。おのれを誇示する者は、何もよく見えず、おのれを是《よ》しとする者はその善も彰われなくなる。おのれの功を誇れば、その功は台なしとなり、自惚《うぬぼ》れる者は長続きしない）。

楽将軍もいずれこれを知るのです」

隗は老子を引いた。言ったところで無益だが、かりに隗がこう評したと楽毅の耳に入り、それでその性が少しでも矯《た》められるなら、燕のためにも本人のためにもよいと考えた。

「しかし、秀《すぐ》れた将に中庸を求めるのは、秀れた将になるなというのと同じことだろう。企《つまだ》ち、跨《また》ぎ、自《みずか》ら見、自ら是《ぜ》とし、自ら伐《ほ》め、自ら矜《ほこ》るからこそ、卓越せる将軍になりうるのだ。われらは、王のご長寿を祈るばかりだ。趙の沙宮の内乱のようなことだけは避けたい」

建の危惙《きてつ》に、だれもが同意した。


蒼天が果てしなく広がり、雲ひとつなかった。薊《けい》城の南門を出る。

隗の馬車は房と建に護衛される形で、二十里ほどを走った。馭する涯はさすがに寂しそうな双眸で、あたりを眺めている。

「では、隗よ。われらはこのへんで」

房が言った。つらい思いを呑み込むふうである。

「うむ。ご両人とも躰をいとわれるように」

隗が答えた。

「ああ、燕国一の美女とも、しばらくお別れですな」

建の軽口に、

「まあ、わたくし、もう若くも綺麗でもありませぬ」

銀花が、笑って答えた。

「隗よ、おぬしは老子のごとく去るのか」

ふいに、房の目から大粒の泪が落ちた。

「友よ……」

隗の躰が小刻みに震えた。

（おぬしたちは知っていたのか）

と。

「隗よ、帰って来ると約してくれ」

建の眼も潤んでいる。

「友よ……」

隗も泣いた。

それが友との終生の別れであった。

涯が馬に鞭をくれた。隗らを乗せた馬車は南を指して、奔《はし》り去った。


房と建は、荘子の死を風の便りで聞いた。

前後して、斉が宋を滅ぼした。

はじめ優勢であった桀《けつ》宋（康《こう》王）が、斉軍の罠だと気づき、急遽《きゅうきょ》、退却したときには、民は散じ、城を守る者は皆無となっていた。桀宋に虐げられていた者は、ついに逃げることに成功したのである。

桀宋は魏に奔《はし》り、温《おん》（河南省温県西南）で捕まって、殺された。

「桀宋の滅亡に同情はせぬが、隗らが宋で戦乱に巻き込まれておらぬか、それが心配でならぬ」

房が嘆息した。

「隗のことだ。しかも、銀花どのはあの地をよく知っている。危ういときには涯がいる。大丈夫だとも」

建が答えた。

「隗は若いころ遊学した折りに、道家の考えを学んだ。窮極のところで、隗は道家の考えをとったのであろうな」

「そのように思えるが、わたしは、いまでも隗と荘子の考えとのつながりがよく解らぬのだ」

「うむ。荘子なる人物はおよそ変人だったからな。何でも荘子夫人が亡くなり、友の恵施《けいし》が弔問に訪れたところ、荘子は両足を投げ出し、盆をたたいて歌をうたっていたというのだ」

「ほほう」

興味をそそられた建が応じる。

「夫婦としてともに暮らし、子を育て、年老いた。その妻が死んで泣かないというのは、それだけでも不人情極まりないのに、盆をたたいて歌をうたうとは何事だ、と恵施が非難したのだ」

「当たり前だ。荘子は何と答えた」

「妻が死んだときは、なるほど悲しかった。だが、しばらくして考えた。もともと人間は、生のないところから出てきた。生がないばかりではない。もともと形もなかった。形がないばかりではない。もともと形をつくる気すらもなかった。天地の渾沌のなかであらゆるものが混じり合い、変化が生じ、気が生まれ、気は変化して形をつくり、形は変化して生をつくった。いま妻の死で、ふたたび変化を繰り返し、生から形へ、形から気へ、気から渾沌へと還っていったことを知った。ちょうど春夏秋冬の四季の巡り合わせと同じだ。妻が天地という巨大な室のなかで、安らかに寝ようとしているのに、わたしが大声で泣くのは、天の命《めい》を悟らぬ仕業だ。だから泣くのはやめたのだ、と荘子は答えたというのだがね」

　房は語りおわると、われらには理解できぬといった相貌《かお》をつくった。

「ふうむ。隗が道家の考えを取り入れたのは、いいことだったのかもしれぬ。だが、このまま隗が戻らぬと、あらゆる功は劇辛《げきしん》と楽毅《がっき》の両人にさらわれる。隗が二十数年、祖国に捧げた汗と泪を知るのは、われらぐらいになるが、それでいいのか」

　建は、劇辛と楽毅の二人がどうしても許せないのである。

「それこそ、隗のいう自ら伐《ほ》むる者は功《こう》無く、自ら矜《ほこ》る者は長《ひさ》しからずではないか。隗はあの老聃のごとく立ち去り、あとには何も残さぬのだ」

　房が、恬澹《てんたん》として答えた。

「いいや。少なくとも、黄金台が残る」

「黄金台がいつまでも姿をとどめるものでもあるまい。いずれ崩壊し、その謂われも、それによってもたらされた功も、消え去るのだ」

「黄金台のもたらした功か……。隗の労苦をなし崩しにするために、あの二人を招き寄せたのが何の功というのかね」

　建は憤懣をもらした。

「黄金台を建てたのは、われらが王だ。しかして、黄金台は王の望む討斉のための人材を招き寄せた。やはり功というべきであろう」

房はそう言うと、眼に泪を泛《う》かべた。自身も、口惜《くや》しかったのである。

二

周の赧王三十一年（前二八四）、燕はかつてないほどに富み栄えた。軍備の増強はなり、士気は充実し、士卒は戦を懼《おそ》れぬようになった。

蘇代《そだい》はその少し前から斉に遣わされ、斉朝内で謀略のかぎりをつくして、斉の諸国からの孤立を謀った。

燕の昭王が、郭隗とともに燕の復興に取り組みはじめてから二十八年。壮大な復讐劇の準備はようやく整った。

——征斉の可否は如何《いかん》。

昭王は楽毅に問うた。

——斉はなお強力であります。わが一国での斉征討は容易ではありませぬ。趙、楚、魏を味方につけるのが、あるいは捷径《しょうけい》でありましょうか。

昭王は頷くと、楽毅を使者として趙王のもとへ遣わし、趙と盟約を交わした。これを契機に、楚および魏との連合もなった。

斉の湣《びん》王は宋を滅ぼして、その驕れる色はいよいよはなはだしい。諸侯は斉への憎しみをつのらせた。

燕が、趙を通じて呼びかけた征斉策に秦が乗り、韓も同調した。いまや、斉は一国で六国を相手にしなければならなくなった。

燕の昭王は楽毅を上将軍に任じ、燕の全軍に出撃を命じた。

趙の恵文王は相国の印を楽毅に授け、楽毅を全面的に支援する姿勢を打ち出した。かくして、燕、趙、秦、楚、韓、魏の六国聯《れん》軍は、斉に向かって進撃を開始した。

斉の湣王は国中の衆を尽くして、六国聯軍を迎え撃った。

両軍は済西《せいせい》（済《せい》水の西。河水〔黄河〕との間）で激突し、六国聯軍は斉軍を撃破した。他の五国軍はこの勝利で帰国の途についたが、ひとり燕軍が斉都・臨淄まで敗走の斉軍を追った。

このとき、劇辛が、

――斉は大にして、燕は小なり。このたびは、諸侯の援《たす》けによって、斉軍を破ったにすぎませぬ。この後は、ゆるゆるとあたりの城を攻め取り、われらの力を増強しつつ、斉都へ攻めのぼるが上策でありましょう。諸城を攻めずして通過し、一気呵成《いっきかせい》に臨淄まで深入りするのは、ただに声誉を求める暴挙です。斉に損なく、燕に益なし。のちにかならず悔いることになりましょう。

と、慎重に行動すべきことを楽毅に述べた。

――何を言う。斉王は功を誇り、能を恃《たの》み、賢良を追い出し、諂諛《てんゆ》を信じたために、この敗北を招いた。政令は暴虐にして、百姓の怨嗟は巷に溢れている。いまこの機に乗ずれば、斉の民はわれらに味方する。逆にこの機を見過ごし、斉王が前非を悔いて過ちを改め、下を憐れむようなことになったら、二度と好機はやって来ぬぞ。

楽毅は劇辛の慎重論を一蹴して、斉都まで奔《はし》った。

斉の湣王は国外へ遁《に》げ、はじめ衛《えい》へ行き、鄒《すう》、魯《ろ》と逃げまわったが、それでも倣りの色はとれなかった。各地で反感を買って、居たたまれなくなり、やむなく自領に舞い戻って、莒《きょ》（山東省莒県）に籠城した。

同年、湣王は斉救援の楚将・淖歯《どうし》に裏切られ、殺害された。

湣王の息《そく》・法章《ほうしょう》は姓名をかえ、莒の太史敫《たいしきょう》の雇い人になって身を隠した。太史敫の女《むすめ》が法章の振る舞いをみて並みの人ではないと思い、何かと法章に尽くしたが、ふたりはいつしかよい仲になった。のちに、法章は、莒の人々や斉の旧臣らが湣王の子を探しているのを知り、名乗り出た。

やがて、法章は斉王の位に即《つ》く。これが襄王《じょう》である。襄王はのちに、太史敫の女《むすめ》を后に立てた。君王后《くんおうこう》と呼ばれ、建《けん》を生んだ。王建が斉の最後の王となる。

一方、楽毅は臨淄城を容易《たやす》く陥した。斉の財宝、祭器などのことごとくを燕へ運び、斉の宮殿や宗廟を焼き払った。

燕の昭王はいたく悦び、みずから済水のほとりに出向き、行賞して祝宴を張り、将兵の労をねぎらった。

楽毅は昌国《しょうこく》（山東省淄博《しはく》市南）に封じられ、昌国君と呼ばれるようになった。

昭王は戦利品を収めて帰国した。

楽毅はそのまま斉にとどまって、斉国内の掃討をつづけた。五年の間に斉の七十余城を下し、すべて燕の郡県とした。残るは、莒と即墨《そくぼく》（山東省平度県東）の二城のみとなった。

周の赧王三十六年（前二七九）、燕の昭王が薨《こう》じた。太子が立った。恵王《けい》である。太子のころから、恵王と楽毅の間は険悪であった。

斉将・田単《でんたん》は即墨にあって、何年もの籠城に耐えていたが、燕太子の即位を聞くと、反撃の時の至ったことを察知した。田単はすぐさま反間《はんかん》の計に出た。燕内部での仲間割れを図ったのである。

――斉に残ったのはたった二城だ。それが何年も経って陥ちぬのはなぜか。楽毅は燕の新王と仲が悪い。わざと戦を長びかせているのだ。楽毅は、いずれ南面して斉王と称するつもりだろう。だから、斉では、楽毅に代わる燕の新しい将軍の来ないことを皆が祈っている。

間諜を放って、まことしやかに噂させた。

燕の恵王は、手もなくのせられた。楽毅を召還し、騎劫《ききょう》を代わりの将軍とした。楽毅は燕に帰ると誅されると判断し、故郷の趙へ奔った。

その年、田単は火牛の計を用いて、燕軍を粉砕した。千余頭の牛の角に刃をくくりつけ、油で湿した葦の束を牛の尾につけ、火を点けた。怒り狂った火牛が燕軍に突入したのである。攻守ところをかえた。

燕の新将軍・騎劫は殺された。徐風、董信の二将も騎劫を援けるべく奮戦し、戦死した。燕軍は敗走に敗走を重ねて、とうとう河水のほとりまで追い払われた。田単は燕に奪われていた七十余城をことごとく回復し、莒から襄王を迎えて、臨淄に帰った。

斉は失地を回復したが、燕に数年の間、蹂躙された傷痕は想像以上に深く、東の強国たる力を喪って、王建の四十四年（前二二一）、秦によって滅ぼされることになる。

燕の昭王は、この逆転劇を見ることなく死去した。先王の恥を雪《すす》いでまもなくであるから、明君の名を不滅にした。昭王のもとになされた燕の復興と繁栄、その後に果たされた斉に対する劇的な復讐は、燕史上、否、中国古代史上、ひときわ光芒を放つ快挙である。

昭王亡きあと、燕の史実に見るべきものはない。

燕の恵王のとき、燕に舞い戻った鄒衍《すうえん》は忠義をつくしたが、隗なき燕では実力を発揮するに至らなかった。

恵王のあとは、武孝《ぶこう》王、孝《こう》王、燕王喜《き》とつづく。燕王喜の二十八年（前二二七）、燕太子丹《たん》は荊軻《けいか》を秦に遣わし、秦王政《せい》（秦の始皇帝）の刺殺を謀《はか》った。残燭の焔のごときこの抗いののち、燕王喜の三十三年（前二二二）、燕は秦によって亡ぼされる。斉に先立つこと、一年であった。

晩年の昭王は、不老不死の神仙術に迷った。昭王は鄒衍の弟子として、その講義に耳を傾けた。鄒衍の陰陽主運の説は衍《えん》の真意とは裏腹に、燕、斉海辺の方士に影響を与え、神仙伝説を生んだ。昭王の神仙術への憧れは鄒衍から来ているのであろうか。

あるいは、荘子に神仙説めいたものがないではない。郭隗は荘子の考えをおのが思考に取り入れた。昭王の神仙術への憧れは、郭隗の影響から来ているのかもしれない。

昭王はたびたび人を遣わし、海上にあるという蓬萊《ほうらい》、方丈《ほうじょう》、瀛州《えいしゅう》の三神山を探させた。言い伝えによると、この三神山は渤海上にあり、人界からさほど離れてはいない。三神山は遠くから眺めると、雲のようであり、近づくと、水中にある。覗きこむと、突如、烈風が起こって舟を引き離す。何度試みても、同じ結果となり、ふつうの人間では決して到達できないとされていた。

あるいは、いまで言う蜃気楼《しんきろう》のようなものであったろうか。

昭王の試みも失敗に帰した。海に乗り出して戻って来た者たちは、

――彼方に見えたのでございますが、近づくことはできませぬでした。

と、いちように言い逃れたのである。

昭王は、即位後三十三年目の年、方士のつくった丸薬をのんで急死したといわれるが、定かではない。

昏倒した昭王が息絶える間際に、一度だけ不明瞭な言葉を発した。

――隗はまだか。

付き人にはそのように聞こえたという。


隗が宋へ去って以来、隗の姿を見た者はいない。

銀花のごとき美形、涯のごとき大男が、つねに隗のそばにいた。目立たぬはずはないにもかかわらず、だれも隗のその後を知らない。関を出てからの老聃の行方が杳《よう》として知れないように、隗の行方も霧のなかである。


昭王の薨去《こうきょ》ののち、数年、あるいは十数年かして、渤海上の蓬萊山に到達して戻ってきたという者が現われた。

その男の言うには、そこにはもろもろの仙人がいたり、仙女がいたりした。不死の薬もあり、禽獣《きんじゅう》でも純白の色をしていた。山上の宮殿は黄金と白銀でつくられ、仰ぎ見られぬほど眩しかったという。

人々が、仙人はどんな様子であったか、不死の薬とはどんなものか、それを飲めばほんとうに死なぬのか、禽獣にはどんなものがいたか、宮殿はどれほどの大きさでどんな形をしていたかなど、あれこれ聞いたところ、男は何ひとつ事細かには答えられなかった。

人々は、男を信用しなかった。男が向きになればなるほど、男の言うことを疑った。男は必死になって思い出そうとし、一つだけ記憶を取りもどした。

――そういえば、仲睦まじい仙人と仙女がいた。いずれも髪が雪のように白かった。かたわらに、大きな仙人がかしずくように控えていた。昔、わしの村にやって来られたおふたりに似ていた……。

男は呟いた。

――昔、おまさんの村にやって来たって、一体、だれのことだ。

人々は、嘲るように訊いた。

――名は知らぬ。そのころ、わしは子どもだったから。何でも、お偉い方のご夫人とお付きの人ということだった。水やら土やら五穀やらのことをお調べになった。ご夫人はたいへん綺麗な方であったし、そのお付きの人は大男だったから、よく憶えているのだ。

――それほどよく憶えているなら、なぜ蓬萊山のことをよく憶えていないのだ。

人々は、男の言うことを虚言《うそ》とみなした。

かの秦の始皇帝すら三神山の不死の薬を求めて果たさず、亡くなった。郭隗のその後をたしかめるすべはないが、もし三神山に辿りつけたなら、あるいはという思いは残る。

（了）

「関連年表」

周《しゅう》慎靚《しんせい》王三年（前三一八）韓《かん》、魏《ぎ》、趙《ちょう》、楚《そ》、燕《えん》五国、合従《がっしょう》して秦《しん》を攻める。隗、帰国す。

周慎靚王四年（前三一七）隗、韓へ行き、公子職《しょく》に会う。隗、秦国を巡遊。そののち、銀花《ぎんか》に再会し、荘子《そうし》に会う。子之《しし》、燕の政を壟断《ろうだん》す。

周慎靚王六年（前三一五）太子平《へい》、挙兵す。

周赧《たん》王元年（前三一四）子之、太子平を殺す。斉《せい》軍、わずか五旬で燕を陥す。斉軍、燕王噲と子之を殺し、燕を占領す。

周赧王三年（前三一二）公子職、即位して燕の昭《しょう》王となる。〈まず隗より始めよ〉の策。

周赧王十三年（前三〇二）趙の武霊王、胡服騎射を命ず。

周赧王十六年（前二九九）趙の武霊王、王子何《か》に譲位。斉の孟嘗《もうしょう》君、相として秦に入る。

周赧王十七年（前二九八）斉の孟嘗君、秦から斉に帰還。韓、魏とともに秦を伐つ。

周赧王十九年（前二九六）斉、韓、魏聯《れん》軍、秦の函谷関《かんこくかん》を抜く。秦、和を請う。斉、燕を侵し、三軍を覆して二将を擒《とりこ》にす。趙、中山《ちゅうざん》を滅ぼす。

周赧王二十年（前二九五）趙の主父《しゅほ》（武霊王）、沙宮《さきゅう》の乱にて餓死す。

周赧王二十九年（前二八六）隗、祖国・燕を離れる。斉、宋を滅ぼす。

周赧王三十一年（前二八四）燕をはじめとする六国合従して斉を攻め、斉都・臨淄《りんし》ほかを陥す。

周赧王三十六年（前二七九）燕の昭王、死す。斉の田単《でんたん》、反撃を開始。斉、失地を取り戻す。

あとがき

郭隗《かくかい》の伝は不詳にもかかわらず、「まず隗より始めよ」あるいは「隗より始めよ」の故事、ことわざはあまねく人口に膾炙《かいしゃ》している。話し言葉、書き言葉の両方でよく見聞きするのは、それだけ由来となる故事に意表をつく面白さがあるからであろう。

たしかに、賢人を招くにまずもって自分を重用せよとの発想は、本書中に記したとおり、簡単には出てこない性質のものであるし、いささか特異でもある。だれにも真似できぬゆえに、この賢人招致策の意味が後代にいたって転じたのはやむをえまい。一に、遠大な計をなすにはまず手近なことから始めよとなり、二に、事をおこすにまず自分自身のことから始めよとなり、三に、言い出した者からやり始めるべきだとなる。

「一」「二」はまだ故事に近いが、「三」となると、原義からかなり離れてしまうような気がする。一例をあげれば、友人、知人からこれこれをするべきだと責められて、

――君はそう言うが、君自身はどうなのだ。隗より始めよというじゃないか、君から先にやるべきだ。

などと論駁《ろんばく》したら、郭隗も草葉の陰で喫驚《びっくり》するであろう。ただし、昨今はこういう使われ方のほうが多いように思われる。

司馬遷《しばせん》著『史記』は大変に優れた著作であるが、紀伝体なるがゆえに、郭隗のころ、斉《せい》

や趙《ちょう》、あるいは秦《しん》や楚《そ》で何が起きていたかがわかりにくい。その点、司馬光《しばこう》著『資治通鑑』は編年体ゆえに大いに参考となるが、古代史のあたりは全面的に信頼できないうらみがある。

本書を執筆するにあたって、結局、楊寛《ようかん》著『戰國史』の年表に依拠することにした。ただし、例外もいくつかもうけた。

たとえば、同書では蘇秦《そしん》の活躍時期をより新しいとするのだが、年代的に蘇代《そだい》と入れ替えるには、『史記』における蘇秦の存在が大きすぎて、そこまではと憚《はばか》られた。

また『史記』『戦国策』とも、燕《えん》の昭《しょう》王の前身は太子平《へい》とするが、楊寛前書は公子職《しょく》説をとる。『竹書紀年』には、「燕子之殺公子平不克斉師殺子之醢其身」とあるし、『史記趙世家』にも公子職に関わる記述があるので、楊寛に随った。ただし、楊寛前書では、燕昭王の即位を周の赧《たん》王元年（前三一四）としているが、『史記』に従って、二年後の周の赧王三年とした。斉に占領されての混乱は二年ぐらいは続いたろうと考えたのである。

若いころから、中国思想を折に触れて読んできたが、本書執筆にあたって、ふたたび『荘子』や『孟子』等々を精読することになった。荘子、孟子の生きた時代と郭隗のそれとがみごとに一致するのを知って、駭《おどろ》いた。これまでそういう視点で読んだことはなかったので、同時代人とは考えなかったのである。おかげで墨子《ぼくし》や韓非子《かんぴし》の著作に触れる機会ともなった。

それにしても、諸子百家とはよく言ったもので、いろいろ読み、この時代の思想の高さにうたれた。後代の中国思想が諸子百家を超えられたかというと、むしろ堕ちたという印象を受ける。春秋・戦国という弱肉強食の時代に、かくまで高度な思想的営為が展開されたことに感動を覚えるのである。

いまだわたしが若く、日々の勤めの虚しさや人間関係の窮屈さに振り回されていたころ、『荘子』を読《よ》んで、

——人能く己《おの》れを虚にして以て世に遊べば、其れ孰《たれ》か能くこれを害せん（人は、おのれを虚しくして無心の境地で世を渡るならば、だれも害を加えることはできない）。

などと、みずからを慰めたものであった。

つらく哀しかった日々は忘れようもなく、隗の晩年にわたし自身の思いが投影されたことは否めない。全身全霊を尽くした仕事も、周りのごく少数の人の思い出にしか残らず、やがてはあとから来る世代に乗り越えられて、跡形もなくなる。これは勤め人の宿命であり、勤めをやめぬかぎり、「己れを虚に」することなぞできないのである。

これも若いころの読書で、『孟子』（万章章句下）から「尚友《しょうゆう》」（書を読み、古人を友とする）なる言葉を覚えた。あれから三十年余、いたずらに馬齢を重ねたにすぎないが、わたしの尚友はなお健在である。

いま活字文化は危機にあり、尚友なる言葉も死語になるのかもしれない。それが天の命《めい》であるなら、わたしたちは隗のようにやるべきことをやり、黙って消えていくほかはないであろう。『孟子』（尽心章句上）にある。

——孟子曰《いわ》く、天下道あれば、道を以て身に殉《したが》わしめ、天下道なければ、身を以て道に

殉《したが》う（孟子が言われた。「天下に道が行なわれているときには、出て仕え、みずからの志を実践する。天下に道が行なわれていないときは、退いて世に隠れ、修養する」と）。けだし至言である。

終わりに、本書の出版にあたって、お力添えをいただいた関係諸氏に、深くお礼を申し上げます。

二〇〇二年十月

芝《しば》　豪《ごう》

長編中国歴史小説　隗《かい》より始めよ　小説・郭隗伝《かくかいでん》

平成14年10月25日　初版第1刷発行

著　者　芝《しば》　豪《ごう》

発行者　渡辺起知夫

発行所　祥《しょう》伝《でん》社《しゃ》
〒101-8701
東京都千代田区神田神保町 3-6-5
☎ 03（3265）2081（販売）
☎ 03（3265）2080（編集）
印　刷　堀内印刷

製　本　ナショナル製本

万一，落丁•乱丁がありました節は，お取りかえします。

Printed in Japan.

ISBN4-396-63215-0 C0093

祥伝社のホームページ・http://www.shodensha.co.jp/

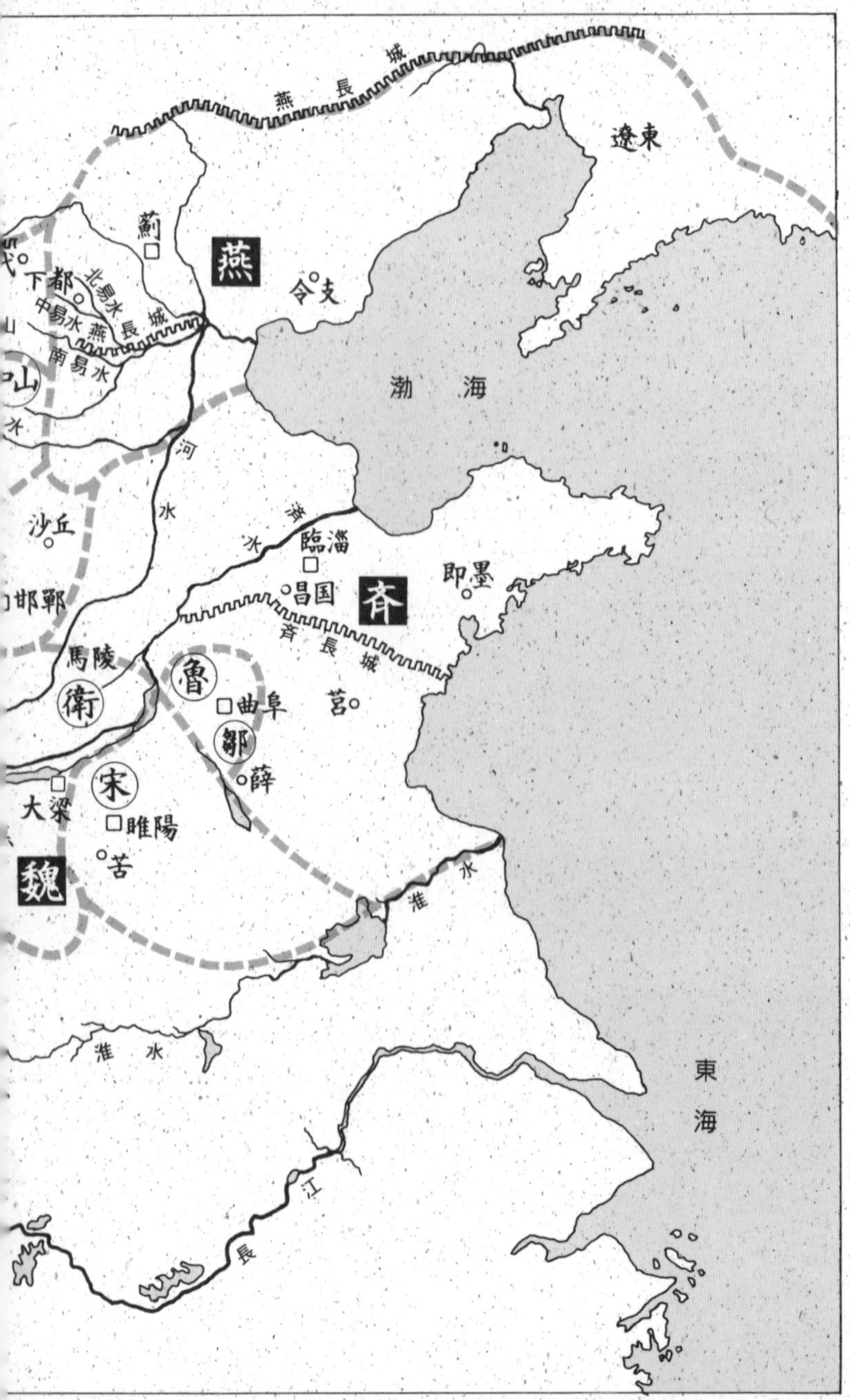

燕長城
遼東
薊
燕
下都
北易水
中易水
燕長城
南易水
令支
渤海
河水
済水
沙丘
臨淄
昌国
斉
即墨
邯鄲
斉長城
馬陵
魯
衛
曲阜
莒
鄒
薛
宋
大梁
睢陽
苦
魏
淮水
淮水
東海
長江